신곡
연옥편—단테 알리기에리의 코메디아

La comedía di Dante Alighieri—Purgatorio

세계문학전집 151

신곡

연옥편
단테 알리기에리의 코메디아

La comedía di Dante Alighieri—Purgatorio

단테 알리기에리

박상진 옮김 · 윌리엄 블레이크 그림

민음사

일러두기

1. 이 책은 단테 알리기에리의 *Divina commedia*를 완역한 것이다. 번역과 주해를 위해서 이탈리아어 판으로는 움베르토 보스코(Umberto Bosco)와 조반니 레조(Giovanni Reggio)가 주해를 단 판본(*Divina commedia*, Firenze: Le Monnier, 1988. 초판)과 주세페 반델리(Giuseppe Vandelli)가 주해를 단 판본(*Divina commedia*, Milano: Ulrico Hoepli, 1928. 1979년 21판)을 참고했다. 영어 번역판으로는 마크 무사(Mark Musa, *The Divine Comedy*, 3 vols., Penguin Books)와 만델바움(Allen Mandelbaum, *The Divine Comedy*, Bantam), 덜링과 마르티네스(Robert M. Durling & Ronald L. Martinez, *The Divine Comedy of Dante Alighieri*: *Inferno*(vol. 1), *Purgatorio*(vol. 2), Oxford University Press)의 번역 주해본들을 중복 참고했다.
2. 본문에 나오는 주는 모두 옮긴이에 의한 것이다.
3. 외국어의 한글 표기는 가능한 한 현지 발음을 따랐다.

1곡[1]

더 좋은 물 위를 떠가려고
내 재주의 작은 배는 그리도 끔찍했던
바다를 뒤로하고 돛을 활짝 펼친다.   3

이제 나는 인간 영혼이 정화되고
천국에 오를 준비를 하는
이 두 번째 왕국을 노래하려 한다.   6

아, 성스러운 뮤즈들이여, 그대들에 복종하는
내 죽음의 시를 이제 삶으로 오르게 하소서!
이곳에서 칼리오페를 잠시 일으켜   9

저 불쌍한 까치들이 얼이 빠져
용서를 구하지도 못했다던 그 부드러운 소리로
나의 노래와 함께하게 하소서![2]   12

P--g Canto 1

수평선에 이르기까지 깊은 청아함에 휩싸인 하늘,
그 하늘에 평온히 잠긴 동쪽의 감미로운
사파이어 색채가 내 눈을 다시 싱그럽게 해 주었다.   15

나의 눈과 가슴을 슬프게 만들었던
죽은 공기에서 벗어났으니,
나의 눈에는 기쁨이 되살아났다.   18

사랑을 아우르는 아름다운 샛별은
주위를 둘러싼 물고기자리를 그 빛으로 다시
감싸 안으며 동쪽을 온통 웃음 짓게 했다.   21

오른쪽으로 몸을 돌려 다른 극을 바라보니
최초의 인간들[3] 외에는 누구도
보지 못한 네 개의 별이 보였다.   24

하늘은 그 별빛을 즐기는 듯했다.
아, 황량한 북녘의 땅이여, 넌
그 별들을 쳐다볼 수 없겠구나![4]   27

그들에게서 눈길을 거두어 잠시
다른 극으로 눈을 돌리니,
북극성은 더 이상 모습을 보이지 않았고,   30

내 가까이에 혼자 있는 한 노인[5]이 보였다.

그의 모습은 어떤 아들이라도 아버지에게
품지 못할 무한한 존경심을 불러일으켰다.   33

긴 수염에는 백발이 섞였고
엇비슷하게 자란 머리카락은 두 갈래로
가슴까지 드리워져 있었다.[6)]   36

네 줄기 거룩한 별빛이
그의 얼굴을 환하게 밝혀 주었다.
마치 태양을 앞에 둔 듯 난 그를 바라보았다.   39

"깜깜한 강을 거슬러 영원한 감옥에서
탈출한 너희는 누구인가?"
의젓한 수염을 움직이며 그가 말했다.   42

"너희를 인도하는 자는 누구며
지옥의 계곡을 내내 캄캄하게 만드는 깊은 밤에서
나올 때 너희 앞길을 밝혀 준 것은 무엇인가?   45

심연의 율법이 깨진 것인가? 아니면
너희 죄인들이 내 산으로 올 수 있다는 새로운 법이
하늘에서 내려오기라도 한 것인가?"   48

그러자 나의 길잡이는 나를 붙잡아서
말과 손짓, 눈치로 그 앞에 무릎을 꿇고

공손하게 고개를 숙이도록 했다. 51

그리고 대답했다. "나는 스스로 오지 않았소.
하늘에서 내려오신 한 여인의 청으로
이 사람을 여기까지 데리고 왔소. 54

그러나 우리가 어떤 처지에 있는지
더 자세한 설명을 듣고자 한다면,
나로서는 물리칠 수가 없겠소. 57

이 사람은 자신의 마지막 밤을 본 건 아니지만,
어리석어 거기에 가까이 다가서게 되었으니,
조금만 늦었더라도 돌이키지 못했을 겁니다. 60 · ·

내가 말했듯이, 난 이 사람을 구하라는
부름을 받았소. 그리고 내가 밟았던
이 길밖에 다른 길이 없었소. 63

나는 죄지은 온갖 무리를 이 사람에게 보여 주었소.
이제 당신의 치하에서 스스로를
정화하는 영혼들을 보여 주고 싶소이다. 66

내가 어떻게 이 사람을 데려왔는지는 말하자면 길 터,
다만 저 높은 곳에서 나를 도우시는 덕성이
당신을 보고 듣도록 이 사람을 인도하라 하셨다오. 69

그러니 이 사람을 기꺼이 맞아 주시오.
이 사람은 자유를 찾아서 가고 있소.
자유를 위해 삶을 포기한 당신이니 잘 알 것이오.   72

당신은 자유를 위해 우티카에서
비장한 죽음을 맞았소. 당신의 육신 껍데기는
앞으로 거룩한 날에 밝게 빛나겠지요.   75

우리는 하느님의 영원한 율법을 깨지 않았소.
이 사람은 살아 있고 또 미노스가 날 묶어 두지 않았으며,
당신의 마르치아⁷⁾의 순결한 눈이 있는 하늘에 있으니.   78

오, 거룩한 가슴이여, 당신의 여자로 다시 받아 달라고
지금도 부탁하고 있는 마르치아의 모습,
그 사랑을 봐서라도 우리를 허락해 주시오.   81

당신의 일곱 왕국을 지나가게 해 주시오. 그리고
저 아래 세상에서 당신에 대해 말해도 좋다고 허락한다면
당신이 얼마나 너그러웠는지를 그녀에게 말해 주겠소.”   84

“내가 살아 있었을 때 마르치아는 나의 눈을
무척이나 즐겁게 해 주었고, 난
그녀가 원하던 것을 모두 해 주었지.   87

지금 마르치아는 저 악의 강 건너편에 있으니,

이곳으로 올 때 내가 받아들여야만 했던 법 때문에
이제 난 그녀에게 감동을 받을 수 없다.[8]   90

만일 하늘의 여인께서 너희를 움직이고 다스리신다면,
네 말대로 여러 말 늘어놓을 것 없이
그분을 통해 나에게 요구만 하면 될 것이다.   93

그러니 가라! 이자에게 미끈한 갈대로
띠를 매어 주고 얼굴을 씻어 주어
모든 때가 말끔히 가시도록 해 주어라!   96

지옥의 안개로 가려진 눈으로는
천국의 첫 번째 천사[9] 앞으로
절대 갈 수 없을 것이니.   99

이 조그만 섬 주변 가장자리,
물결이 부딪히는 가장 낮은 곳에는
부드러운 흙 위에 갈대가 자라고 있다.   102

그 외의 다른 초목은 생명을 유지할 수 없으니
잎을 피우거나 단단하게 자라면 파도에
굽히지 못하고 부러질 것이기 때문이다.[10]   105

후에 이 사람이 이곳에 다시 돌아오지 못하게 하라!
벌써 태양이 떴다. 태양은 산 위로 솟아오르며

P-g Canto 1

너희에게 올라가기 쉬운 길을 보여 줄 것이다."   108

그는 사라졌다. 나는 아무 말 없이 일어나
길잡이에게서 눈을 떼지 못하고
그에게 바싹 다가섰다.   111

"아들아! 내 뒤를 따라와라!
우리가 있는 이곳 바닥이 해변으로
기울어져 있으니 뒤로 돌아서 가자."   114

먼동이 먼저 달아나던 새벽녘 어스름을
압도하고 있었다. 멀리서 바다가
가볍게 일렁거리는 것이 보였다.   117

길을 잃어버려 헛걸음을 했던 사람들이
되돌아가는 것처럼, 우리는 아무도 없는
벌판을 바쁜 걸음으로 걸어갔다.   120

응달진 곳이 있어서 이슬이
태양과 겨루어도 별로
스러지지 않는 곳에 이르렀을 때,   123

선생님은 너른 풀밭 위에
두 손을 가볍게 내려놓으셨다.
나는 그분 몸짓의 뜻을 깨닫고   126

눈물 젖은 얼굴을 그분께 돌렸다.
그는 지옥의 안개가 감추었던 내 얼굴의
원래 빛깔을 말끔히 회복시켜 주었다.   129

우리는 아무도 없는 해안에 도착했다.
그 앞바다는 아무도 항해한 적 없고 아무도
얘기한 적 없는 곳이었다.   132

거기서 다른 분[11]이 바란 대로,
선생님이 내게 띠를 매어 주었다. 놀랍게도
그가 그 겸손한 식물을 꺾자 식물은

곧바로 그 자리에서 다시 솟아올랐다.[12]   136

2곡[1]

태양은 벌써 수평선에 이르렀고
자오선 둘레가 예루살렘을
그 가장 높은 지점으로 덮고 있었다.[2]   3

태양과 반대로 도는 밤은
갠지스 강에서부터 저울을 들고 밖으로 나와
낮보다 길어질 때면 손에서 저울을 떨어뜨린다.[3]   6

내가 있었던 그곳에서는
아름다운 여명의 하얗고도 불그레한 뺨이
너무 나이 들어 버린 주황빛으로 변해 가고 있었다.   9

마음으로는 갈 길을 가지만
몸은 제자리에 머무는 사람들처럼
우리는 바닷가에 우두커니 서 있었다.   12

그런데 마치 아침이 다가올 때
화성이 자욱한 안개를 뚫고
붉은빛으로 서쪽 수평선을 비추는 것처럼,   15

한 번 더 보고픈 한 줄기 빛이 내 앞에 나타났다.
빛은 빠르게 바다를 건너오고 있었다.
어떠한 비행도 그에 비할 수 없었다.   18

그 빛을 바라보는 눈을 거두어
길잡이에게 묻고 싶었지만,
볼수록 더 커지고 밝아지기만 했다.   21

그 양쪽에서는 알 수 없는
새하얀 것이 나타났고, 또 다른 하얀 것이
밑에서 조금씩 나오고 있었다.   24

처음에는 그저 하얗던 것이
날개를 단 천사의 모습을 드러냈다.
그때까지 선생님은 미동도 하지 않다가   27

그것이 뱃사공임을 알게 되자 목소리를 높였다.
"무릎을 꿇어라! 하느님의 천사시다. 손을 모아라!
지금부터 넌 이 같은 사절들을 계속 볼 것이다.   30

봐라! 인간은 돛대와 노가 있어야 물을 건너겠지만,

천사는 인간의 재주를 거절하여
이렇게 머나먼 두 해안 사이도 날개만으로 충분하단다. 33

봐라! 날개를 하늘 높이 세우고
영원한 깃털을 펼치며 바람을
끌어안고 있는 그분의 모습이 보이느냐!" 36

그 성스러운 새는 우리를 향해
다가올수록 더 환한 빛을 냈다.
도대체 눈을 뜰 수가 없어 39

나는 시선을 떨구었다. 천사가
해안까지 타고 온 배는 어떠한 물도
집어삼키지 못할 만큼 날렵하고 가벼워 보였다. 42

하늘의 뱃사공은 고물에 서 있었는데,
몸에 축복이 새겨져 있는 듯 보였다.
수백의 영혼들이 배 안에 앉아 있었다. 45

그들은 "이스라엘이 이집트에서 나올 때"로 시작하는
「시편」의 구절을 다음 구절들과 함께
모두 한목소리로 노래 불렀다. 48

천사가 그들을 향해 십자가 성호를 그었다.
영혼들은 모두 물가로 뛰어내렸다. 그러자

천사는 올 때처럼 빠르게 돌아갔다.   51

남은 영혼의 무리는 그 자리가 낯선 듯,
새로운 것을 경험하는 사람들처럼
주위를 이리저리 둘러보고 있었다.   54

태양은 그 빛의 화살로 산양자리 별들을
벌써 중천에서 밀어내고 하늘 전체에
제 빛줄기를 쏘아 내고 있었다.[4]   57

새로 온 영혼들은 우리가 있는 곳을
바라보더니 우리를 불렀다. "혹시 아신다면
산으로 오르는 길을 가르쳐 주시오!"   60

그러자 베르길리우스가 대답했다. "당신들 눈에는
우리가 이곳을 잘 아는 듯 보이겠지만,
우리도 당신들과 같은 순례자요.   63

다만 다른 길을 거쳐 조금 먼저
이곳에 왔을 뿐이오. 거칠고 험했던 그 길에 비하면
지금부터의 오르막길은 장난 같기만 하군요."   66

영혼들은 내가 숨 쉬는 것을 보더니
아직 살아 있음을 눈치 채고
새파랗게 질린 얼굴로 놀라워했다.   69

마치 올리브나무를 들고 선 전령 주위에
새로운 소식이라도 있을까 하여 모인 사람들이
서로 밟히는 것도 전혀 꺼리지 않는 것처럼,　　　　　72

이 모든 행운의 영혼들은
아름다워지러 가던 길임을 잊어버리고
내 얼굴을 뚫어지게 쳐다보며 서 있었다.　　　　　75

그들 가운데 하나가 앞으로 나서서
커다란 애정으로 나를 껴안으려 했다.
나도 그렇게 하려고 몸을 움직였다.　　　　　78

아, 겉모습 말고는 공허한 영혼들이여,[5]
그를 세 번이나 껴안으려 했지만
그때마다 손은 내 가슴으로 되돌아왔다.　　　　　81

내 얼굴은 놀라움의 빛으로 발그레 물들었던 것 같다.
그림자는 웃음을 지으며 뒤로 물러섰고,
나는 그를 잡으려 앞으로 몸을 내밀었다.　　　　　84

그는 내게 부드러운 어조로 멈추라고 말했는데,
그때서야 그가 누군지 알아보았다.
나는 잠시나마 함께 얘기하자고 간청했다.　　　　　87

그러자 그가 대답했다. "내가 필멸의 몸으로 그대를

흠모했던 것처럼, 해체돼서도 흠모합니다.
그래서 멈추지만, 그대는 어째서 이곳에 있는 거지요?"   90

"카셀라![6] 내가 있는 곳으로
다시 돌아가려고 이런 여행을 하고 있소.
그런데 당신은 어쩌다 시간을 그리 많이 뺏겼소?"[7]   93

"언제라도 자기 마음에 드는 영혼을 고르는 천사께서
여러 번 나의 연옥행을 거부했어요.
그러나 그것이 잘못은 아니지요.   96

그분은 옳으신 뜻을 따르니까요.
어쨌든 천사는 특별히 석 달 동안[8]
이곳에 들어오고 싶어 하는 자들을 모두 받아들였어요.   99

그래서 테베레 강물에 소금기가 어리는 그곳에서
바다를 보며 기다리던 나도
천사께서 기꺼이 받아 주셨어요.   102

그분이 강어귀에서 날개를 활짝 펴고 있으면,
아케론 강으로 내려가지 않는 사람은
누구라도 그리로 모여들지요."   105

"당신의 사랑스러운 노래는
내 모든 열망을 잠재우곤 했지요. 혹시

이곳의 새로운 법이 당신이 노래하던   108

기억을 빼앗지 않았다면, 육신을 걸치고
이곳까지 오느라 고생한 내 영혼을
다소나마 위로해 주시오!"   111

"내 마음에 속삭이는 사랑"
그가 부드럽게 노래하기 시작했다.
그 부드러움은 아직도 내 안에서 울리고 있다.   114

나는 물론이고 선생님과 그와 함께 있던
다른 영혼들도 참으로 만족스러운 듯 보였다.
다른 어떤 것도 우리 마음을 방해하지 못하는 듯,   117

우리는 모두 우두커니 노래에 정신이 팔려 있었다.
그때 근엄한 노인[9]이 소리 높여 외쳤다.
"이게 무슨 일이냐, 굼뜬 영혼들아!   120

어찌 게으름을 피우며 여기 서 있는 거냐!
어서 산으로 달려 올라가, 하느님을 가로막는
너희 허물을 벗어 버려라!"   123

풀밭에 모여 앉은 비둘기 떼가
곡식이나 껍질을 쪼아 먹을 때면
평소처럼 거만을 떨지 않고 순하다가도   126

무서운 무엇이 나타나면 갑자기
살고 싶은 더 큰 욕구에 사로잡혀
모이를 버리고 도망가는 것처럼,   129

새로 온 무리는 노래를 멈추고
어디로 가는지 모르는 사람들처럼
황망하게 산으로 향했다.

우리도 그에 못지않게 빨리 그곳을 떠났다.   133

3곡[1]

그들은 갑자기 도망치며
하느님의 올바른 벌이 내리시는 산을 향해
들판으로 흩어져 버렸다.   3

나는 성실한 동반자에게 더 가까이 다가섰다.
그의 도움 없이 내가 어디로 달려갈 것인가?
그 말고 누가 나를 산으로 오르게 한단 말인가?   6

그는 양심의 가책을 받아 언짢은 듯 보였다.
아, 고귀하고 깨끗한 양심이여,
하찮은 허물조차 당신에게는 쓰라린 후회로군요!   9

우리의 모든 행동에서 존엄성을 깎아내리는
성급함으로부터 그의 발걸음이 자유로워졌을 때,
딴 곳에 가 있던 나의 정신도   12

다시 자유로워졌고 앞으로 나아가려는 열망이 생겼다.
나는 눈을 들어 바다 위에서
하늘의 높은 곳을 향해 솟아오른 산을 바라보았다.　　　15

우리 뒤에서 붉게 타오르던 태양은
내 몸이 그 빛줄기를 막았기 때문에
내 앞의 바닥에서 부서졌다.　　　18

나는 오직 내 앞에만 그림자가 드리워진 것을 보고
혹시 혼자 남은 것이 아닌지 두려워
재빨리 옆을 돌아보았다.　　　21

나의 위안이신 그분이 나를 보며 말했다.
"왜 아직도 믿지 못하느냐?
내가 너와 함께 있으며 널 인도하지 않느냐?　　　24

나의 그림자를 드리우던 몸이 묻힌 그곳은
지금 벌써 저녁이 되어 간다.
내 몸은 브린디시에서 나폴리로 옮겨져 묻혔다.　　　27

그래서 지금 내 앞에는 그림자가 없지만,
놀랄 필요는 없다. 하늘을 생각해 봐라.
어떤 하늘도 다른 하늘의 빛을 가로채지 않는다.　　　30

그러한 권능은 우리의 몸을 고통과 차가움,

뜨거움에 민감하도록 만드셨다.
그러나 그 비밀을 드러내지는 않으려 하시지.　　　　　33

삼위일체를 하나의 존재 안에 내포하는 그
무한한 길을 인간의 이성이 가로지를 수 있기를
바라는 자는 미친 것이다.　　　　　36

인간들이여, 있는 그대로에 만족하라!²⁾
그대들이 모든 것을 볼 수 있었다면
마리아께서 아이를 낳을 필요도 없었겠지.　　　　　39

만족할 수도 있었을 사람들이
헛되이 바라는 것을 그대들은 보았으니,
그들은 영원히 통곡할 자들이로다.³⁾　　　　　42

플라톤과 아리스토텔레스, 그리고 다른 많은 이들을
두고 하는 말이다." 말을 마친 선생님은 고개를 숙이고
침묵에 잠겼다. 마음이 혼란스러워 보였다.　　　　　45

그러는 동안 우리는 산기슭에 도착했고,
거기서 너무나 가파른 암벽에 맞닥뜨렸는데,
민첩한 다리라도 쓸모가 없을 정도였다.　　　　　48

레리치와 투르비아 사이의 황량하고
험준한 길이라도 그것에 비하면

오르기 쉬운 널찍한 계단과 같았다.   51

선생님이 걸음을 멈추며 말을 꺼냈다.
"날개 없는 자가 오르기에
어느 쪽이 좀 덜 가파르겠느냐?"   54

그가 고개를 숙이고 어느 쪽으로
올라갈지 헤아리는 동안
나는 눈을 들어 바위 비탈을 올려다보았다.   57

그때 왼쪽에서 한 무리의 망령이 나타났다.
그들은 우리를 향해 다가왔지만,
다가오는 것처럼 보이지 않을 만큼 아주 느렸다.   60

"선생님, 저길 보세요!
선생님이 찾지 못한 길을
저자들이 알고 있는 것 같습니다."   · 63

그가 바라보고 크게 안심하며 말했다.
"저들이 천천히 움직이니 우리가 저리로 가자.
· 사랑하는 아들아! 희망을 다시 다지려무나."   66

우리가 천 발자국을 갔어도
그들은 돌팔매질 잘하는 자가 돌을 던져
겨우 닿을 정도만큼이나 떨어져 있었다.   69

그때 그들은 높은 절벽의 단단한 바위에
몸을 웅크리고 달라붙어 꼼짝도 하지 않았는데,
두려워하며 가는 사람이 주변을 둘러보는 듯했다.　　　72

베르길리우스가 말했다. "오, 은총으로 죽은
선택된 영혼들이여, 당신들 모두를 기다리는
저 평화의 이름으로 부탁합니다.　　　75

우리가 오를 만한 완만한 비탈이
어디 있는지 말해 주시오. 지혜로운 사람일수록
시간 낭비를 피하는 것 아니겠소."　　　78

마치 양이 한 마리씩, 두 마리씩, 세 마리씩
무리에서 떨어져 나오는 한편 나머지는
주저하며 눈과 코를 땅에 박고 있다가,　　　81

앞선 놈이 하는 짓을 다른 놈들도 따라 하며
그놈이 멈추면 유순하고 온화한 다른 놈들까지
이유도 모르고 엉거주춤하듯이,　　　84

저 선택된 무리의 대표들이
온순한 얼굴과 고귀한 걸음걸이로
우리 쪽으로 나서는 것이 보였다.　　　87

앞에 나선 자들이 내 오른쪽 땅바닥에

햇빛이 부서져 그림자가
절벽에 걸치는 것을 보고서   90

걸음을 멈춰 서서 주춤거렸다. 그러자
그들을 따라오던 다른 자들까지 모두
영문도 모른 채 똑같이 주춤거렸다.   93

"당신들이 묻기 전에 내가 말해 주겠소.
여러분이 보시는 이 형상은 인간의 육신이오.
그로 인해 햇빛이 땅 위에서 부서지고 있는 거요.   96

그러나 놀랄 것 없소. 그냥 믿으시오.
하늘에서 오는 덕성 없이 그가
이 절벽을 넘으려는 것은 아니니까."   99

선생님이 이렇게 말하자 훌륭한 그 영혼들이
우리더러 돌아가라고 손짓을 하며 말했다.
"돌아서서 우리 맞은편으로 가시오!"   102

그리고 그들 가운데 하나가 내게 말했다.
"당신이 누구건 간에, 가면서 시선을 돌려 보시오.
저 세상에서 혹시 나를 본 적 없는지 생각해 보시오!"   105

나는 그에게 몸을 돌려 자세히 바라보았다.
금발에 고귀하고 우아한 모습이었다.

한쪽 눈썹에는 상처가 나 있었다.   108

나는 본 적이 없다고 겸손하게 대답했다.
그러자 그가 "이걸 보시오." 하며
가슴 위의 상처를 보여 주고   111

웃음을 지으며 말을 이었다. "내 이름은 만프레디!⁴⁾
코스탄차 황후⁵⁾의 손자요.
당신께 부탁드리니, 세상으로 돌아가거든   114

나의 사랑스러운 딸,⁶⁾ 시칠리아와 아라곤의
명예를 낳아 준 어머니에게 가서
떠도는 소문이 무엇이든, 사실을 말해 주시오.⁷⁾   117

눈썹과 가슴에 치명적인 상처를 입고
나는 우리를 용서하시는 그분께
울면서 내 영혼을 바쳤소.   120

내가 지은 죄는 끔찍했지만,
그분의 한없는 자비는 너른 팔을 가지셨기에
당신께 돌아오려는 사람은 누구라도 받아들이신다오.   123

나를 사로잡으러 클레멘스가 보낸
코센차의 목자⁸⁾가 만일 그때
하느님의 책에 쓰인 말들을 이해했더라면,   126

내 육신의 뼈는 아직도
베네벤토 근처의 다리 어귀에서
거대한 돌무더기의 보호를 받고 있을 거요.[9]   129

지금은 왕국의 밖, 베르데 강변에서 비에 흠뻑 젖어
바람에 흩어져 날리고 있으니, 내 육신이
등불을 끈 채 그리로 옮겨졌기 때문이오.[10]   132

희망이 한 가닥 푸르름을 지닌다면
그런 파문의 저주에도 불구하고 영원한 사랑은
길을 잃지 않고 돌아올 것이오.   135

성스러운 교회를 능멸하다 죽은 사람은
삶의 끝에서 회개한다고 해도
오만하게 보낸 시간의 삼십 배를   138

이 절벽 밖에서 떠돌며 머물러야 하오.
성스러운 기도가 그런 율법이
정한 기간을 단축시킨다면 혹시 모를까.   141

내가 이렇게 산기슭에 머물러야 하는 이유를
당신이 본 대로 나의 착한 코스탄차에게 전해 주어서
당신이 날 기쁘게 할 수 있을지 생각해 보시오.

여기서는 세상 사람들을 통해 많은 것을 얻는다오."[11]   145

4곡[1]

우리의 감각이 기쁨이나 고통에
사로잡혀 있을 때 영혼은
그 둘 중 하나의 감각에 쏠려서 3

다른 기능에는 완전히 무디어진다.
이는 우리 안에서 한 영혼이 다른 영혼과
함께 타오른다고 믿는 오류에 반대되는 것이다.[2] 6

그래서 어떤 것을 보거나 들으며 우리의 영혼이
거기에 완전히 사로잡힐 때
시간이 흘러도 무슨 일이 일어났는지 알지 못한다. 9

시간을 알아차리는 감각과, 영혼을
완전히 지배하는 감각이 서로 다르기 때문인데
전자는 영혼에서 풀려나 있고 후자는 매여 있다. 12

이 진실을 나는 그때 경험하고 있었다.
만프레디의 영혼이 하는 말을 들으며 놀라고 있는 동안
태양은 무려 오십 도나 떠올랐지만,   15

나는 그 사실을 의식하지 못하고 있었던 것이다.
어느 순간 영혼들이 한목소리로 외치는 곳에 이르렀다.
"여기 당신들이 찾는 것이 있소!"   18

포도가 여물어 갈 무렵이 되면
농부는 조그만 쇠스랑으로 가시들을 가득 긁어다가
울타리에 난 구멍을 여러 차례 막는다.   21

그런 구멍이 길잡이와 내가
그 영혼의 무리에서 떠난 뒤 올라가야 했던
틈바구니보다는 차라리 넓었을 것이다.   24

산레오로 가거나 놀리로 내려갈 때,
또 비스만토바 산꼭대기로 오를 때는
두 발로도 족하지만 여기서는 날아가야 한다.   27

내게 빛이 되고 희망을 주었던
길잡이를 따라서 강한 욕망의
깃털과 날렵한 날개로 날아가야 한다.   30

우리는 바위가 부서져 생긴 틈 사이로 올라갔다.

험준한 벼랑들이 양쪽에서 우리를 죄었고
아래의 바닥은 우리의 손과 발을 모두 원했다.　　　33

그 좁은 벼랑 사이를 통과하자 위로는 높은 절벽이,
아래로는 비탈이 탁 트여 보였다.
"선생님! 여기서는 어디로 가야 하지요?"　　　36

"한 발도 뒤로 물러서지 마라.
더 경험 많은 길잡이가 나타날 때까지
내 뒤에 붙어서 산을 계속 올라가야 한다."　　　39

꼭대기는 너무 높아서 시선조차 닿지 못했고
비탈은 가파르게 솟아 있었다. 그 가파름은
사분원의 중심에서 가운데에 이르는 선[3]보다 더했다.　　　42

다시 말을 꺼냈을 때 나는 이미 지쳐 있었다.
"자상한 아버지, 몸을 돌려 날 좀 보세요! 선생님이
걸음을 늦추지 않는다면 여기서 날 잃어버릴 겁니다."　　　45

"아들아! 저기까지만 널 끌어 올려라!"
그는 그리 멀지 않은 바위 턱을 가리켰다.
바위 턱은 산의 비탈을 두르며 길을 이루고 있었다.　　　48

그의 말은 큰 격려가 되었다.
나는 힘을 내 그의 뒤를 따라 기어올랐고

P. g' Canto 4

마침내 바위 턱을 발아래 두게 되었다.   51

거기서 우리는 동쪽을 바라보고 주저앉아서
올라왔던 곳을 내려다보았다.
되돌아보는 것은 기분을 좋게 만든다.   54

나는 멀리 해안을 굽어보다가 시선을 들었다.
그런 다음 태양을 바라보았는데 놀랍게도
태양이 왼쪽에서 빛나고 있었다.[4]   57

우리와 북쪽 사이로 들어오는 햇빛의 수레를
관찰하며 내가 어리둥절해하는 것을
시인은 잘 알고 있는 듯했다.   60

"만일 카스토르와 폴리데우케스[5]가
빛을 아래위로 비추어 내는
저 거울과 같은 자리에 가 있다면,   63

넌 루비 빛깔을 띠며 태양으로 물들어 가는 황도대가,
다니던 길을 벗어나지 않는다면, 곰자리에 더 가깝게
선회하는 것을 볼 수 있을 것이다.[6]   66

어떻게 이렇게 되는지 이해하고 싶다면
마음을 안으로 모으고 상상해 보아라.
시온[7]과 이 산[8]은 지구 위에서   69

서로 다른 반구에 있으면서
하나의 지평선을 공유하고 있다.
파이톤은 전차를 잘못 몰아 궤도를 벗어났지만,　　　72

잘 생각해 보면 원래의 궤도는
여기서는 이쪽으로, 저편에서는 저쪽으로
가야 하는 것임을 알 수 있을 것이다.”[9]　　　75

“선생님! 과연 그렇군요. 저의 재능이
부족함을 지금처럼
분명하게 깨달아 본 적이 없습니다.　　　78

하늘의 운행 궤도에서 천문학자들이
적도라고 부르는 원은 언제나
태양과 겨울 사이에 놓입니다.　　　81

선생님이 설명하신 바로 그 이유 때문에
여기서는 태양이 북쪽으로 멀리 떨어져 있고, 그만큼
히브리 사람들은 따뜻한 쪽으로 보이는 것이지요.[10]　　　84

그런데 선생님께서 괜찮으시다면, 얼마나 더
올라가야 하는지 말씀해 주세요. 산꼭대기는
내 눈이 닿을 수 없을 만큼 높습니다.”　　　87

“이 산은 다른 산과 다르다.

아래에서 시작할 때 가장 힘들고
위로 오를수록 더 쉬워진단다.　　　　　　　90

그러니 오르는 일이 한결 가벼워져서
배가 강을 따라 떠내려가듯
기분이 좋게 느껴질 때면,　　　　　　　93

넌 곧 길의 끝에 도달할 것이니
거기서 마침내 휴식을 기대할 수 있을 게다.
더 말할 것이 없구나. 내가 한 말은 다 사실이다."　　96

말을 마치기가 무섭게
멀지 않은 곳에서 목소리가 들려왔다.
"아마 얼마 안 가 주저앉고 싶을걸!"　　　　　99

우리는 목소리가 들려온 곳으로 몸을 돌렸다.
왼쪽으로 거대한 바위가 보였다.
우리 둘 다 미처 보지 못한 것이었다.　　　　102

그리로 다가가자 바위 뒤
그늘 속에 숨어 몸을 비틀며
게으름을 피우는 사람들이 보였다.　　　　105

그들 중 하나는 무척 피곤한 모양인지
무릎을 두 손으로 감싸고 앉아서

얼굴을 아래로 파묻고 있었다.   108

"아, 정다운 나의 선생님, 저자를 보세요!
게으름이 제 누이라고 해도
저렇게 나태한 모습은 처음 봅니다."   111

그러자 그 영혼이 머리를 돌려 우리를 보고 말했다.
그의 얼굴은 우리 허벅지보다 더 높이 있지 않았다.
"당신이 그렇게 원기 왕성하다면 뛰어 올라가시구려!"   114

그때서야 나는 이 영혼이 누구인지 알아보았다.
나는 피곤하고 숨이 가빴지만
아랑곳하지 않고 그에게 다가갔다.   117

내가 그의 옆에 서자 그가 머리를 조금만 들어
말했다. "태양이 어떻게 당신 왼쪽으로
마차를 타고 가는지 분명히 아시겠지?"   120

그의 나태한 행동과 어눌한 말투에
나는 입술을 실룩여 웃음을 지었다.
"벨라콰!11) 이제 당신의 운명에 대해   123

걱정하지 않겠소. 그런데 왜 이렇게
앉아만 있는 거요? 길잡이를 기다리는 거요?
아니면 그저 오래된 습성이오?"   126

"형제여, 올라간들 무슨 소용인가?
문 앞에 앉아 있는 하느님의 천사가
내가 들어가 참회하는 것을 막을 텐데.   129

내가 마지막까지 선한 숨 쉬기[12]를 미뤘기 때문에
살았던 만큼 하늘이 내 주위를 돌 때까지
그 문 밖에 있어야만 하네.   132

은총이 가득한 마음에서 나오는 기도가
이곳에서 보내는 시간을 단축할 수는 있겠지.
나머지는 쓸데없어. 하늘에서 들어 주지도 않는걸."   135

시인은 벌써 산을 오르기 시작한 뒤였다.
"어서 가자. 봐라, 태양이
자오선에 닿았으니, 밤은 벌써

바닷가에서 모로코의 모래에 발을 딛는구나."[13]   139

5곡

나는 게으른 영혼들을 떠나서
길잡이의 발자국을 따라가고 있었다. 그때
뒤에 있는 영혼 중 하나가 손으로 가리키며 소리쳤다.　　　3

"저걸 좀 봐! 뒤따라가는 자의
왼쪽에 빛이 들지 않잖아!
살아 있는 사람처럼 걷고 있어!"　　　6

이 말을 듣고 눈을 돌리자
나만을, 나만을, 그리고 부서진 햇빛을,
놀라운 눈으로 바라보는 영혼들이 보였다.　　　9

선생님이 나를 꾸짖었다. "무엇에 관심을 뺏겨
걸음을 늦추느냐! 그들 재잘거리는 소리에
신경을 써 무엇 하리!　　　12

내 뒤를 따르라! 저들은 떠들도록 내버려 두고,
바람이 불어쳐도 끝자락조차 흔들리지 않는
탑처럼 굳건하여라!   15

사람이란 생각에 생각을 겹쳐 놓다 보면
원래의 목표를 잃게 마련이니,
힘이 서로를 약화시키기 때문이다."   18

"지금 가겠습니다."라는 말 외에 무슨 말을
할 수 있었을까. 나는 그렇게 말하고 용서를 비는
사람의 낯빛으로 서 있었다.   21

그때 산허리를 돌아서 우리에게 다가오는
무리가 보였다. 그들은 "우리를 불쌍히 여기소서."[1]를
구절마다 노래하고 있었다.   24

그들은 빛이 내 몸을 통과하지 않는다는 것을
알아채고 부르던 노래를 "오오." 하는
긴 놀라움의 소리로 바꾸었다.   27

그중 둘이 사자(使者)처럼
우리 앞으로 나서더니 물었다.
"당신들이 어떤 상태에 있는지 알려 주시오!"   30

선생님이 대답했다. "물러가서 당신들을 보낸 저들에게

일러 주시오. 이 사람의 몸은
진짜 살로 이루어져 있다고.   33

이 사람의 그림자를 보고 얼이 빠져
서 있는 것이라면 그것으로 대답은 충분할 것이니
이자에게 존경을 바치는 것이 좋을 것이오."   36

이른 저녁 맑은 하늘을 가로지르는
혹은 8월의 구름을 찢는 불타는 수증기[2]도
그렇게 빠르지는 않았을 것이니,   39

그들은 그렇게 서둘러 저들 무리로 돌아가 버렸다.
그러더니 곧바로 다른 자들과 함께 돌아왔는데,
마치 고삐 풀린 채 달리는 무리 같았다.   42

시인께서 말했다. "우리 쪽으로 달려오는 저 영혼들을 봐라.
각자가 너에게 청할 것이 있을 것이다.
그러나 얘기를 듣더라도 걸음은 멈추지 않도록 하라."   45

그들이 오면서 소리쳤다. "타고난 육신을
그대로 간직하고 은총으로 가는 영혼이여,
잠시 걸음을 멈추시오.   48

당신이 우리 중 누군가를 알아서
그의 소식을 저 세상에 전해 줄 수 있는지 모르겠소!

기다리시오, 왜 가는 거요! 제발 멈추시오!　　　　51

우리는 모두 폭력으로 죽음을 맞아
최후의 시간까지 죄인으로 살았소. 그러나
하늘의 빛이 죄를 깨우치게 하여　　　　54

스스로 뉘우치고 용서하면서 하느님과 화평하며
삶을 떠났소. 그분을 보고 싶어
지금도 가슴이 아프다오."　　　　57

내가 대답했다. "당신들 얼굴을 보고 있지만 그 누구도
알아볼 수가 없구려. 하지만 축복을 받아 태어난 영혼들이니
내가 할 수 있는 것이 무엇인지 말해 주시오,　　　　60

그렇게 하리다. 이 길잡이를 따라
이 세상에서 저 세상으로 찾아다니는
평화의 이름으로 그렇게 하겠소."　　　　63

그러자 한 영혼[3]이 말했다. "무력이
당신 의지를 꺾지 않는다면, 맹세할 것도 없이
당신이 한 말을 지킬 것임을 우리는 알고 있소.　　　　66

그래서 내가 먼저 나서서 이렇게
청하려 하오. 당신이 로마냐와
카를로 지방 사이의 땅을 여행한다면　　　　69

나에 대한 당신의 너그러움이 파노에 전해져서,
은총을 받은 사람들이 나를 위해 기도하여
내 죄가 곧 씻기도록 해 주시오.   72

나는 파노 출신이지만, 내 몸을 유지하던
생명의 피가 흘러나온 그 깊은 상처는
안테노르의 땅[4]에서 입었소.   75

내가 가장 안전하다고 생각한 그곳에서
에스테의 그자[5]가 품은, 이성을 훨씬 넘어선
분노가 내게 밀어닥쳤소.   78

내가 오리아고에 이르렀을 때
미라[6]로 도망을 갔더라면
아직도 살아 숨 쉬고 있을 것을.   81

대신 난 늪으로 달아났소. 억새풀이
나를 휘감아 진흙탕에 넘어졌지. 난
내 피가 그곳을 호수로 만드는 것을 지켜보았소."   84

이어서 다른 영혼이 말했다. "아, 저 높은 산으로
당신을 이끄는 소망이 이루어진다면,
그 어진 자비로 내 소원을 이루도록 도와주시오!   87

나는 몬테펠트로 출신이었소. 본콘테라고 하오.[7]

조반나[8]도, 다른 사람들도, 날 돌보지 않아
저들과 함께 고개를 숙이고 이렇게 가고 있다오."   90

"그 어떤 힘, 그 어떤 운명이 당신을
캄팔디노에서 멀리 떨어진 곳으로 보내 아무도
당신이 묻힌 곳을 찾을 수 없도록 만들었나요?"   93

"아!" 그가 대답했다. "아르키아노라는 이름의 강은
아펜니노 산에서 에르모보다 더 위에서 발원해서
카센티노의 발치를 스쳐 지나지.   96

거기를 지나면서 그 이름이 사라지는데,[9]
그곳에서 나는 목에 구멍이 난 채
바닥에 피를 뿌리며 맨발로 도망치게 되었소.   99

그곳에서 나는 눈이 멀었고 말도 할 수 없게 되었소.
죽어 가면서 마리아의 이름을 되뇌었소.
그리고 그 자리에 넘어져서 텅 빈 육신만을 남겼소.   102

내 진실을 말할 테니 산 사람들에게 알려 주시오.
하느님의 천사가 날 데려가자 지옥의 악마가
울부짖었소. '하늘에서 온 자여, 왜 내 것을 훔치는가?   105

그자의 한 방울 눈물 때문에
불멸의 부분을 가져가는 것인가!

그렇다면 그자의 육신은 내가 가져가겠다!' 108

축축한 증기는 공기 중에 모이고,
추위가 이를 엉기게 하는 곳으로 올라가면
즉시 물로 돌아간다는 것은 잘 알 거요. 111

오로지 악에 뜻을 두어 계략을 짜내는
그 사악한 의지[10]는 천성적으로 타고난 힘을
구사하여 수증기와 바람을 일으켰소. 114

그리고 날이 어두워지자 프라토마뇨에서
길게 이어진 산등성이까지 계곡을
안개로 덮어 버렸소. 하늘에는 구름만 자욱했지. 117

젖은 대기는 물로 바뀌었고,
비가 쏟아져 내렸고, 땅이 흡수할 수
없을 정도가 되자 계곡으로 흘러내렸소. 120

물은 급류를 이루었고,
도도한 강을 향해 거세게 밀어닥쳐
아무도 막을 수 없을 정도였소. 123

사납게 흘러가는 아르키아노는 어귀에서
싸늘하게 식어 가는 내 몸을 발견하고
아르노 강으로 넘겼지. 고통이 나를 사로잡을 때 126

나는 내가 가슴에 스스로 만든 십자가[11]에서 풀려났소.
아르노는 강둑으로, 강바닥으로 나를 굴리면서
제 전리품[12]으로 나를 덮치고 휘감았다오."   129

이때 둘째에 이어서 셋째 영혼이 말했다.
"당신이 세상으로 다시 돌아가서
이곳을 여행하며 지친 몸을 쉴 때   132

나를 기억해 주세요! 내 이름은 피아[13]라고 합니다.
시에나가 내게 생명을 주었고 마렘마가 날 죽인
사실은 보석으로 먼저 반지를 끼워 주며

나와 결혼했던 그자가 잘 알고 있어요."   136

6곡[1]

차라 노름판[2]이 끝나면
돈을 잃은 사람은 고통스럽게 남아서
주사위를 다시 던져 보며 뒤늦게 배우고자 하지만,　　　3

사람들은 모두 다른 사람[3]을 따라 가 버린다.
어떤 이는 앞장서서, 어떤 이는 뒤에서 붙잡으며,
또 어떤 이는 옆에 붙어서 그의 시선을 끌려고 한다.　　　6

그러나 딴청을 피우되 멈추지 말고
그들에게 한두 푼씩 주면서 계속 나아가야 한다.
이것이 달라붙는 사람들을 피하는 방법이다.　　　9

나 역시 그렇게 부탁하는 무리에 둘러싸여 있었으니,
이리저리 얼굴을 돌리며 약속해 주면서
나갈 길을 터야 했다.　　　12

기노 디 타코의 복수심에 가득 찬 손에
죽음을 당한 아레초 사람,[4]
쫓겨 도망치다 물에 빠져 죽은 영혼,   15

팔을 한껏 벌려 애원하는 페데리코 노벨로,[5]
어진 마르추코를 위대해 보이게
만들었던 피사 사람[6]이 그런 무리들이었다.   18

또 오르소 백작[7]이 눈에 띄었으며,
저지른 죄 때문이 아니라 원한과 시기 때문에
영혼이 육체에서 떨어져 나갔다고 주장하는   21

피에르 드 라 브로스[8]도 보였다. 그러니
브라반테의 여자여, 세상에 있는 동안 조심해서
저 나쁜 무리에 끼는 신세가 되지 않도록 주의하라!   24

다른 사람들이 기도해 주기만을 기도하고
어떻게 하면 좀 더 빨리 은총을 입을까 서두르던
그 영혼들에게서 빠져나오자 곧   27

나는 이렇게 말했다. "나의 빛이신 선생님!
선생님은 어디선가[9] 분명 기도가
하늘의 율법을 꺾을 수는 없다고 하셨습니다.   30

그런데 이들은 쉼 없이 제게 기도를 부탁합니다.

그것은 저들의 쓸데없는 망상이 아닌지요? 혹시
제가 선생님 말씀을 잘못 기억하고 있는 건지요?"   33

"내가 그렇게 말한 것은 맞다. 그러나
건전한 정신으로 잘 생각해 보면
저들의 희망도 헛된 것은 아니란다.   36

여기에 체류하는 자가 채워야 할 것을
사랑의 불이 어느 순간 완성시켜 준다고 해서
심판의 꼭대기가 구부러지는 것은 아니기 때문이다.[10]   39

그 대목에서 내가 바로 그 점을 확실히 했는데,
죄는 기도로 씻을 수 없단다.
기도가 하느님께 닿지 않기 때문이야.[11]   42

너무 깊은 의심에 갇히지 않도록 하라.
진실과 지성 사이의 빛이신
그 여인께서 너에게 말씀하실 때까지 기다려야 한다.   45

내 말을 이해하느냐? 베아트리체를
두고 하는 말이다. 그분이 이 산의 정상에서 나타나
축복을 내리며 웃음을 지으실 거야."   48

"선생님, 더 서두르시지요!
전 아까처럼 피곤하지 않습니다.

보세요! 산이 이제 그림자를 드리웁니다." 51

"날이 저물기 전까지 가능한 한
서둘러 높이 올라가야 한다.
하지만 일이 네 생각대로만 돌아가지는 않는단다. 54

지금은 태양이 비탈에 가려져서
네 그림자를 드리우지 않지만,
네가 정상에 도착하기 전에 다시 떠오를 것이야. 57

저쪽에 혼자 외롭게 앉아
우리를 쳐다보는 영혼을 봐라.
그자가 지름길을 가르쳐 줄지 모르겠다." 60

우리는 그에게 갔다. 오, 롬바르디아의 영혼이여,
그대는 참으로 도도한 태도로 뽐내고 있구나!
그 눈은 또 얼마나 침착하고 당당한지! 63

우리가 그냥 지나가도 그는 한마디 말 없이
마치 주저앉은 사자처럼
눈으로 쳐다보기만 할 뿐이었다. 66

베르길리우스가 다가가 가장 좋은 오르막길이
어디에 있는지 가르쳐 달라고 부탁했지만,
그 질문에 대꾸조차 없었다. 대신 69

우리가 어디서 태어났고 어떻게 살았는지를 물었다.
친절하신 길잡이가 "만토바……" 하면서
대답을 시작하자, 자기 생각에만 골똘하던 그 영혼은   72

앉은 자리에서 그를 향해 벌떡 일어나며 말했다.
"만토바 사람이군요. 나는 당신과 동향이오.
소르델로[12]라고 합니다." 그들은 서로 목을 끌어안았다.   75

아, 비천한 이탈리아여, 고통스러운 곳이여,
사공도 없이 폭풍우에 휩쓸린 배[13]여,
부패와 싸움으로 젖은 곳이여,   78

저 친절한 영혼은 그저 자기 고향
이름만 듣고도 동향인이라며
앞뒤 가리지 않고 환영하지 않는가!   81

지금 네 안에서 살고 있는 자들은
전쟁만 일삼고, 같은 성벽과 해자에 둘러싸여
서로가 서로를 물어뜯기에 바쁘다.   84

가엾구나! 평화로운 곳이 어디 한 군데라도 있는지,
너의 해안 어디를 둘러보아도, 중심부를
찾아보아도, 도무지 눈에 뜨이지 않는다.   87

안장이 비어 있다면 유스티니아누스가

고삐를 고친다 한들 무슨 쓸모가 있겠는가?[14]
차라리 그렇게 하지 않았으면 부끄럽지는 않았을 텐데.   90

하느님께서 일러 주신 것[15]을 기억한다면
성직자들은 자신들의 성스러움을 추구할 뿐
안장은 카이사르가 돌보도록 두어야 할 것이다.   93

보라! 너희들이 감히 고삐를 쥐고 있기에
이 야수[16]는 얼마나 거칠게 되어 버렸는지
아무리 박차를 가해도 똑바로 나아가질 않는구나.   96

아, 독일인 알브레히트[17]여, 넌
안장에 앉아 있어야 했건만
이 거칠고 야만스러운 짐승을 버려두었구나!   99

공정한 심판이 별들에게서 너의 가문에
내려와 너의 후손[18]이 그 새로움과
당당함으로 두려워하게 되기를 바랄 뿐이다.   102

너와 네 아버지가 탐욕으로 인해
저쪽[19] 일에만 마음을 쏟아서
제국의 정원이 황폐해졌으니 하는 말이다.[20]   105

무정한 사람이여, 와서 봐라! 몬테키와 카펠레티를!
모날디와 필리페스키를.[21] 이들은 벌써

슬퍼하며 떨고 있지 않느냐! 108

잔인한 사람이여, 봐라! 고통받는
그대의 귀족들을! 그들의 상처를 치료하라!
그러면 산타피오라[22)가 얼마나 음울한지 알 것이다. 111

그대의 도시 로마를 보라! 자식을 잃고
홀로 되어 밤낮으로 울면서 "나의 카이사르![23)
왜 나를 버렸는가?"라고 부르짖지 않는가! 114

사람들이 지금 과연 얼마나 서로 사랑하는지 보라!
그래도 그대가 우리를 가엾게 여길 수 없다면
그대의 명성을 스스로 부끄럽게 느껴야 할 것이다. 117

지존하신 제우스[24)여, 제가 이렇게 말해도 좋은지요?
당신은 우리를 위해 이 땅에서 십자가에 못 박히셨는데,
그런 의로운 눈길을 정녕 다른 곳으로 돌리셨나요? 120

아니면 우리가 미처 깨닫지 못하는 선을
행하시려고 당신 섭리의 알 수 없는 심연 속에
우리의 불행을 감추어 두셨습니까? 123

이탈리아의 모든 도시들은 폭군으로
그득하고, 온갖 망나니들이 떼거리를 지어
마르켈루스[25)처럼 행세하고 있습니다. 126

나의 피렌체여, 사리 분별을 잘하는 시민들 덕분에
이런 혼란에서 벗어나 있다고
생각하니, 참 행복하기도 하겠다!   129

어떤 이들은 마음속에 정의를 지니고
그들의 시위를 당기기 전에 생각을 하지만
그대의 시민들은 정의에 대해 그저 말만을 쏘아 댄다.   132

어떤 이들은 공동의 짐을 맡으라고 하면 거부하는데,
그대의 시민들은 요청을 받지 않아도 지레 소리 높여
대답한다. "내가 그 일을 맡겠소!"라고.   135

이제 즐거워하라! 그대는 그럴 충분한 자격이 있다.
풍요로운 그대, 평화로운 그대, 현명한 그대!
있는 그대로의 사실들이 내 말의 진실을 드러내리라.   138

고대의 법을 만들었고 그렇게 질서 정연했던
아테네와 라케다이몬²⁶⁾도 그대에 비교하면
정의가 깃든 생활을 위해 한 게 별로 없으니,   141

그대가 그렇게 정성을 기울여
제도를 만들어도, 10월에 나온 것이
11월 중순을 넘기지 못하는구나.   144

최근의 기억에서만 보아도 그대는

법률과 화폐, 공직과 관습을
얼마나 바꾸고 사람들을 휘둘렀는가!　　　　　　　147

그대가 잘 돌이켜 진실을 본다면,
깃털 이불 위에 누워서도 쉬지 못하여
고통을 덜려고 몸을 뒤척이는

병든 여자와 하나도 다르지 않음을 알게 될 것이다.　　151

7곡

두 사람은 요란하게 들뜬 인사를
여러 번 반복했다. 마침내 소르델로가 뒤로
떨어져서 말했다. "그런데 당신들은 누굽니까?"   3

"내 뼈는 옥타비아누스 황제에 의해 묻혔소.
그것은 하느님께 올라갈 자격을 지닌 영혼들이
이 산으로 인도되기 전의 일이었지요.   6

나는 베르길리우스요. 내가 천국에 가지 못한 이유는,
죄는 짓지 않았으나 신앙이 없었기 때문이오."
이것이 길잡이가 그 영혼에게 한 대답이었다.   9

갑작스럽게 믿기 힘든 어떤 것을 목격한 사람이
처음에는 믿다가 금방 의심하며
"그렇지! 그게 아냐!"를 반복하듯이,   12

소르델로도 그랬다. 그는 고개를 숙이더니
그분께 겸손하게 돌아서서 아랫사람이 존경하여
붙잡는 곳을 껴안았다.[1]   15

"오, 라틴의 영광이여, 당신께서는
우리 언어[2]의 힘을 증명한,
내 고국의 영원한 모범이십니다.   18

무슨 공덕과 은총으로 내게 나타나셨는지요?
내가 당신의 말씀을 들을 자격이 있다면,
지옥의 어느 구역에서 오시는 길인지 말씀해 주세요."   21

선생님이 대답했다. "나는 고통스러운 왕국의
모든 구역들을 지나 이곳에 왔소.
하늘의 힘이 이 길을 보여 주어 그 도움으로 왔소.   24

한 것이 아니라 하지 않은 것 때문에
당신이 찾고 있는 태양을 볼 수 없게 되었소.
난 그 의미를 너무 늦게 알았소.   27

저 밑에는 어둠으로 인해 슬픔이 깔리는
곳이 있소. 거기서는 고통의 비명 대신에
희망을 잃은 한숨 소리만이 들리지요.   30

난 태어날 때부터 지닌 죄가 씻기기도 전에

죽음이 삶을 부숴 버린 순수한
어린 영혼들과 함께 그곳에 머물고 있다오.   33

또 세 가지 신성한 덕³⁾을 입지는
못했지만, 악습은 모르고 다른 덕은
다 알고 실행한 사람들과 함께 있지요.   36

그런데 당신이 알고 있다면, 우리가
어떻게 하면 진짜 연옥이 시작되는 곳에
빨리 갈 수 있는지 말해 주시오."   39

"우리에게는 일정한 자리가 없어서
난 사방을 자유로이 다닐 수 있습니다.
내가 오를 수 있는 데까지 안내해 드리겠습니다.   42

그러나 보시다시피 날이 저물고 있어요.
밤에는 오르지 못하기 때문에
쉴 만한 곳을 생각해야 합니다.   45

여기 저만큼 오른쪽에 영혼들이 있으니
허락하신다면, 그대를 그들에게 데려가리다.
저들을 알게 됨은 즐거운 일이로다."   48

"무슨 말이오? 밤에 오른다면
누가 막기라도 한다는 거요? 아니면

그렇게 할 만한 힘이 없는 거요?"   51

그러자 착한 소르델로가 손가락으로 땅에 금을 긋고
대답했다. "보세요! 해가 지고 나면
이 금을 넘어서서 한 발자국도 갈 수 없습니다.   54

밤의 어둠을 제외하고는 아무것도
우리가 올라가는 것을 막을 수 없지만
이 어둠이 우리의 의지를 약하게 만들어 버리지요.   57

하지만 비탈 아래로는 내려갈 수 있습니다.
지평선이 낮을 가두고 있는 한
원하는 대로 산 주위를 돌아다닐 수도 있고요."   60

그러자 선생님께서는 이를 듣고 놀라서 대답했다.
"그렇다면 당신이 말한 곳으로 우리를
데려다 주시오. 즐겁게 쉴 곳을 찾도록 말이오."   63

그곳을 떠난 지 얼마 되지 않아
산비탈의 움푹 꺼진 곳이 보였다.
세상의 계곡처럼 우묵한 곳이었다.   66

그 영혼이 말했다. "산이 깎여 골짜기를
이룬 곳까지 갑시다. 거기서
새날이 올 때까지 기다립시다."   69

그렇게 가파르지도, 완전히 평탄하지도 않은
구부러진 길이 주변보다 움푹
꺼진 곳의 가장자리로 이어지고 있었다.   72

황금과 순은, 양홍(洋紅), 백연,
푸른색과 갈색, 그리고 녹색의 에메랄드 조각들이
반들거리며 현란하게 빛을 낸다 해도,   75

큰 것이 작은 것을 이기듯이,
그 움푹 꺼진 분지를 물들인 풀과 꽃의
형형색색의 아름다움을 이기지는 못하리라.   78

자연은 이곳을 색색으로 물들이고
수천의 향기로 그윽하게 감싸면서
완전히 새롭고 알 수 없는 곳으로 만들었다.   81

"살베 레지나!"4) 수많은 영혼들이
잔디와 꽃밭 위에 앉아서 노래를 부르고 있었는데,
밖에서는 움푹 팬 골 때문에 그 모습이 보이지 않았다.   84

우리를 안내한 만토바 사람이 말했다.
"해가 얼마 남지 않았다고 해서
저 영혼들에게 내려가자고 하지는 마십시오.   87

그리로 내려가 그들과 휩싸이는 것보다는

산 위에 머무는 편이 그들 모두의 행동과 얼굴을
보는 데 더 쉬울 테니까요.   90

가장 높은 곳에 앉아서 게으르게도
해야 할 일을 하지 않은 듯 보이는 루돌프 왕은
다른 사람들이 모두 소리 모아 노래를 부르는 동안   93

입도 벌리지 않는군요. 그는 상처 입은 이탈리아를
치료할 수 있었건만 죽음에 이르게 했으니,
다른 사람을 통해 다시 살아나기에는 너무 늦었지요.[5]   96

그를 위로하는 듯 보이는 다른 사람은
몰다우에서 엘베로, 엘베에서 바다로 흐르는
강물이 거치는 땅을 모두 통치했던   99

오토카르[6]입니다. 그가 강보에 싸였을 때라도
사치스럽고 게으르기만 했던
수염 난 자기 아들 벤체슬라우스[7]보다 훨씬 나았지요.   102

저 관대해 보이는 자[8]와 함께
은밀하게 뭔가를 의논하는 듯 보이는 납작코[9]는
도망치다 죽어 백합의 치욕이 되었지요.   105

가슴을 치고 있는 꼴 좀 보세요!
다른 자[10]는 손바닥으로 턱을 괴고

한숨만 쉬고 있네요.   108

이들은 프랑스의 악[11]의 아비와 장인이니,
자신의 부덕하고 썩은 삶을 알고 있기에
저리 가슴을 쥐어짜는 고통을 느끼는 것이지요.   111

저 늠름한 코를 지닌 자[12]와 함께
노래를 부르는 아주 건장해 보이는 자[13]는
온갖 덕으로 치장하고 다녔는데,   114

그 뒤에 앉은 젊은이[14]가
왕위를 이어받았더라면 그 덕이
그릇에서 그릇으로 잘 이어졌을 테지만,   117

다른 후계자들에 대해서는 그렇게 말할 수가 없어요.
하이메와 페데리고[15]가 나라를 차지했지만,
누구도 그보다 나은 유산을 갖지 못했어요.   120

인간의 덕성이 가지들에서 다시 솟는 경우는
흔치 않습니다. 그렇게 해 주시는 분께서
그렇게 되도록 원하시기 때문입니다.[16]   123

나의 얘기는 그와 함께 노래를 부르고 있는
큰 코를 가진 피에르[17]에게 적용됩니다.
그 때문에 풀리아와 프로엔차가 슬퍼했던 것이지요.   126

나무는 씨앗보다 더 뛰어나기 힘든 법이라,
코스탄차는 베아트리스와 마르게리타보다 훨씬 더
자기 남편을 자랑스럽게 여깁니다.[18]   129

저쪽에 혼자 앉아 있는
소박한 생활을 한 영국의 헨리를 보시오. 그는
그 가지에서 자기보다 더 나은 열매를 맺었지요.[19]   133

제일 낮은 곳에 앉아서 다른 사람들을
올려다보고 있는 사람은 굴리엘모 후작인데,
그로 인하여 알렉산드리아와 거기서 일어난 전쟁이

몬페라토와 카나베제를 울게 하기도 했지요."[20]   136

8곡[1]

때는 뱃사람의 머리에 집 생각이 가득하고
마음에는 남겨 두고 떠나온 사랑하는 사람들에 대한
그리움이 이는 그런 시간이었다.   3

처음 길을 나선 순례자가 멀리서 들려오는
저물어 가는 하루를 슬퍼하는 듯한 만종 소리에
사랑을 떠올리며 가슴 아파하는 시간이었다.   6

나는 더 이상 그의 얘기를 듣지 않고,
대신 서 있던 어떤 한 영혼을 바라보고 있었다.
그가 자기 말을 들으라고 손짓을 해 보이더니   9

두 손을 쳐들고 손바닥을 모았다.
그의 시선은 동쪽에 박혀 있었는데, 마치 하느님께
"다른 것은 생각하지 않습니다." 하고 말하는 듯했다.   12

"테 루치스 안테." 그의 입에서 아주 경건하고
지극히 듣기 좋은 멜로디가 흘러나왔다.
나는 정신이 혼미해지는 듯했다.   15

다른 영혼들도 그를 따라 고귀한
천국의 하늘들에 눈을 고정시킨 채
부드럽고 경건하게 노래를 불렀다.   18

독자여, 눈을 날카롭게 하여 진실을 바라보라!
이제 이 순간 진실은 얇은 너울에 덮여 있어
안을 들여다보기 쉬울 터이니!²⁾   21

그 고귀한 영혼들은 조용히
하늘을 바라보며 뭔가를 기다리는 듯했다.
얼굴은 창백했고 유순해 보였다.³⁾   24

불로 달구어진 두 자루의 칼을 들고
두 천사가 높은 곳에서 내려오는 것이 보였다.
칼은 짧게 잘리고 끝이 뭉툭했다.   27

그들의 옷은 새로 싹튼 부드러운 잎사귀들처럼
푸르렀고 뒤에는 쉴 새 없이 움직이는
녹색 날개로 바람이 일어 흩날리고 있었다.   30

한 천사는 우리 위쪽에 섰고

다른 천사는 저편 언덕에 내려앉았다.
영혼의 무리가 자연스레 그들 가운데 위치하게 되었다.   33

천사들의 금발은 쉽게 눈에 띄었으나
얼굴에서 퍼져 나오는 빛은 감당하기 힘들었다.
너무 강한 것에는 우리 능력이 힘을 잃는다.[4]   36

소르델로가 말했다. "저 두 천사는 이 계곡에 있는
뱀으로부터 우리를 지켜 주려고 마리아의 품에서
왔지요. 뱀이 곧 올 테니 보게 될 겁니다."   39

나는 어느 지점에서 뱀이 나타날까 알 수 없어
두리번거리다가 두려움을 견디지 못하고
믿음직스러운 어깨에 바싹 다가섰다.   42

소르델로가 다시 말했다. "이제 저 아래 고귀한
망령들에게 가서 얘기를 나눠 봅시다.
그들이 매우 기뻐할 겁니다."   45

아래편에 이르렀다고 생각된 것은 겨우
세 걸음 옮겼을 때였다. 날 알아보려 하는 듯
뚫어져라 쳐다보는 망령 하나가 눈에 들어왔다.   48

하늘은 벌써 어둠에 묻혀 가고 있었지만,
전에는 가로막혀 있던 것[5]이 그의 눈과

내 눈 사이에 드러나지 않을 정도는 아니었다.   51

그는 내게로 몸을 돌렸고 나도 그를 향했다.
친절한 판사 니노[6]였다. 그가 저주받은 자들 사이에
있지 않은 것을 보고 얼마나 기뻤는지!   54

우리는 다정한 인사를 주고받았다.
그가 물었다. "그 머나먼 물을 건너
이 정죄산 기슭까지 온 지 얼마나 되었소?"   57

"슬픈 곳을 지나 오늘 아침에 이곳에 왔소.
나는 아직 첫 번째 삶에 있지만
이 길을 따르면서 다른 삶을 얻으려 하고 있소."   60

니노와 소르델로가 내 말을 듣고 흠칫 물러났다.
놀라고 있었다. 들은 것을
믿지 못하겠다는 투였다.   63

하나는 베르길리우스에게, 다른 하나는
가까이 앉아 있던 망령에게 돌아서더니 외쳤다.
"코라도! 하느님께서 은총으로 원하셨던 것을 봐라!"   66

니노는 나를 보고 말했다. "하느님의 태초 목적은
감춰져 있어 우리로서는 다다를 수 없으나, 그런
하느님께서 당신에게 베푸신 은총의 이름으로 부탁드리오. 69

당신이 그 거대한 물결을 건너게 될 때
나의 조반나에게 나를 위해 기도해 달라고 말해 주시오.
여기서는 순수한 사람들의 기도를 들을 수 있으니.　　　72

그 애의 엄마는 나를 더 이상 사랑하지 않소.
그녀[7]는 흰색 너울을 벗어 던졌소.
불쌍한 사람! 언제든 다시 그 너울을 그리워하겠지.　　　75

눈과 손길로 계속 불을 붙여 주지 않을 때
사랑의 불꽃이 여자에게서 얼마나 지속되는지는
그녀를 보면 아주 쉽게 알 수 있소.　　　78

밀라노 사람들을 전쟁으로 몰아넣은 독사는
갈루라의 수탉만큼 오래도록 그녀의 무덤을
아름답게 지키지는 못할 것이오.[8]　　　81

마음속에 있을 때 절도 있게 타오르는
곧은 정열의 표식을 니노는 자신의 말로써
얼굴 전체에 분명하게 드러냈다.　　　84

나의 눈은 별들이, 마치 바퀴의 축이
바퀴 둘레보다 더 느리게 움직이듯이,
느릿느릿 움직이는 하늘에 고정되었다.　　　87

길잡이가 입을 열었다. "아들아! 무얼 그렇게 바라보느냐?"

"저 타오르는 세 개의 불꽃이
이곳 남극을 온통 환하게 비추고 있습니다."   90

"오늘 아침에 네가 보았던
네 개의 밝은 별들이 이제 산 아래로 저물고,
저 별들이 그 자리를 대신하여 떠올랐구나."[9]   93

그러나 소르델로는 선생님의 팔을 끌면서 말했다.
"저기 우리의 원수를 보십시오!"
그가 손가락을 들어 우리가 볼 곳을 가리켰다.   96

작은 계곡을 따라 열린 곳에
뱀 한 마리가 있었는데, 아마도 이브에게
쓰디쓴 음식을 준 그놈일 것이었다.   99

그놈은 풀과 꽃 사이에서 때로 멈춰
머리를 돌리다가 다시 몸을 비틀어 꿈틀거리면서
흉측한 긴 끈처럼 기어왔다.   102

성스러운 매들이 어떻게 날아올랐는지는
보지 못해 말할 수 없지만,
두 마리가 함께 움직인 것이 분명했다.   105

푸른 날개가 공기를 가르는 소리가 들렸는지
뱀은 줄행랑을 쳤고, 주위를 돌던 천사들도

때맞춰 자기 자리로 날아 돌아갔다.   108

니노가 불러서 그 곁에 가까이 있던 망령은
그 싸움이 지속되는 동안 내게서
시선을 떼지 않고 있었다. 그가 입을 열었다.   111

"당신을 높은 곳으로 이끄는 등불이
저 빛나는 산꼭대기로 인도하기에 충분한
초를 당신의 의지 안에서 발견하기를.   114

혹시 마그라 계곡이나 그 주변의
새로운 소식을 안다면 말해 주시오.
난 그 지역에서 한때 제법 힘이 있었던 사람이오.   117

나는 코라도 말라스피나[10]라고 합니다.
옛사람이 아니라 그의 후손이며, 이곳에서
나의 사랑을 깨끗이 가다듬고 있소."   120

"난 당신이 살던 지역에 가 본 적이
없소. 그러나 유럽 땅에 사는 사람이라면
누구나 다 그곳을 알 겁니다.   123

당신 가문의 빛난 명성이
영주들과 영토를 큰 소리로 찬양하니,
그곳에 가 보지 못한 사람들도 잘 알고 있는 얘기요.   126

당신께 맹세하건대, 내가 저 위로 올라가면,
당신의 위대한 사람들은 재물과 칼의
명예를 변함없이 잘 보존할 것이오.   129

당신 혈통의 관습과 덕은 아주 훌륭해서
악마의 머리가 세상을 흔들어도
악의 길을 물리치고 홀로 걸어갈 것이오."   132

"이제 가시오! 하느님의 정의의 길이
중단되지 않는다면, 염소자리가
네 개의 발을 죽 펴고 걸터앉은 침상에   135

태양이 일곱 번 쉬러 오기 전에[11],
당신이 방금 말한 친절한 의견은
당신이 우리에게서 들은 어떤 말보다 더

진실한 못으로 당신 마음에 깊이 박히게 될 것이오."   139

9곡[1]

늙은 티토노스의 아내[2]는 벌써
달콤한 제 남편의 품에서 벗어나
동쪽 발코니에 새하얀 모습을 드러냈다.   3

꼬리로 사람을 후려치는
냉혈 짐승의 형상으로 놓인
보석들이 그녀의 앞쪽에서 반짝거렸다.[3]   6

밤은 우리가 있던 곳에서 이미
두 걸음[4]을 올랐고, 이제
세 번째 걸음이 그 날개를 접고 있었다.   9

아담의 육신의 무게를 지닌 나는
잠에 휩싸여서, 우리 다섯 모두가
앉아 있던 풀밭에 너부죽이 엎어졌다.[5]   12

먼동이 터 오면서 제비가
옛날의 아픔을 기억하듯
구슬프게 노래를 부르기 시작할 때,[6]   15

그리고 우리 마음이 육신에서 더
멀어지고 생각에 덜 사로잡히며
환상이 거의 예언이 될 때,[7]   18

나는 꿈을 꾸었다. 하늘에 떠도는 금빛 깃의
독수리 한 마리가 보이는 듯했다. 독수리는
날개를 쭉 펴고 강하할 준비를 하는 것 같았다.   21

가니메데스[8]가 신들의 회합에
납치되는 바람에 친구들을 떠나야 했던
바로 그곳에 내가 가 있던 것 같았다.   24

나는 속으로 생각했다. '이 새는 여기서만 먹이를
찾는 습관이 있고, 다른 곳에서는
먹이를 잡아챌 생각을 하지 않는가 보다.'   27

독수리는 잠시 선회하더니
번개가 내리치듯 무섭게 쳐 내려와
나를 움켜쥐고 불타오르는 하늘로 치솟았다.   30

새와 나는 둘 다 불에 타는 것 같았다.

꿈속의 불의 열기가 너무나도 생생해서
나는 잠에서 깨어나고 말았다.   33

엄마 품에서 잠이 든 채로
케이론에게서 스키로스로 도망친 아킬레우스가
나중에 그리스인들이 그를 데려갔던 그곳에서,   36

잠에서 덜 깬 눈으로 주위를 둘러보며
자기가 어디 있는지 몰라서
흠칫 놀라던 것과 꼭 같았다.⁹⁾   39

나도 그렇게 얼굴에서 잠이 날아갔을 때,
두려움에 소름이 돋은 사람처럼
새파랗게 질린 채 어리둥절했다.   42

곁에는 나의 위안이 계셨을 뿐 아무도 없었다.
해는 벌써 두 시간 전에 높이 솟아올랐고
내 얼굴은 바다를 향해 있었다.   45

"무서워하지 말고 마음을 다스려라.
우리는 우리 길을 잘 가고 있지 않느냐.
뒤처지지 말고 네가 가진 힘을 다해 앞으로 가거라.   48

너는 이제 연옥에 도착했다.
오르막길로 빙 둘러쳐진 비탈이 보이느냐?

거기 벌어진 틈이 바로 그곳의 문이다.   51

조금 전 날이 밝기 전에 오는 새벽에
저 아래 형형색색의 꽃밭 위에서
너의 영혼이 육신 안에서 잠들어 있는 동안   54

한 여인이 와서 '나는 루치아.[10] 이리로 와
이 잠들어 있는 사람을 데려가게 해 주오.
그의 길을 수월하게 도와주리니.' 라고 하더구나.   57

소르델로와 다른 고귀한 영혼들은 그곳에 남았다.
날이 밝자 루치아가 널 품에 안아
위로 올랐고, 나는 그 뒤를 따라왔지.   60

그분이 널 내려놓기 전에 사랑스러운 눈으로
저 열린 입구를 내게 보여 주었다. 그리고 떠났지.
떠나면서 너의 잠도 같이 데리고 갔구나."   63

진실이 드러나면서 처음에는
당황하다가 확신을 갖게 되고,
두려움이 믿음으로 바뀌는 것을 느끼는 사람처럼,   66

나에게도 꼭 그런 변화가 일어났다. 길잡이는
내가 걱정을 벗어 버린 것을 보자 비탈을 따라
높은 곳으로 올랐다. 나는 그 뒤를 따랐다.   69

독자여, 이제 내가 나의 소재를 어떻게
고양시키는지 잘 보시라! 또한 더 뛰어난 기교로
소재를 떠받친다고 해도 놀라지 마시길!   72

우리는 가까이 다가가서 처음에는
부서져 그저 벽이 갈라진 틈처럼 보였던
한구석에 도착했다. 그곳에 다다르자   75

문이 하나 보였고, 밑으로 이어지는
각각 다른 색깔의 세 계단과
아무 말도 없이 지키고 선 문지기가 보였다.   78

그쪽으로 눈을 더욱 크게 뜨자
그가 가장 높은 계단 위에 앉아 있는 것이 보였는데,
그의 얼굴은 감당할 수 없을 만큼 눈이 부셨다.   81

그는 손에 칼을 뽑아 들고 서 있었는데
반사된 빛이 우리를 향했으므로
얼굴을 들어 보려 했지만 그럴 수가 없었다.   84

그가 외쳤다. "그 자리에서 말하라! 원하는 게 뭐냐?
너희들의 길잡이는 어디 있느냐? 이곳에 오는 것이
너희에게 좋지 않을 수도 있으니 조심하라!"   87

나의 선생님이 대답했다. "이 일들을 잘 아시는

P— 6 Canto 9

하늘의 여인께서 조금 전에 '저쪽으로 가면
문이 있다.' 라고 말씀하셨소."   90

문지기의 음성이 친절하게 바뀌었다.
"그분이 너희 앞길을 잘 인도하시기를!
그러면 우리 계단으로 올라오너라."   93

우리는 그리로 갔다. 첫 번째 계단은
새하얀 것이 너무나 반들반들하게 닦여
나를 있는 그대로 비쳐 주었다.   96

두 번째 계단은 흑자색보다 더 검게 물들고
불에 그을린 거친 돌들이
위로 아래로 옆으로 갈라져 있었다.   99

세 번째 계단은 맨 위에 놓여 있었는데,
핏줄에서 터져 나오는 피처럼
벌겋게 이글거리는 반암 같았다.[11]   102

바로 그 위에 하느님의 천사가
양쪽 발을 디디고 다이아몬드처럼 보이는
문턱 위에 앉아 있었다.   105

길잡이가 나서서 선한 의지로 나를
세 개의 계단 위로 안내하면서 말했다.

"자물쇠를 열어 달라고 정중하게 여쭈어라!"   108

나는 거룩한 발 앞에 경건하게 엎디어서
자비의 이름으로 들여보내 달라고 간청했다.
무엇보다 나는 가슴을 세 번 두드렸다.[12]   111

그러자 그는 칼 끝으로 내 이마에
일곱 개의 P자를 그었다.[13]
"들어가거든 이 상처를 씻어 버려라!"   114

그의 옷은 파헤쳐진 채 말라 버린 흙이나
재의 색깔을 띠고 있었다.
옷 속에서 그는 열쇠 두 개를 꺼냈다.   117

각각 금과 은으로 되어 있었다.
그는 먼저 하얀 것을, 그리고 나서 노란 것을
문에 갖다 댔다. 내 마음이 흡족했다.   120

"이 두 개의 열쇠 중 어느 하나라도
자물쇠 안에서 제대로 돌아가지 않으면
이 길은 결코 열리지 않는다.   123

하나가 더 귀중하지만,
다른 하나의 지혜와 기술이 필요하니,
잠금장치를 풀어 주는 것이 바로 그것이기 때문이다.   126

나는 이것을 성 베드로에게서 받았다.
그분은 말씀하시길, 내 발 앞에 엎드리는 사람들에게는
설령 실수로 열더라도 잠가 두지는 말라고 하셨다."   129

그가 거룩한 문을 뒤로 밀어 열면서 말했다.
"들어가라! 그러나 뒤를 돌아보는 사람은
밖으로 다시 나와야 한다는 것[14]을 명심하라!"   132

그 성스러운 문의 무거운 쇠붙이 굴대가
돌쩌귀 안에서 돌아가면서
얼마나 큰 금속성의 소리를 냈던지,   135

용감한 메텔루스가 제거되고 모든 것이
사라져 버렸을 때 타르페이아도
그렇게 크고 요란한 소리를 내지는 않았다.[15]   138

그 최초의 천둥소리에 귀를 기울이자
"천주여, 당신을 찬미합니다!"라는
목소리가 감미롭게 들리는 듯했다.   141

그때 내가 들었던 소리는 마치
오르간 연주에 맞춰 부르는 노래를
들을 때 으레 그러하듯이,

노랫말이 때로 들리다 사라지다 했다.   145

10곡[1)]

우리가 지나온 문은 잘못된 사랑으로 말미암아
그릇된 길을 똑바로 난 길로 여기는
영혼들에게는 영원히 닫혀 있을 것이다.   3

그 문턱을 지나자 문이 닫히는 소리가 들렸다.
내가 문을 돌아보았다면 그 잘못을
뭐라고 적절히 변명할 수 있었을까?   6

우리는 바위를 갈지자형으로 관통하는
길을 따라 좁은 틈 사이로 기어 올라갔다.
길은 파도처럼 오락가락 이리저리 이어졌다.   9

"자, 여기서는 기지를 좀 부려야겠구나."
길잡이가 입을 열었다. "이쪽이나 저쪽으로
벽이 트인 쪽으로 붙어 가자."   12

그러자니 자연 걸음이 느려졌다.
그래서 이지러지는 달이 제 잠자리로 돌아와
다시 누운 뒤에야[2] 우리는 마침내   15

바늘구멍과 같은 틈 사이를 빠져나왔다.
산이 뒤로 물러나 탁 트인 곳 위에
올라서 우리가 자유로워졌을 때   18

나는 피곤했다. 둘 다 길에 대해
확신이 없었다. 우리는 사막의 길보다 더 외로운
그 산마루 위에 멈춰 섰다.   21

허공이 매달려 있는 산마루의 가장자리부터
위로 곧바로 치솟은 벼랑의 발치까지는
세 사람의 키를 더한 정도의 거리였다.   24

내 눈이 날개를 펼 수 있는 한
왼쪽부터 오른쪽까지 재어 보니
산마루의 넓이는 일정했다.   27

그 위에 서서 우리가 미처 걸음을 떼기도 전에
나는 알게 되었으니,
곧장 올라갈 길이 없는 그 벼랑 주변은   30

온통 하얀 대리석으로 되어 있었고,

폴리클레이토스[3]뿐만 아니라 자연마저
무색할 만큼 찬란한 조각들로 장식되어 있었다.　　　　　33

오랜 세월을 눈물로 고대하던 평화를
이 땅에 전파하러 내려온 천사[4]는
과거의 금기를 깨고 하늘을 열어　　　　　36

살아 있는 형상으로 우리 눈앞에 나타났다.
그것은 침묵을 지키는 이미지로
여겨지지 않을 만큼 거룩한 모습으로 새겨져 있었다.　　　　　39

그는 분명 "아베!"[5]라고 말했던 것 같은데,
높으신 사랑을 열기 위하여 열쇠를
돌린 분[6]의 모습 또한 새겨져 있었기 때문이다.　　　　　42

그 모습에는 "이 몸은 주님의 종입니다."[7]라는
말이 새겨져 있었다. 그 말은
밀랍에 인장을 찍은 듯 선명했다.　　　　　45

친절하신 선생님이 우리가 심장을 갖고 있는 쪽에
서 있는 내게 말했다.
"다른 쪽도 좀 보면 좋지 않겠느냐?"　　　　　48

나는 얼굴을 돌렸다. 그러자
마리아의 형상을 지나, 나를 움직이게 하신

그분이 서 있던 곳이 보였다.   51

거기에는 다른 이야기가 새겨져 있었다.
이를 자세히 보고 싶어서 베르길리우스의 앞을
가로질러 가까이 다가섰다.   54

맡지 않은 임무는 누구나 두려워하는 법.[8)]
그 대리석에 새겨져 있는 것은
야훼의 성궤를 끌고 있는 수레와 황소였다.   57

그 앞에 보이는 사람들은 일곱 합창대로
나뉘었는데, 내 감각 중 하나가 "아니야."라고 말하면
다른 하나는 "진짜야! 정말로 노래하는데!"라고 말했다.[9)]   60

똑같이 정밀하게 새겨진
분향(焚香)의 연기에 대해서도 나의 눈과 코는
아니다와 맞다 사이에서 갈팡질팡했다.   63

축복받은 그 궤를 앞에 놓고 「시편」을 쓴 작가[10)]가
겸손하게 춤추는 모습은
왕답게도 왕답지 않게도 보였다.   66

반대편에는 못마땅하고 화난 여자처럼
바라보고 있는 미갈[11)]이
거대한 대궐의 창문에 새겨져 있었다.   69

미갈의 뒤로 희미하게 비치는
다른 이야기를 가까이 들여다보고 싶어서
나는 서 있던 자리에서 발을 옮겼다.   72

거기에는 로마 황제가 누린 위대한 영광의 이야기가
새겨져 있었다. 그 황제의 덕으로 그레고리우스는
가장 위대한 싸움을 승리로 이끌었다.[12]   75

그 로마의 황제란 트라야누스를 두고 한 말인데,
그의 말에 물린 재갈 옆에는 울고 있는
불쌍한 과부 하나가 새겨져 있었다.   78

그의 주위에는 기사들이 가득했으며,
그들의 머리 위에는 금 독수리가 새겨진
로마의 깃발들이 바람에 펄럭이고 있었다.   81

불쌍한 과부는 무리 사이에서 이렇게
말하는 것 같았다. "폐하! 죽은 제 아들의
원수를 갚아 주십시오. 제 가슴이 미어집니다."   84

황제가 "내가 돌아오기만 기다려라!" 하자
여자는 고통스러워하며 재촉하기를
"하지만 돌아오지 않으시면 어찌합니까?"라고 말하니,   87

"내 뒤를 잇는 자가 나를 위해 할 것이다." 한다.

다시 여자가 "폐하께서 맡은 일을 소홀히 하시면
남이 이룬 선이 폐하께 무슨 소용이 있겠습니까?"   90

그러자 황제가 "그렇다면 걱정을 접어라. 떠나기 전에
네 아들의 원수를 갚아 주마. 정의가 그렇게 하고자 하고
연민이 나를 붙드는구나." 하고 대답하는 듯했다.[13]   93

어떤 것도 새롭지 않은 분[14]께서
눈으로 볼 수 있는 이야기를 만드셨으니,
그런 것을 모르고 산 우리에게는 참으로 이상했다.   96

그것을 만든 장인 때문에 값지게 보이는
그 지극한 겸손들이 펼쳐진 광경에
기뻐하며 서 있는 동안 시인이 내게 속삭였다.   99

"저쪽을 봐라! 오만의 죄를 지은 영혼들이
참으로 느리게 움직이는구나.
그들이 우리를 계단으로 이끌 것이다."   102

눈은 언제나 고대하던 새로운 광경을
보는 데서 큰 기쁨을 누렸으나,
선생의 말씀에 시선을 돌리는 데도 느리지 않았다.   105

그러나 독자여, 하느님께서 참회하는 영혼들이
빚을 어떻게 갚기를 원하시는지 귀 기울이고,

우리의 참회의 뜻을 버리지 말기를!   108

무슨 벌을 받을지를 생각하지 말고,
벌의 끝에 오는 것을 생각하기를! 벌이 아무리 중해도
최후의 심판을 넘어설 수는 없는 일이니까.   111

"선생님! 우리를 향해서 움직이는
저들은 영혼처럼 보이지 않습니다.
저들이 무엇인지, 보아도 소용이 없습니다."   114

"형벌이 무거워 그들은 몸을
바닥을 향해 구부리고 있다.
나도 처음 보았을 때 뭔지 잘 몰랐다.   117

저쪽을 잘 보아라! 바위를 이고
움직이는 저들이 보이느냐? 하나하나가
가슴을 치며 후회하는 것이 보이느냐?"   120

오만한 그리스도인들이여, 가엾은 자들이여,
너희 마음의 눈은 병이 들어
뒤로 가는 발길에 아직도 믿음을 두고 있구나![15]   123

우리는 유충들, 최후의 심판을 향해
온전히 날아갈 천사 나비가 되기 위해 태어난
유충들임을 모르는가!   126

아직 완전히 성장하지 못한,
결점투성이 미완의 벌레에 지나지 않건만,
어찌하여 마음만 그렇게 높이 세우고 있는가!　　　　　129

때로 우리는 제 가슴을 무릎에 의지하는
인간 형상의 기둥이 지붕이나 천장의
무게를 받치는 것을 본다. 이는 그저　　　　　132

기둥일 뿐이지만 보는 사람에게
생생한 괴로움을 일으키니,
저 영혼이 보인 모습이 바로 그러했다.　　　　　135

등에 진 무게에 따라서 그들 중
어떤 이들은 더 눌려 있고 어떤 이들은 덜했는데,
그들 중 가장 인내가 강한 자도

"더 못하겠다!" 말하며 울먹이는 것 같았다.　　　　　139

11곡[1]

하늘에 계신 우리 아버지!
무량하게 위에서 처음 내리신 사랑보다
더한 사랑을 베푸셨으니,   3

당신의 부드러운 숨결에 감사하도록
당신의 이름과 당신의 힘이
온갖 피조물에 의해 찬미받으리이다.   6

당신의 왕국의 평화가 우리에게 임하게 하소서.
임하지 않으시면 어떤 노력을 기울여도
우리 스스로 그에 이를 수 없나이다.   9

당신의 천사들이 호산나를 노래 부르며
그들의 뜻을 당신께 제물로 바친 것처럼
우리 인간도 우리가 가진 것을 그렇게 하게 하소서.   12

매일의 양식을 오늘도 우리에게 주소서.
양식 없이는 앞으로 나아가고자 열망하는
자들이라도 이 거친 광야로 돌아가고 맙니다.   15

우리가 괴롭게 겪었던 악을
누구에게든 스스로 용서하듯이
우리의 죄를 긍휼히 여겨 용서하시옵소서.   18
                        ·

우리가 가진 힘은 약하기 짝이 없습니다.
우리를 오랜 원수의 유혹에 들지 말게 하시고
악을 몰고 오는 원수에게서 우리를 구하소서.   21

사랑하는 주님! 이 마지막 기도는
이제 필요 없는 우리가 아니고
뒤에 남은 영혼들을 위한 것입니다.   24

영혼들은 그들과 우리의 안녕을 위해
기도하면서 악몽과도 같은 무게에 짓눌려
몸을 구부린 채 느리게 움직였다.   27

서로 다른 괴로움[2]에 시달려 지친 몸을 이끌고
그들은 첫 번째 둘레를 오르면서
속세의 그을음을 씻고 있었다.   30

그들은 언제나 우리를 위해 기도하는데,

여기 있는 우리는 선한 의지에 뿌리를 둔 그들을 위해
무엇을 말하고 무엇을 할 수 있을까?   33

우리는 그들이 이 세상에서 가져간 때를
씻어 내도록 도와야 한다. 그래야 그들은
가볍고 순수하게 별의 운행에 오를 수 있을 것이다.   36

"당신들이 정의와 연민으로 무거운 짐에서
자유로워지기를 빕니다. 그래서 날개를 펼치고
당신들이 바라는 곳으로 높이 날아오르기를!   39

계단으로 가는 지름길을 어떻게
찾을 수 있는지 가르쳐 주시오. 혹시 길이
여럿이라면 덜 험준한 길을 일러 주시오.   42

나와 함께 가는 이 사람도 무게를
지니고 있소. 아직 아담의 육신을 걸치고 있어서
자기 의지와는 달리, 올라가기가 더디구려."   45

내가 뒤따르는 분이 하신 이런 말씀들에 대해
몇 마디 대답이 나왔으나 어디서
나온 것인지 분명하지 않았다.   48

"우리와 함께 오른편 언덕을 따라갑시다.
그러면 살아 있는 사람도 제대로 오를 수 있는

길을 발견할 것이오.   51

나의 오만한 목덜미를 짓누르고
얼굴을 바닥으로 숙이게 만드는
이 돌이 방해만 하지 않아도   54

이름은 모르지만 아직 살아 있는 이 사람을
혹시나 아는 사람이 아닐까 올려다보고 싶구려.
그리고 이 짐을 보이며 동정을 구해 보고 싶소만.   57

나는 라틴 사람. 위대한 토스카나 사람인
굴리엘모 알도브란데스코의 아들이었지.
그 이름을 들어 보았는지 모르겠구려.[3]   60

고귀한 업적을 쌓은 오랜 가문으로
나는 극도로 거만해져서
우리 모두의 어머니[4]를 잊어버릴 정도였소.   63

나는 모든 사람을 깔보았고
끝내 그것 때문에 죽었다오. 시에나 사람이라면 물론
캄파냐티코의 아이들도 모두 알 거요.   66

내 이름은 옴베르토. 교만의 죄는 나 하나만
황폐하게 한 것이 아니라 집안 모두를
모조리 재앙에 빠뜨렸소.   69

그 교만 때문에 살아 있는 동안에는 거부했던 이 무게를
지금은 하느님께서 만족하시는 날까지
죽은 자들 가운데서 참고 견디고 있는 거요."   72

나는 그의 말을 들으며 머리를 낮게 숙였는데,
그러자 방금 말한 사람이 아닌 다른 누군가가
무거운 짐 아래서 간신히 몸을 비틀어   75

나를 알아보며, 몸을 구부린 채
그들과 함께 움직이던 내게 힘든 눈길을
던지면서 날 불렀다.   78

내가 먼저 말했다. "아니 당신은 분명 구비오의 자랑이며
파리에서는 세밀화라고 불리는 예술의
대가인 오데리시[5]가 아니오!"   81

"형제여, 볼로냐 사람 프란코[6]의
양피지 그림들이 더 생생하니
영예는 그의 것이며, 나의 것은 일부분이라오.   84

살아 있던 동안 난 빼어나고 싶은
욕망밖에 없어서
그에게 그리 친절하지 못했어요.   87

그 교만의 대가를 여기서 이렇게 치르고 있소.

내가 죄를 짓는 동안에 그나마 하느님께
향하지 않았더라면 여기 있지도 못했을 것이오.　　　90

아, 인간의 능력은 공허한 영광일 뿐이오!
움튼 싹이 쇠락의 계절에 이르지 못하고
그 가지 끝에서 얼마나 허망하게 져 버리는지!　　　93

화가로서 한 획을 그었던 치마부에였건만
이제는 조토가 휘젓자
명성의 광택이 흐려지고 있소.[7]　　　96

한 귀도가 다른 귀도에게서
언어의 영광을 빼앗았고, 아마 그 둘을
보금자리에서 내쫓을 사람이 태어났을 거요.[8]　　　99

속세의 명성이란 지나가는 한 줄기 바람에 지나지 않으니
이 길 저 길로 옮겨 다니다가
방향이 바뀌는 대로 이름도 바뀌게 되는 법이오.　　　102

당신이 오래 살아 늙은 육신을 벗는 것이
'파포'나 '딘디'를 버리기 전에 죽는 것보다
더 명성을 가져다준다 해도, 그것이　　　105

천 년을 갈까요?[9] 천 년도 영원에 비하면
무엇입니까? 가장 느린 하늘[10]의 회전에 비하면

눈 깜박할 시간이 아닌가요?   108

내 앞에서 짧고도 느린 걸음으로 가고 있는 자는
토스카나 전체에 이름을 떨쳤지만,
지금은 시에나에서나 가까스로 기억될 뿐이오.   111

그는 시에나를 지배했고 피렌체의 미친 듯한
공격을 분쇄하여 한때 그렇게도 오만했지만,
지금은 매춘부처럼 타락해 버렸소.   114

당신들 세상의 명성은 그렇게
풀잎처럼 왔다가 가는 것이니, 세상에서
풀잎을 자라게 하는 그분이 거둬 가실 것이오."   117

"당신의 진실된 말이 내 마음에
겸손을 심어 주고 들썩이는 나의 교만을 잠재웁니다.
그런데 방금 누구에 대해서 말한 것인지요?"   120

"프로벤차노 살바니11)라고 하는 사람이오.
주제넘게 시에나 전체를
지배하려 했기 때문에 이곳에 있지요.   123

그는 죽은 이래 이렇게 쉴 줄 모르고
걷고 있소. 살아서 올곧지 못하고 오만하여 진 빚을
이렇게 회개하며 갚고 있는 것이오."   126

"삶의 마지막 순간까지 회개를 미뤘던
영혼들은 저 아래[12]에서 기다리고 있더군요.
그런데 그 살바니라는 사람은 어떻게   129

이승에서 살았던 만큼의 짧은 시간이 지나기도 전에
이곳까지 올 수 있던 거지요?
효과적인 기도가 도와주었던 것 아닌가요?"   132

"그 사람이 삶의 정점에 서 있었을 때
부끄러움을 다 버리고 자기 의지대로
시에나의 캄포[13]에 버티고 서서 구걸을 했소.   135

샤를의 감옥에서 고통을 겪고 있던
친구를 구해 내고자 한 것이지만,
핏줄이 덜덜 떨릴 수치를 무릅쓴 일이었지요!   138

더 말하지 않겠소. 내 말은 모호하건만,
얼마 지나지 않아 당신 이웃들이
내가 말한 것을 알게 해 줄 것이오.

그 행동이 그런 제한을 없애 주었지요."[14]   142

12곡[1]

멍에를 진 황소처럼 짐을 진
영혼과 나는 친절하신 선생님이
허락하실 때까지 함께 걸었다.   3

이윽고 선생님이 말했다. "이제 그를 떠나자.
여기서는 각자가 있는 힘을 다해서
돛을 펼치고 노를 저어 자기 배를 밀고 나가야 한다."   6

그 말을 듣고서 나의 생각은 겸손으로
숙여졌고 다소곳해졌으나, 보통 사람이
걷는 모양대로 나의 몸을 곧추세웠다.   9

이제 나는 몸을 움직여 넉넉한 마음으로
선생님의 발자국을 따라갔다.
우리의 발걸음은 가벼웠다.   12

"아래를 봐라! 네 발이 딛고 있는
돌바닥을 보면 기분이 좋아지고,
갈 길이 더 쉬워질 것이다."   15

매장된 이들 위를 평평하게 다진 무덤들이
죽은 사람들의 일생을 기록한 묘비로
그들의 기억을 담고 있었다.   18

마음이 따뜻한 사람들만이
죽은 자에 대한 그런 추억에 찔려
눈물을 흘릴 때가 많으니,   21

산이 깎여 길이 된 이곳에
극히 실물처럼 조각을 한 솜씨는
그렇게 내 눈에 더욱 절묘해 보였다.   24

나는 그 길의 한쪽에서 어떠한 피조물보다
더 귀하게 창조된 자[2]가 하늘에서
빛처럼 빠르게 떨어지는 것을 보았고,   27

다른 쪽에서 하늘의 창에 꿰뚫린 채
죽어 땅바닥에 무겁게 누워
싸늘하게 죽어 있는 브리아레오스[3]를 보았고,   30

팀브라이오스,[4] 팔라스,[5] 그리고 마르스가

아직도 무장을 한 채 저들의 아버지⁶⁾ 가까이에서
거인들의 잘려 나간 사지를 내려다보는 모습을 보았고,   33

자기가 세운 바벨탑의 발치에서
얼이 빠진 채 자기와 함께 오만 방자했던
사람들을 바라보고 있는 니므롯⁷⁾을 보았다.   36

아, 니오베⁸⁾여, 죽은 일곱 아들과 일곱 딸 사이에 선
그대의 모습이 길에 새겨진 것을
나는 얼마나 비통한 눈으로 보았던가!   39

아, 사울⁹⁾이여, 길보아에서 당신 자신의 칼로
자결한 뒤 비도 이슬도 느끼지 못했는데,
어떻게 내 눈앞에 나타났는가!   42

아, 미친 아라크네¹⁰⁾여, 그대를
불행하게 만든 찢어진 그대의 예술품 위에서
반쯤 거미가 된 슬픈 모습이 보이는구나!   45

아, 르호보암¹¹⁾이여, 여기서 당신 모습은
험악하지 않으나, 아무도 뒤를 쫓지 않는데
두려움에 전차를 달리는구나!   48

단단한 바닥은 또 알크마이온¹²⁾이 어떻게
자기 어머니에게 저주받은 장신구의

비싼 대가를 치르게 했는지 보여 주고 있었고,   51

어떻게 산헤립[13]이 사원에서 기도하다가
자기 아들들에게 공격을 당하여
죽은 채 버림받았는지 보여 주고 있었고,   54

"피에 굶주린 놈아! 내 너를 피로 채워 주겠다!" 하고
키루스에게 외치면서 토미리스[14]가 행한
파괴와 잔인한 살육도 보여 주고 있었고,   57

홀로페르네스[15]의 죽음에 아시리아인들이
어떻게 도망쳤는지, 또 죽은 자의
훼손된 잔해들을 보여 주고 있었다.   60

나는 파괴되어 재로 변한 트로이를 보았다.
아, 일리온[16]이여, 그 돌바닥에 새겨진
너의 모습은 얼마나 비천하게 보였던지!   63

그 어떤 대가의 재주와 붓이
이런 형상들과 명암을 묘사할 수 있겠는가?
극히 섬세한 마음도 압도하는 예술이었다.   66

죽은 자는 죽은 듯, 산자는 산 듯 보였다.
그려진 사실을 직접 보았던 자라도, 이렇게 몸을 숙여
밟으며 지나간 나보다 더 잘 보지는 못했을 것이다.   69

그러니 이브의 자손들은 고개를 꼿꼿이 세우고
오만하게 가거라! 고개를 숙이지 마라!
그러면 너희의 사악한 길이 보일 터이니!   72

우리는 이미 산 주위를 상당히 돌았고,
몰두한 내가 알아채지 못할 만큼
태양은 더 빨리 제 길을 가고 있었다.   75

그때 계속 앞을 주시하며 가던 길잡이가
입을 열었다. "이제 고개를 들어라! 그렇게
생각에 잠겨 허비할 시간이 없다.   78

저기 우리에게 오려고 준비하는
천사를 봐라! 하루 일을 마치고
돌아오는 여섯 번째 시녀[17]를 봐라!   81

얼굴과 자세에 경건함을 담아서
천사가 즐거이 우리를 도울 수 있도록 하여라.
오늘이 다시는 터 오지 않을 것임을 생각해라!"   84

나는 시간을 허비하지 말라는 그분의 충고에
이미·익숙해 있었으므로 그 말의
뜻이 전혀 모호하지 않았다.   87

흰옷을 입은 천사는 더 가까이 왔다.

그의 얼굴이 반짝이는 샛별처럼
빛났다. 그는 팔을 넓게 벌리고   90

날개를 펼치며 말했다.
"이리 오너라! 계단이 가까웠다.
이제 넌 더 쉽게 오르게 될 것이다."   93

이런 초대에 화답하는 이들은 어찌 그리 드문 건가!
아, 날아오르도록 태어난 인간들이여,
어찌하여 한 줄기 바람에도 넘어지는가!   96

천사가 바위가 부서진 곳으로 우리를 이끌었다.
거기서 날개로 내 이마를 쳤고,
이어 갈 길이 안전함을 약속했다.   99

잘 통치된 도시[18]를 루바콘테[19] 위에서
굽어보는 교회가 자리 잡은
산 정상으로 가는 길에는   102

잘 깎인 바위 계단들이 있는데,
이는 공문서와 됫박[20]에 거짓이 없던 시절에
험준한 오르막을 깎아 만든 것이었다.   105

바로 그렇게 여기서도 다른 둘레에서 내려오는
심하게 경사진 절벽이 완만해지고

양쪽에서 높다란 바위들이 몸을 스쳤다.[21]   108

우리가 그 계단을 향해 걸어가는 동안
"마음이 가난한 자는 복되도다!"라는 노래가
형용할 수 없을 만큼 감미롭게 들려왔다.   111

아, 그 통로는 지옥의 그것과 얼마나 달랐던가!
저 아래에서는 끔찍한 통곡 소리와 함께 들어갔지만,
이곳에서는 노래와 함께 들어간다.   114

어느덧 우리는 거룩한 계단을 오르고 있었다.
이전에 평지에 있었을 때보다
몸이 한층 가벼운 느낌이 들었다.   117

"선생님, 무슨 무거운 것이
제게서 없어졌습니까?
계속 올라도 힘겹지가 않습니다."   120

"네 이마 위에 아직 희미하게 남아 있는
P자들이, 방금 하나 지워졌듯이,
앞으로 완전히 지워질 때   123

너의 발길은 선한 희망과 함께
더 가벼워질 것이다. 오르는 길이
무겁게 느껴지지 않고 오히려 즐거워질 것이다."   126

그러자 나는 뭔가 머리에 이고 가면서
그걸 잊고 있다가 사람들 시선에
무슨 이상한 생각이 들어서   129

손의 도움을 빌려 확인하기 위해
찾고 발견하면서, 눈으로는
할 수 없는 그 일을 하는 사람처럼,   132

나의 오른손의 손가락을 뻗어
열쇠를 지닌 천사가 내 이마에 새긴
여섯 개의 글자를 찾아냈다.

이를 지켜보던 선생님은 미소를 지으셨다.   136

13곡[1]

우리는 계단 꼭대기에 있었다.
오르는 사람의 죄를 씻겨 주는
산이 두 번째로 잘린 곳이었다.　　　　　　　　　3

이 단지(段地)는 산을 둘러싸고 있었다.
우리가 지나쳤던 첫 번째와 같은 꼴이었다.
이번 단지가 좀 더 날카롭게 구부러져 있긴 했다.[2]　　6

그곳에는 영혼도, 조각의 흔적도 없었다.
절벽과 길은 아주 말끔했다.
돌의 색깔만 납빛을 띠고 있었다.　　　　　　　9

시인께서 말씀하셨다. "길을 가르쳐 줄
누군가를 여기서 기다리다간 혹여
너무 지체되지 않을까 염려되는구나."　　　　12

선생님은 시선을 들어 지긋이 태양을 보시더니
오른편을 축으로 삼고
왼쪽으로 몸을 돌리며 말씀하셨다.   15

"오, 내가 믿는 소중한 빛이여,
이 낯선 길에서 우리를 인도하소서!
이곳에서는 인도가 필요합니다.   18

당신은 세상을 비추고 따스하게 합니다.
방해하는 어떤 이유가 없다면
당신의 빛은 언제나 길을 보여 줄 것입니다."3)   21

우리는 이미 그 단지를 따라서 가고 있었다.
세상에서는 천오백 미터쯤은 됐을 법한 거리를
선한 의지로 아주 빠르게 지나갔다.   24

그때 보이지는 않았지만 영혼들이
우리를 향하여 날아오면서 사랑의 향연에
정중히 초대하는 말이 들려왔다.   27

"그들에게는 포도주가 없었네."라고
크게 외치며 날아간 첫 번째 목소리가
우리 뒤에서 같은 말을 되풀이하며 멀어졌다.4)   30

그 소리가 멀어져서 완전히 사라지기 전에

또 다른 소리가 들려왔다. "내가 오레스테스다!"5)
그리고 그 목소리도 휙 지나갔다. 내가 말했다.   33

"오 아버지! 이게 무슨 소리들입니까?"
이렇게 묻자 곧이어 세 번째 소리가 말했다.
"너희에게 해를 끼친 자를 사랑하라!"6)   36

그러자 선한 선생님이 말했다. "이 단지에서는
질투의 죄를 응징한다. 그렇기에
여기서 사용되는 채찍은 사랑에서 나오는 것이다.   39

재갈은 사랑의 반대 소리를 낸다.
내 생각에 용서의 길목에 다다르기 전에 너는
그 소리를 들을 것이다.7)   42

이제 허공을 가로질러 앞을 봐라.
잘 보면 저쪽 절벽에 등을 기대고
늘어서 있는 사람들이 보일 것이다."   45

나는 눈을 커다랗게 뜨고 앞을 바라보았다.
과연 자신들이 기대 선 바위와 같은 색깔의 옷을 두른
한 무리의 망령들이 보였다.   48

우리가 다가서는 동안 외치는 소리가 들려왔는데
"마리아여, 우리를 위해 기도하소서!" 또는 "미카엘이여!"

"베드로여!" "모든 성인이시여!" 하는 식이었다.   51

내가 거기서 본 것을 보았다면
어떤 강심장을 지닌 사람이라도
가여움에 사무쳤을 것이다.   54

더 가까이 다가서서 그들이
견디고 있는 고통을 눈으로 보자
나의 눈에서는 큰 고통의 눈물이 흘러내렸다.   57

그들이 걸친 옷은 초라하기 짝이 없었다.
서로의 머리를 서로의 어깨에 의지하였고
모두가 절벽에 기대어 있었다.   60

그 모습에서 축일에 교회 문 앞에서
먹을 것을 구걸하는 장님들,
머리에 머리가 포개지도록 굽실거리며   63

떨려 나오는 목소리와 도움을 요청하는
간절한 모습으로 사람들의
동정심을 구하는 그들이 떠올랐다.   66

또 장님은 태양을 즐길 수 없는 것처럼
내가 지금 말하는 그곳의 망령들에게
하늘의 빛은 그 광휘를 허락하지 않으려는 듯,   69

날아가지 않도록 길들이는
새로 포획된 야생의 매처럼 그들의 눈썹은
모조리 철사로 뚫려 꿰매져 있었다.   72

그들을 따라가면서, 자기는 보이지 않으면서
다른 사람을 보는 것이 무례하게 느껴졌기에,
나는 현명한 길잡이에게로 몸을 돌렸다.   75

그분은 나의 침묵이 뜻하는 바를
알아차리고 묻기도 전에 입을 열었다.
"말하여라. 짧게 요점만 간추려라."   78

베르길리우스는 아무런 난간도 없기 때문에
금세라도 떨어질 수 있는 단지의
가장자리를 따라 내 옆으로 걸었다.   81

나의 다른 쪽에는 경건한 망령들이 있었는데,
끔찍하게 꿰매져 있어서
눈물을 짜내 볼을 적시고 있었다.   84

나는 그들에게 말했다. "언젠가
하늘의 빛을 볼 것으로 확신하는 그대들,
오로지 그것만을 바라는 그대들에게   87

하느님의 은총이 그대들 양심의 찌꺼기를

Pg. Canto 13

P-g Canto 13

곧 거두어 주시길, 그래서 그 위로 맑은
마음의 강물이 흐르기를.   90

말해 주시오! 그대들 가운데 라틴의 영혼이 있는지.
나에게 소중하고 값진 일이며
아마 그도 알면 좋은 일일 것이오."   93

"형제여, 여기 있는 모든 망령들은
참다운 도시[8]의 시민들이오. 당신 얘기는,
이탈리아에서 순례자의 삶을 산 망령을 뜻하오?"   96

이러한 대답은 내가 있던 자리의
어느 정도 앞쪽에서 나온 듯하여
나는 그쪽으로 좀 더 다가갔다.   99

그들 가운데서 뭔가를 기다리는 얼굴의 망령이
눈에 띄었다. 그 모습이 어떠했느냐고 묻는다면,
턱을 위로 쳐든 장님의 모습이었다고 말하리라.   102

내가 말했다. "위로 오르고자 자신을 억제하는 이여,
당신이 내게 대답한 분이라면
고향과 이름을 알려 주시오."   105

"나는 시에나 사람.
이 망령들과 더불어 죄스러운 삶을 눈물로 씻고

하느님께서 우리에게 임하시기를 간구하고 있어요.　　108

나는 사피아⁹⁾라고 불렸지만
현명하지는 않았기에 언제나
나의 행복보다는 다른 사람의 불행을 즐겼지요.　　111

미덥지 않거든 내가
얼마나 어리석었는지 이제 잘 들어 보시오.
내 긴 인생의 내리막길에서　　114

고향 사람들이 콜레 교외에서
적과 전투를 벌였을 때 난 그저
하느님의 뜻대로 되게 해 달라고 기도했소.　　117

우리 편은 패하여 고통스러운 패주의 발길로
들판에 흩어졌고, 나는 추격하는 적들을 보았어요.
그리고 무엇과도 비할 수 없는 희열에 사로잡혔다오.　　120

나는 마침내 대담한 얼굴을 쳐들어
지빠귀가 조금 풀린 날씨에 그랬듯이
하느님께 외쳤지. '나는 당신이 두렵지 않아요!'¹⁰⁾　　123

삶이 끝나 갈 무렵에야 나는 하느님과 화평할
생각을 했는데, 거룩한 기도로
나를 기억해 주고 자선을 베푼　　126

피에르 페티나이오[11]가 아니었으면
하느님에 대한 나의 빚은 회개만으로는
아직 줄어들지 않았을 거요.   129

그런데 당신은 누구기에 우리가 어떤 상태인지
열심히 물어보시는 게요? 그리고, 내 짐작에, 당신은
눈이 꿰매이지 않은 채로 숨을 쉬며 말하고 있는 것이오?" 132

"내 눈도 여기서 빼앗기겠지만,
잠깐일 거요. 내 눈은 질투의 죄를
거의 저지르지 않았기 때문이오.   135

내 영혼을 짓누르는 더 큰 두려움은
방금 거쳐 온 단지의 영혼들이 지은 죄 교만일 테니
그들이 지고 다니는 무게가 느껴진다오."   138

"당신을 우리에게 인도한 사람은 누구요?
당신은 돌아갈 것이라고 생각하오?"
"말없이 함께 계신 이분이 나를 이곳까지 인도하셨소.   141

나는 살아 있는 사람이오. 그러니 선택된 영혼이여,
죽어 없어질 내 발길을 그대를 위해
저 너머로 옮기길 바라거든, 그렇게 부탁하시오."   144

"이 얼마나 놀라운 말인지!

하느님께서 당신을 사랑하신다는 증거리니!
언제든지 기도로써 나를 도와주오.   147

당신이 그렇게도 원하는 것의 이름으로 바라니
혹시 토스카나 땅에 가거든
내 일가들에게 내 이름을 일깨워 주오.   150

그들은 헛된 자들 사이에 있어
아직도 탈라모네[12]에 미련을 두고 있지만,
디아나[13]를 찾는 것보다 더 큰 좌절을 맛볼 것이고,

수많은 인재들을 잃을 거라오."   154

14곡[1]

"죽음이 날아들기도 전에
우리 산을 돌아다니는 이자는 누구인가?
눈을 제 맘대로 떴다가 감았다가 하는구나."   3

"누군지는 모르지만 보아하니 혼자는 아니군.
자네가 더 가까이 있으니 물어보게나.
예의를 차려서 대답을 들을 수 있게 하라!"   6

이렇게 내 오른편에서 두 영혼이
서로 기대고 서서 나에 대해 얘기하고 있었다.
이어 둘 중 하나가 말을 걸기 위해 고개를 들었다.   9

"아직도 몸에 담긴 채
하늘을 향해 가는 영혼이여,
사랑으로 우리를 위로하고 우리에게 말해 주오.   12

당신은 어디서 왔으며 누구인가?
당신이 받은 은총은 이전에 없었던 것이니
우리를 참으로 놀라게 만든다."   15

"토스카나를 가로지르는 작은 물줄기가
팔테로나에서 시작하여 그 흐름이
십육 킬로미터도 채 되지 않는 곳   18

그 주변에서 이 몸이 태어났소.
나의 이름은 아직 널리 알려지지 않았으니
누구라고 말해도 소용없을 것이오."   21

"당신이 말하는 바를 내가 잘 헤아렸다면
그 작은 물줄기란 아르노 강을 말하는 것이로군."
먼저 말했던 자가 대답했다. 다른 영혼이 말했다.   24

"왜 저 사람은 강 이름을
숨기려 했을까? 마치 너무 무서워
말할 수 없다는 듯이 말이야."   27

이에 대해 질문을 받은 영혼이
대답했다. "모르겠어! 하지만 그런 계곡의 이름은
없어져야 마땅할 곳이지.   30

펠로로를 잘려 보낸 높은 산들이

몇 군데만 빼고는 그 높이를 따라갈 수 없는,
풍부한 물을 지닌 그 산에서부터 발원하여   33

하늘이 바다에서 끌어 올린 물을
되돌려서 강으로 흐르게 하는
바로 그 지점에 이르기까지[2]   36

덕성은 뱀처럼 보이고 모두가 덕성을 원수로 여겨
멀리했지. 장소가 불길해선지 아니면 나쁜 습관이
사람들을 오랫동안 지배해서인지는 모르겠지만.   39

어쨌든 그 처참한 계곡의 주민들은
본성이 너무나 바뀌어서, 마치
키르케[3]의 우리에서 빌어먹듯 되어 버렸지.   42

사람이 먹는 음식보다는 도토리가
더 제격인 그 더러운 돼지들 사이에서
이 강은 초라하게 시작하는 거야.[4]   45

그 강물이 흘러내리는 곳에 깨물기보다는
짖는 데 능한 개들[5]이 살았는데, 강물은
그 꼴이 보기 싫었던지 거기서 방향을 틀었어.   48

그 저주받고 처참한 강물[6]은
계속 흘러내려 강폭이 넓어지면서

개들이 늑대들[7]에게 길을 내주는 꼴로 바뀌었고,   51

그런 다음 굴곡이 많이 진 곳을 통과해서
어떤 함정도 두려워하지 않았다는
꾀 많은 여우들[8]을 만나지.   54

이 사람이 듣거나 말거나 계속 말해 볼 테니,
진실의 성령이 내게 드러내신 것을
가슴에 새기면 이 사람한테도 좋을 거야.   57

지금 내 눈에 자네 손자[9]가 보여.
거친 물결을 막고 선 강둑 위에서 사냥꾼이 되어
늑대들을 부들부들 떨게 하는구나.   60

자네 손자는 그들의 고기를 산 채로 팔고
늙은 짐승처럼 도륙하여 내버렸지. 그렇게
많은 목숨이 사라지고 자신은 명예를 더럽히는구나.   63

그가 피로 범벅을 한 채 사악한 숲[10]에서 나온 후로
그렇게 버려진 숲은 천 년이 지나도
전처럼 우거지지 못할 거야."   66

뼈에 사무치는 재앙의 소식을 들으면
그 재앙이 어디서 닥친 것이든
듣는 자의 얼굴에 당혹스러움이 나타나듯,   69

주의 깊게 듣고 있던 다른 영혼은
그 뜻을 다 마음속에 담기라도 한 듯
당혹스럽고 슬픈 표정을 지었다.   72

한 사람의 말과 다른 사람의 표정을 보면서
나는 그들이 누구인지 알고 싶어졌다.
나는 정중히 그들의 이름을 물었다.   75

그러자 내게 먼저 말했던 영혼이 다시
말했다. "당신은 당신이 내게 하고 싶지 않은 것을
내가 당신에게 해 주기를 바라고 있군.   78

그러나 하느님께서 당신에게 그렇게 두터운
은총을 비추고자 하셨으니, 내 인색하지 않겠소.
나는 귀도 델 두카[11]였소.   81

나의 피는 언제나 질투로 부글부글 끓었소.
혹시나 기뻐하는 사람들을 보면
사악해지는 내 얼굴을 볼 수 있었을 거요.   84

내가 뿌린 씨앗에서 지금 이렇게 수확하고 있으니,
아, 인간들이여, 왜 공유할 수 없는 것[12]에
자꾸 마음을 두는가?   87

내 곁에 있는 이 사람은 리니에리.[13] 그는

칼볼리 가문의 자랑이며 명예였으나, 그가 지닌
가치는 어떤 후손에게도 이어질 수 없었소.　　　　　90

포 강부터 산 레노 강을 거쳐 바다에 이르기까지
삶의 진실과 기쁨을 누리기 위한 선을
빼앗긴 것은 단지 그의 가문만이 아니었소.　　　　93

그의 영지는 독풀로 가득 차
이제는 새로 씨앗을 뿌려도
아무 소용없을 거요.　　　　　　　　　　　96

고귀한 정신의 리치오, 아리고 마나르디는 어디 있는가?
피에르 트라베르사로, 귀도 디 카르피냐[14]는?
아, 개망나니가 돼 버린 로마냐 사람들이여,　　　99

언제나 볼로냐에서는 파브로[15]가 나타날 것인가?
언제나 파엔차에 베르나르딘 디 포스코[16]가
작은 초목의 고결한 줄기로 자라날 것인가?　　　102

토스카나 사람이여, 내가 운다고 해도 놀라지 마시오.
생각해 보면 한때 우리와 함께 살았던
우골리노 다초와 귀도 다 프라타,　　　　　105

페데리고 디 티뇨소와 그 친구들,
집안 모두 대가 끊긴

트라베르사토 가문과 아나스타지 가문,[17]   108

지금은 그렇게 사악해진 마음들이 머무는 곳[18]에서
사랑과 예절로 한때 가슴을 채웠던
귀부인과 기사, 전쟁의 노고와 휴식은 다 어디 갔는가?   111

아, 브레티노로[19]여, 그대의 집안[20]과 많은 사람들이
부패를 피해 떠나 버렸는데도
어찌하여 아직 도망치지 않았는가?   114

잘됐구나, 바냐카발[21]이여, 후손이 끊어져 버렸으니!
카스트로카로! 그대는 더 안됐고, 코니오도 안됐구나![22]
그런 백작들을 낳아 곤경에 빠졌으니!   117

파가니[23]는 잘되겠지. 마귀가 마침내
사라질 테니까. 하지만 이 때문에 그들에 대한
좋은 기억의 기록은 남지 않을 것이오.   120

아, 우골리노 데 판톨린[24]이여, 그 이름은
안전하지만, 그것은 그를 어지럽히고 더럽힐
후손이 없기 때문일 뿐이오.   123

자, 토스카나 사람이여, 이제 그만 가 보시오!
나는 이제 말하기보다는 차라리 울고 싶소.
우리 얘기가 마음을 슬프게 하기 때문이오."   126

이 선한 영혼들은 우리가 떠나는 것을
들었을 것이다. 그들의 침묵으로 우리는
올라갈 올바른 길을 찾았다는 것을 확인할 수 있었다.　　　129

우리만의 외로운 길을 걸어가고 있는데
갑자기 청천벽력 같은 소리가
위에서 우리를 덮쳐 왔다.　　　132

"누구든 나를 만나면 나를 죽이리라!"[25]
그리고 그 소리는 느닷없이 구름이 찢어지고 나서
흩어지는 천둥소리처럼 우리를 지나쳐 굴러갔다.　　　135

그 소리에서 우리가 벗어나자마자
엄청나게 큰 울림의 다른 목소리가 들려왔으니,
곧바로 뒤따르는 천둥소리와 같았다.　　　138

"나는 돌이 된 아글라우로스[26]다!"
나는 시인에게 가까이 다가서기 위해
발길을 앞이 아닌 오른쪽으로 옮겼다.　　　141

이제 우리 주변은 다시 한 번 조용해졌다.
길잡이가 말했다. "이것은 사람들이 자기 분수를
지키도록 만든 억센 재갈이었다.　　　144

그러나 사람들은 미끼에 걸려들어

낚싯바늘을 냉큼 삼키고 적대자의 꼬임에 넘어가니,
재갈도 권유도 다 소용없구나.　　　　　　　　　147

하늘은 사람들 주위를 돌며 그 영원한 아름다움을
드러내면서 사람들을 부른다. 하지만
사람들은 바닥만 내려다보고 있구나. 그래서

모든 것을 주관하시는 분이 벌을 내리시는 것이다."　　151

15곡[1]

그칠 줄 모르고 장난치는 어린애처럼
동틀 무렵부터 세 번째 시각까지 하늘을
줄기차게 가로지른 만큼 다시   3

저녁을 향하여 태양이 제 갈 길을 더
가야 할 그때, 그곳은
늦은 오후였고, 이곳은 한밤중이었다.[2]   6

늦은 햇살이 우리 얼굴을 가득 비추고 있었다.
우리가 산 둘레를 돌아가면서 줄곧
저무는 태양을 향하여 걷고 있던 탓이었다.   9

그때 갑자기 지금까지보다 훨씬 밝은 빛이
이마를 때리는 것이 느껴졌다.
내 마음은 알 수 없는 그 빛에 당황하고 있었다.   12

나는 너무 눈이 부시지 않게 하려고
두 손을 눈 위로 들어 올려
차양을 만들었다.   15

물이나 거울에 비친 빛이 맞은편으로
반사되어 처음 왔던 방향으로
되돌아 오르듯이, 그 빛이   18

평형추에 매달린 수직선처럼
곧게 투사되어 되돌아 나가는 것은
경험이나 기술이 보여 주는데,   21

바로 그렇게 나는 그 반사된 빛에 마치
얻어맞은 느낌이 들었다.
그래서 시선을 서둘러 옆으로 돌렸다.   24

"선생님! 이게 무엇입니까?
저 빛이 우리 쪽으로 오는 것 같은데,
그런 밝은 빛에 제 눈을 가릴 방법이 없습니다."   27

"하늘의 가족³⁾에 눈이 부신 것이니
너무 놀라지 마라!
우리를 오르게 하려는 분이시다.   30

이런 광경에 부담을 가질 것 없다.

자연이 너로 하여금 느끼도록 마련한 것이니
이제 곧 즐거움이 될 것이다."   33

우리는 이제 축복받은 천사 앞에 섰다.
그는 기쁜 음성으로 말했다. "이 길로 가면
아래의 계단들보다 덜 가파른 계단으로 이어지리라."   36

벌써 우리는 그를 지나쳐서 계단을 오르고 있었다. 그때
"자비를 베푸는 자들은 복되도다."와 "질투를 이긴 자여,
즐거워하라!"⁴⁾라는 노랫소리가 뒤에서 울려왔다.   39

선생님과 둘이서 호젓하게 올라가는 동안
나는 그분의 현명한 말씀들을
매 걸음마다 배우기를 바랐던 터라   42

그분께 다가서서 질문을 했다.
"그 로마냐의 영혼은 무슨 말을 하고 싶었던 걸까요?
'공유할 수 없는 것'이라 하면서 말이에요?"   45

"그는 질투라는 큰 잘못을 저지른 자였지.
그 스스로 치를 대가를 알고 있기에, 다른 사람들이
그런 잘못을 저지르지 않도록 질투의 죄를 꾸짖는 거야.   48

사람들은 각자가 차지하면서 줄어들게 되는
세상의 것들⁵⁾을 욕망의 목표로 삼으니,

질투는 사람들 한숨에 부채질을 하는 거란다.   51

그러나 사람들의 욕망이 위로 솟구쳐
가장 높은 하늘의 사랑을 향한다면
상실의 두려움이 그렇게 마음을 누르지는 않을 텐데.   54

'우리 것'이라고 말하는 사람들이 많아질수록
각자가 갖는 선도 더 많아지고
수도원에서는 자비가 더 세차게 타오를 것이다."⁶⁾   57

"전에 입을 다물고 있을 때보다
전 지금 더 만족을 모르고 더 배가 고프니
새로운 의심들이 마음을 채우는 까닭입니다.   60

어떻게 해서 많은 영혼들이 소유하는
하나의 선이 소수가 선을 소유할 때보다
우리 영혼 모두를 더 풍요롭게 한다는 말씀인지요?"   63

그가 내게 말했다. "네가 속세의 것에만
마음을 쏟다 보니
진정한 빛에서 오직 어둠만을 도려내고 있구나.   66

천국에 사는 무한하고 말로 다할 수 없는
선은 번쩍이는 햇빛이 빛나는 물체로 오듯⁷⁾
사랑을 향해 다가오며,   69

그렇게 우리가 찾는 만큼 우리에게 따사로움을 주니
우리 사랑을 무량하게 펼칠수록
우리가 받는 영원한 선도 더 커지는 것이란다.　　　　72

저 위에서 사랑을 지닌 영혼들이 많을수록
사랑의 가치도 더하며 사랑은 더 자라나니
모든 영혼은 거울처럼 서로 사랑을 주고받는단다.　　　　75

내 말이 너의 배고픔을 덜지 못한다 해도
넌 베아트리체를 만날 것이니, 그분께서
너의 바라는 마음을 채워 주실 것이다.　　　　78

다만 두 개의 상처가 먼저 지워졌듯이,
고통을 통해서만 아무는 다섯 개도 이제
빨리 사라지도록 온 힘을 다하도록 하여라!"　　　　81

나는 "절 채워 주십니다."라고 말하려 했지만
우리는 벌써 다음 둘레에 이른 뒤였고
여기저기를 둘러보느라 말을 잊고 말았다.　　　　84

거기서 나는 갑자기 어떤 황홀한 꿈에
사로잡힌 듯했다. 내가 본 것은
사람들로 가득 찬 어느 성전이었다.　　　　87

입구에서 한 여자가 어머니처럼

부드러운 모습으로 말했다. "아들아!
왜 이렇게 애를 먹이느냐?   90

보렴, 네 아버지와 난 눈물에 젖어
널 찾고 있었다."[8] 침묵. 그 광경은
나타날 때도 빠르더니 사라지기도 빨랐다.   93

다음에는 또 다른 여자가 나타났다.
그녀의 뺨은 분노로 솟아나는 눈물로
얼룩져 있었다. 복수를 품을 때 나오는 분노였다.   96

"페이시스트라토스[9]여, 당신이 그 이름을 얻으려
신들이 그렇게 싸웠고 모든 예술의 원천으로 빛나는
이 도시의 어른이라면,   99

우리의 딸을 감히 껴안았던 저 무엄한 팔에
복수를 해야 합니다!" 그러고 나자
그 어른이 대답하는 것 같았다.   102

얼굴은 온화하고 말씨는 부드럽고 조용했다.
"우리를 사랑하는 자를 벌한다면 우리에게
해를 끼치는 자들은 어떻게 할 것인가?"   105

이어서 증오의 불길로 이글거리는 사람들을 보았다.
"죽여라, 죽여!" 그들은 한 소리로 악을 쓰며

한 젊은이[10]를 돌로 쳐 죽이고 있었다.   108

그의 무릎은 벌써 천천히 꺾이고
죽음의 무게가 그를 땅에 눕히고 있었다.
그러나 눈은 여전히 천국의 문을 향하면서   111

그 고통 가운데서도 주님께 자기를 죽이는 자들을
용서해 달라고 기도했다. 그의 얼굴에는
그들에 대한 연민이 가득했다.   114

마침내 나의 영혼이 외부의 현실에
눈을 떴을 때 나는 꿈이 현실은 아니었지만
잘못된 것도 아니라는 것을 깨달았다.   117

길잡이는 잠에서 깨어나려는 사람 같은
날 보고 말했다. "무슨 일이기에
이렇게 몸을 가누지 못하느냐?   120

술이나 잠에 취한 사람처럼
눈을 반쯤 감고 비틀거리면서
벌써 팔백 미터나 걷고 있지 않느냐?"   123

"자애로운 아버지!
다리를 제대로 움직이지 못하는 동안
나타났던 것을 다 말씀드리겠습니다."   126

"네가 얼굴에 백 개의 탈을
쓴다고 해도 네 생각의
아주 사소한 부분도 감출 수 없다.   129

네가 본 것은 영원한 샘에서 흘러내리는
평화의 물에 마음을 열기를
거부하지 않았기에 드러나 보였던 거야.   132

영혼이 떠나 몸이 쓰러질 때
이제는 보지 못하는 눈으로만 보려는 사람처럼
'무슨 일인가?' 하고 나는 묻지 않았다.   135

내가 그렇게 물은 것은 네 다리에 힘을 주기 위한 것이었다.
제정신을 차려도 느리기만 한
게으른 인간을 깨워서 재촉해야 하느니."   138

저녁이 다가오고 있었다. 우리는
볼 수 있는 한 앞을 바라보면서
저무는 햇살 속을 걸어가고 있었다.   141

웬 연기가 우리를 향하여
조금씩 조금씩 어두운 밤처럼 다가왔다.
피해 갈 틈이 없었다.

연기는 우리의 시야와 맑은 공기를 빼앗아 갔다.   145

16곡[1]

지옥의 어둠이라도, 혹은
검은 구름이 자욱하게 낀 불모의 하늘 아래
모든 별이 힘을 잃은 밤의 어둠이라도,　　　　　　　　3

우리 주위에 쏟아져 내리는 그 연기처럼
내 얼굴을 두꺼운 장막으로 감싸지는 않았을 것이며
그렇게 힘겹고 거칠지는 않았을 것이다.　　　　　　6

그 어둠은 눈을 뜬 채 견뎌 내기가 몹시 어려웠기에
나의 현명하고 믿음직스러운 길잡이께서
가까이 다가와 어깨를 내밀어 주셨다.　　　　　　　9

마치 장님이 길을 잃지 않으려고,
또 어떤 것에 부딪혀 몸을 상하거나 심지어
죽을까 봐 자기 안내자에 바싹 붙어 걷는 것처럼,　　12

나도 자욱하고 답답한 공기를 지나가며
길잡이의 말에 줄곧 귀를 기울였다.
"내게서 떨어지지 않도록 조심해라!"   15

나는 수많은 목소리들을 들었다. 그 모든 것들이
우리의 죄를 씻어 주는 하느님의 양에게
자비와 평화를 내려 달라고 기도하는 것 같았다.   18

그 기도는 "하느님의 어린양."의 첫머리로 계속 시작되었다.
모두가 같은 가사에 같은 가락이었고
완전한 조화를 연출해 냈다.   21

"선생님, 이 소리는 망령들이 내는 것입니까?"
"바로 그렇다. 망령들이
분노의 죄를 씻고 있는 거란다."   24

그때 목소리가 들려왔다.
"당신은 누구기에 몸으로 우리의 연기를 헤치며
가는가? 아직 달력으로 시간을 나누는 자[2]처럼   27

우리에 대해 말을 하고 있구나!"
선생님께서 나에게 말씀하셨다. "네가 대답해라.
여기서 저 위로 오를 수 있는지 물어보아라."   30

내가 외쳤다. "당신을 만드신 분께 온전히 돌아가려

스스로를 깨끗이 하는 피조물이여!
나와 함께한다면 놀라운 얘기를 들려주겠소."   33

"허락되는 대로 함께 가겠소.
연기 때문에 서로의 얼굴을 볼 수 없다 해도
서로의 말은 들을 수 있을 테니."   36

"죽음으로써 비로소 벗어날 육신에 아직 싸인 채
나는 천국으로 오르고 있소이다.
지옥의 고통을 통과해서 이곳까지 왔지요.   39

하느님께서 뜻하신 특별한 은총을 받은 나는
누구에게도 허락하지 않으신 방법으로
그분의 궁정을 보게 될 것이니.³⁾   42

당신은 죽기 전에 누구였는지 말해 주시오.
또 이 길이 맞는지도 말해 주시오.
당신의 말이 우리의 길잡이가 될지니."   45

"나는 롬바르디아 사람, 마르코⁴⁾라고 불렸소.
나는 세상이 어떻게 돌아가는지 알았고,
지금은 아무도 활시위를 당기지 않는 선을 사랑했소.   48

당신이 지금 들어선 길로 가면 계단에 이를 것이오."
그는 이렇게 대답하더니, 이윽고 덧붙여 말했다.

"당신이 위에 오르거든 부디 날 위해 기도해 주시오."   51

"그렇게 하지요. 그런데 날 사로잡는
문제가 하나 있어 더 이상
속으로만 생각할 수가 없구려.   54

처음에는 알 것 같았는데, 지금 당신 말을 듣고 보니
두 배가 됐습니다. 여기와 저곳에서
내가 궁금했던 것이 분명해졌으니까요.[5]   57

세상은 사실, 당신도 방금 말했지만,
미덕은 싹이 말라 버려 황량하기 그지없고
사악함으로 뒤덮여 더욱 무성해지고 있소.   60

이렇게 된 원인이 무엇이오? 내가 사람들에게
진실을 가르쳐 줄 수 있도록 설명 좀 해 보시오.
누구는 하늘에, 누구는 땅에 있다고도 합니다만."   63

그는 고통스러운 한숨을 길게 내쉬었다.
"형제여, 세상은 눈이 멀었소.
당신이 살던 세상은 분명 눈이 멀었소!   66

사람들은 모든 것이 어떤 예정된 계획대로
움직인다고 생각하고
모든 원인을 하늘에 돌리려고 하오만,   69

그것이 사실이라면, 당신들의 자유의지는
없어질 것이며, 선에 대한 기쁨도
악에 대한 슬픔도 갖지 못하게 될 것이오.　　　　72

하늘이 사람들의 행동을 주관하시지만,
모든 것을 주관하는 것은 아니오. 모두라고 하더라도,
사람들은 그릇된 것과 옳은 것을 구분하는　　　　75

스스로의 빛을 지니고 있소. 자유의지는,
처음에는 하늘과의 갈등으로 상처를 입고 약해졌지만,
잘 키우기만 하면 모든 장애를 극복할 수 있소.　　　　78

인간들은 더 위대한 힘을 가진 자유로운 주체들이오.
사람들의 마음을 창조한 더 고귀한 성품에 속해 있지요.
하늘도 이것을 넘어서서 통제를 하지는 않습니다.　　　　81

그러니 오늘날 세상이 어지럽다고 해도
원인은 사람들 자신에게 있는 것이오!
이제 그 점을 잘 설명해 주겠소.　　　　84

하느님은 사람들을 만들기 전에도 그들을 사랑하셨고
사람들은 그분의 자애로운 손에서 마치
웃고 울며 재롱을 피우는 어린애처럼 생겨 나왔다오.　　　　87

그 단순한 영혼, 아무것도 모르는 영혼은

창조주의 기쁨에서 솟아올랐기에
그와 닮은 어떤 것으로 돌아갈 것이오.   90

처음에 영혼은 하찮은 장난감에 이끌리는데,
길잡이나 재갈이 그 욕망을 바꾸지 않는다면
장난감에 속아 그 뒤를 따라다닐 거요.   93

따라서 사람들은 법률의 구속을 필요로 하며
적어도 진정한 도시의 탑[6]을 구별할 수 있는
통치자가 필요한 것이지요.   96

진정, 법은 있소. 그런데 누가 법을 지키고 있소?
아무도 없소. 앞에서 이끄는 목자[7]는
되씹기는 하지만 갈라진 발굽[8]은 가지지 못했소.   99

사람들은 저들의 목자가 저들도 탐을 내는
속세적인 재화를 탐하며 그것을
먹고 사는 것을 보고도 아무 말도 하지 않았소.   102

아시다시피 세상을 혼란하게 했던 원인은
사람들의 썩어 빠진 본성이 아니라
잘못된 통치였소.   105

로마는 선을 아는 세상을 실현했지만,
두 개의 태양이 두 개의 길을 밝혀 주었으니,

하나는 세상의 길이고 다른 하나는 하느님의 길이었소.   108

하나의 태양은 다른 태양의 빛을 끄려 했고
목자의 지팡이에 칼이 더해졌으니,[9]
서로 뒤엉켜서 악으로 흐를 수밖에요.   111

하나로 되었으니 서로 두려워할 필요가 없는 거지요.
내 말이 믿기지 않으면 열매와 꽃을 보시오.
모든 초목은 씨앗으로 판단되는 법이오.   114

페데리코가 싸움을 벌이던 시대[10] 이전에는
포 강이 흐르는 지역과 아디제 지역에
진실한 가치와 정직한 예의가 흘러넘쳤지만,   117

이제는 정직한 사람과 말하거나 만나기를
꺼리는 사람들도 그곳을
맘대로 지나다닐 수 있게 되었소.   120

그러나 거기에는 아직도 세 명의 노인들이 살고 있어
옛 시대로 새 시대를 꾸짖고 하느님께서
저들을 더 나은 삶으로 이끌기를 바라고 있소.   123

쿠라도 다 팔라초와 어지신 게라르도, 그리고
프랑스식으로 '소박한 롬바르도인'이라고 불리면 더 좋은
귀도 다 카스텔이 그들이오.   126

당신은 이제 세상에 이런 얘기를 들려주시오.
로마의 교회는 두 개의 권력을 지니고 있기 때문에
수렁에 빠져 자신은 물론 자신의 역할도 더럽힌다고!"   129

"마르코, 당신 말은 구구절절 옳소.
레위의 자손들이 왜 유산을
상속하지 못했는지 이제 알겠소이다.[11]   132

그러나 당신이 꺼져 간 세대의 모범이며
우리 시대를 야만스럽다 질책하는 예로 든
그 게라르도는 누구란 말이오?"   135

"당신은 날 속이거나 시험하려 하는군!
토스카나 말을 하면서 그 어지신
게라르도가 누군지 모른다니!   138

나는 그분이 가이아의 아버지라는 것 말고는
모르오. 주께서 함께하시길!
난 돌아가야 하오.   141

두꺼운 연기를 뚫고 더 밝아진 빛줄기가 보이지요?
천사가 가까이 있으니
천사가 날 보기 전에 떠나야 하오."   144

그렇게 돌아서며 그는 내 말을 더 들으려 하지 않았다.   145

17곡[1]

독자여, 기억해 보라!
산에서 안개에 휘감겨 길을 찾으려 해도
두더지가 피부를 통해 보듯했을 때,   3

어떻게 그 짙게 깔린 습한 증기가 엷어져
희미한 햇살이 그 사이로 들어오는지를.
그러면 그대의 상상력으로   6

내가 막 지고 있는 태양을
다시 보았을 때 그것이
어떤 모습이었는지 쉽게 볼 수 있으리라.   9

길잡이의 믿음직스러운 발길에 맞춰 걸으며 나는
그 구름 사이에서 빠져나왔다. 햇살은
저편 아래 해안에서 이미 사그라진 뒤였다.   12

아, 주위 사물을 마음에서 분리시켜 설령
수천의 나팔이 시끄럽게 울려도
아무것도 모르게 하는 상상의 힘이여,   15

감각이 그대를 모른다면 대체 무엇이 그대를 이끄는가?
천국에서 모습을 갖추는 빛이 그대를 이끄니,
빛은 그 자체로 혹은 그분의 의지대로 내려온다.   18

노래하며 즐겁게 사는 새로
변신한 여자²⁾의 잔인한 자취가
나의 상상 속에 나타났다.   21

그때 내 영혼은 밖에서 오는 것은
무엇이든 받아들이지
못할 정도로 움츠러들었다.   24

그러고 나서 나의 까마득한 환상으로 비가 내렸는데,
십자가에 못 박힌 모습³⁾이었다. 그는
죽어 가면서도 원한과 분노를 드러냈다.   27

옆에는 위대한 아하스에로스가 서 있었고,
그의 부인 에스델과, 언행이 일치했던
정의로운 모르드개가 있었다.   30

이 광경이 저절로 사라지자마자

물이 줄어 그 밑에 있던
거품이 떠오르듯이   33

내 앞에 비통하게 우는
처녀⁴⁾가 나타나 말했다. "오, 어머니!
왜 분노로 모든 것을 파괴하셨습니까?   36

라비니아를 잃지 않으려 자살을 택하신 건가요?
이제 저를 잃으셨잖아요! 어머니, 저는
다른 이보다 어머니의 죽음이 슬퍼 울고 있어요."⁵⁾   39

감았던 눈에 느닷없이 햇빛이 들이칠 때
잠은 흩어지지만, 그래도 잠이 완전히
죽기 전에 잠시 가물거리는데,   42

햇빛이 내 눈을 가로지르자
곧바로 나의 상상들은 사라지고 말았다. 그 빛은
세상에 알려진 것보다 훨씬 더 강렬했다.   45

내가 어디 있는지 보려고 주위를 둘러보던 나에게
어떤 소리가 들려왔다. "여기가 올라갈 곳이다."
이 소리는 다른 생각들을 머리에서 몰아냈다.   48

나는 그렇게 말한 사람이 너무나 간절히
보고 싶었다. 너무나 간절하여 얼굴을

확인하지 않고서는 견디지 못할 정도였다.　　　51

그러나 타오르는 태양을 바라보면
그 밝음에 시야가 가려지고 그 모습마저 사라지듯,
나는 힘이 쭉 빠지는 것을 느꼈다.　　　54

"하느님의 천사다. 우리가 부탁하기도 전에
오를 길을 보여 주러 오셨다. 자기 빛으로
자신을 감추시는 그분은　　　57

사람이 사람을 대하듯 우리를 대하신다.
다른 이의 어려움을 알면서도 먼저 요청해 오기를
기다린다면 이는 벌써 반쯤 거절한 것과 같음이라.　　　60

그분의 부르심에 발을 맞춰서
빛이 있을 때 서둘러 올라가야 하겠다.
어두워지면 오를 수 없을 터이니."　　　63

길잡이가 그렇게 말하자 나는 그와 함께
어떤 계단으로 발걸음을 옮겼다.
내가 첫 번째 계단을 딛자마자　　　66

곧 날개가 하나 퍼덕이며 얼굴에 바람을 일으키는
느낌이 들면서, 이런 말이 들려왔다.
"사악한 분노가 없는 자, 화평한 자[6]는 복되도다!"　　　69

곧이어 밤으로 이어질 낮의 마지막 햇살이
이미 우리에게 드리워졌고 별들이
여기저기서 모습을 드러내기 시작했다.　　　　　　72

'왜 이렇게 힘이 빠질까?'
두 다리에서 기운이 빠져나가는 것을
느끼며 나는 속으로 중얼거렸다.　　　　　　　75

더 오를 수 없는 마지막 계단까지 올라가서
우리는 마치 나루터에 이른 배처럼
꼼짝 않고 있었다.　　　　　　　　　　78

이 새로운 곳에서 무슨 소리가 들려올까
귀를 기울이며 나는 잠시 기다렸다가
선생님을 바라보며 질문을 했다.　　　　　81

"인자하신 아버지! 이 단지에서는
무슨 죄를 지은 망령들이 죄를 씻는지요?
발길은 멈추었지만 가르침은 멈추지 마소서."　　　84

"선을 사랑했으나 태만하여 이행하지 못하고
여기서 다시 추구하는 거야. 한때
나태했던 노 젓기를 이제 열심히 하는 것이란다.　　　87

더 잘 이해하고 싶다면

내 말을 더 잘 새겨 보아라. 그러면
지체하는 가운데서도 좋은 열매를 거둘 것이다.   90

아들아! 창조주도 피조물도 사랑에
부족함이 없었다. 네가 잘 알듯이, 사랑에는
자연적인 사랑과 이성적인 사랑 두 가지가 있다.   93

자연적인 사랑은 그르치는 일이 없지만
이성적인 사랑은 나쁜 목적을 지니거나
넘치거나 모자라서 잘못되는 경우가 있지.   96

사랑이 첫째의 선[7]을 똑바로 향하고
둘째의 선[8]을 스스로 조절하면
사악한 쾌락을 일으키지 않는다.   99

그러나 사랑이 악으로 기울거나
넘치거나 모자라게 선을 추구할 때
피조물은 창조주의 일을 거스르게 된다.   102

사랑이란 사람들 안에 자리하는
모든 덕행의 씨앗이 되기도 하고
벌을 받아 마땅한 행동의 원인이 되기도 하지.   105

그런데 사랑은 사랑하는 주체의 행복에서
결코 눈을 돌리지 않기 때문에,

사랑이 깃든 자신을 미워하는 사람은 세상에 없다.   108

마찬가지로 어떤 존재도 제일의 존재로부터 단절되어
그 자체로서 존재한다고 생각할 수 없기 때문에
피조물은 그분을 미워하는 힘을 가질 수 없다.   111

내 생각이 옳다면 이런 판단을 해 볼 수 있겠지.
사람들이 사랑하는 불행은 이웃의 불행이며,
이런 사랑은 진흙9)에서 세 가지10)로 솟아오른다.   114

어떤 사람은 남의 추락에서
자신의 성공을 바라다가 바로 그런 욕심 때문에
자신의 출중함을 잃기도 하고,   115

어떤 사람은 남이 높아지면
자기의 명예와 명성, 힘과 은총을 잃을까
두려워서 최악의 선택을 하게 되며,   118

어떤 사람은 잘못된 격정에 휘말려
모든 열정을 복수에 쏟아 부으면서
오로지 남에게 해를 입힐 궁리만 한다.   121

이 세 가지 사랑을 한 망령들이 이곳에서
죄를 씻고 있지. 이제 이렇게 잘못된 방식으로
선을 추구하는 다른 종류의 사랑에 대해 들어 봐라.   126

사람들은 누구나 마음을 쉬게 해 주는 선을
모호하게나마 알고 추구하면서
그런 목표에 다다르기를 열망하지.   129

그러나 그저 미적지근한 사랑으로 그 목표를
이루려 했던 사람들이 바로 이 단지에서
참회를 한 뒤 벌을 받는 것이다.   132

다른 선11)은 사람들에게 기쁨을 가져오지 않으니,
그 선은 모든 선의 뿌리와 열매가 되는
진실한 본질12)이 아니란다.   135

거기에 과도하게 굴복한 사랑의 죄를 지은 망령들은
우리 위의 세 단지에서 죄를 씻고 있지만,
그런 사랑의 성격이 세 가지로 나뉘게 된 이유는

네가 스스로 찾아내는 것이 좋겠구나."   139

18곡[1]

고매한 학자께서 설명을 마치고 나서
내가 만족했는지 살피려는 듯
내 얼굴을 들여다보셨다.   3

나는 새로운 갈증에 여전히 목이 말라
겉으로는 침묵을 지켰지만 속으로는 '잦은 질문에
선생님이 피곤하지는 않으실까?' 생각했다.   6

그러나 선생님은 내가 너무 소심해서
바라는 바를 밝히지 못한다는 것을 아시고
말을 해 보라고 용기를 주셨다.   9

그제야 나는 입을 열었다. "선생님! 당신의 빛이
저의 시야를 밝게 해 주어서
하시는 말씀의 뜻을 이제 명확히 알겠습니다.   12

그러나 사랑이 선과 그 반대되는 것 양쪽에
뿌리내린다고 하신 데 대해서는
좀 더 설명이 필요합니다."   15

"네 정신의 눈으로 내 말을
잘 들여다보아라. 그러면 장님이 길잡이를 할 때
빚는 오류를 잘 알 수 있을 것이다.   18

영혼은 금세라도 사랑하도록 태어났기에,
미가 깨워 움직이게 만드는 즉시
즐거워하는 모든 것에 응답한다.   21

너희들의 지각력은 외부의 실제 대상에서
이미지를 끌어내고 자기 내부에 펼쳐
영혼이 그 이미지를 향하도록 한다.   24

이미지를 향하고 선 영혼이 확고해지면
그 확고해짐이 사랑이다. 사랑은 자연스럽게 미를 통해
언제나 새로워져 너희들 내부의 영혼에 다시 결합된다.   27

그리고, 불이 위로 솟구치도록 타고난
자체의 형상으로 인해 높이 올라가
거기서 자기 성질을 오래 지속하듯,   30

그렇게, 사랑에 젖은 영혼은 욕망으로 나아가고,

그런 영혼의 움직임은 사랑받는 것이 그 욕망을
즐길 때까지 쉬지 않는다.   33

사랑이란 어떤 것이든 모두
선한 것이라고 주장하는 사람들이 진정
어떻게 눈이 멀어 있는지 이제 잘 알겠지!   36

아마도 사랑은 언제나 좋은 것이라고 생각하겠지만,
초가 좋다 해도 그것이 만드는
봉인이 다 좋은 것만은 아니다."   39

"선생님 말씀과 저의 강렬한 관심 덕분에
이제 사랑이 무엇인지 알았습니다. 그런데
불확실한 부분이 더 생겨나니, 만약   42

사랑이 우리 외부에서 온다면
선택의 여지가 없는 영혼으로서는 어떻게
좋은 사랑인지 나쁜 사랑인지 알 수 있겠습니까?"   45

"나는 이성이 보는 만큼만
설명할 수 있을 뿐 나머지는 신앙의 문제니,
베아트리체를 기다려라.   48

인간의 실체적 형상2)은 물질과 떨어져 있으나
동시에 물질과 결합되어 있기도 하며,

자체 내에 이성적 능력을 함유한다.　　　　　　51

이는 그대로는 파악되지 않고 오직
나무의 생명이 푸른 잎으로 증명되는 것과 마찬가지로,
그 작동과 효과를 통해서만 나타난다.　　　　54

따라서 사람들은 이성의 근본 규칙이
어디서 오는지, 원초적 욕구들이
어디서 오는지 알지 못하며,　　　　　　57

마치 꿀벌이 꿀을 만드는 본능을 갖고 있듯이
사람들도 그런 규칙과 욕구를 안에 지니고 있을 뿐.
그 근본적인 의지는 칭찬이나 비난의 대상이 아니다.　　60

다른 의지들은 이 근본적인 의지에 부합하고,
사람들은 충고하는 이성의 타고난 능력을 지녔으니
합의를 나오게 하는 문턱을 지켜야 한다.　　　63

이것이 좋고 나쁜 사랑을 자유롭게
받아들이거나 거부할 수 있도록 사람들이
이성적인 판단을 내리는 기본 원리다.　　　66

이성의 깊이를 실증한 사람들은 이러한
타고난 자유를 알았기에
세상에 윤리를 남겼다. 이제　　　　　69

사람 안에서 타오르는 사랑은 모두
필요에 따른 것이라 생각하자. 사람들은
그런 사랑을 지탱할 힘을 아직 지니고 있으니.　　　　　　72

이러한 고귀한 힘을 베아트리체는
자유의지라고 알고 있을 터이니, 그분이
너에게 이런 말을 하거든 잘 명심하여라!"　　　　　　75

거의 한밤중이지만, 달이
마치 불에 달군 양푼처럼 빛나
눈으로 볼 수 있던 별들은 희미해졌는데,　　　　　　78

그 달은, 사르데냐와 코르시카 사이로
떨어지는 해를 로마에서 볼 때, 로마가 불태우는 길과
반대 방향으로 하늘을 달리고 있었다.　　　　　　81

그 고귀한 영혼 만토바 도시보다
피에톨라³⁾의 이름을 더 유명하게 했던 선생님은
내가 지운 짐을 벗어 놓으셨다.　　　　　　84

내 질문들에 명료하고 쉬운 대답을
거둔 나는 배회하는 태만한
영혼처럼 졸면서 서 있었다.　　　　　　87

그러나 졸음은 오래가지 않았으니, 갑자기

등 뒤까지 따라온 영혼들의 소리가
들렸기 때문이었다.   90

옛날에 이스메누스와 아소푸스⁴⁾ 강둑을 따라서
광기와 혼란 속에서 열리던
테베의 수호신 바코스를 숭배하는 의식처럼,   93

내 보기에, 우리 등 뒤의 영혼들은
선한 의지와 사랑의 채찍질에 몰려
둑을 돌아서 마구 달려오고 있었다.   96

그 거대한 무리의 망령들은
금방 우리를 따라잡았다. 그들 가운데
둘이 앞으로 나서면서 울며 소리쳤다.   99

"마리아께서 급한 걸음으로 산으로 가셨고
카이사르는 알레르다를 굴복시키려고
마르세유를 거쳐 스페인으로 내달았다."⁵⁾   102

그러자 다른 망령들이 뒤에서 소리쳤다.
"더 빨리! 시간이 사랑이니, 조금도 허비할 수 없다.
선을 행하려는 노력에 은총이 다시 피어날지어다!"   105

"이보시오! 아마도 선을 행하는 데
미적지근했던 사랑이 저지른 게으름과 미루는 버릇을

이제야 불꽃 같은 열정으로 씻어 내려는 영혼들이여,   108

이 살아 있는 사람이 날이 터 오면
저 위로 올라가려 하니
가장 가까운 길을 우리에게 알려 주시오!"   111

나의 길잡이의 말이 그러했다. 망령들 중 하나가
대답했다. "우리 뒤를 따라오시오. 그럼
당신 스스로 길을 찾을 것이오.[6)   114

우리는 멈출 수가 없소. 달리고 싶은 욕망이
우리를 이렇게 계속 달리게 만든다오.
우리 행동이 무례해 보여도 용서하시오.   117

나는 베로나에 있는 산 제노의 수도원장[7)]이었소.
밀라노가 안 좋게 얘기하는 선한 황제
바르바로사[8)]가 통치했을 때였지요.   120

벌써 발 한쪽은 무덤 구덩이에 넣은 자[9)]가 있는데
얼마 안 가 수도원을 굴복시켰던
자신의 권력을 후회하게 될 거요.   123

몸도 성치 못한 데다가 마음은 더 나쁘고
사악하게 태어난 제 자식을
참된 목자의 자리에 앉힌 덕분이었지요."   126

그렇게 말하던 망령은 벌써 우리 곁을 스쳐 멀어져 갔다.
그가 말을 계속했는지 그쳤는지는 모르겠지만
난 이 정도로도 만족스러웠다.   129

필요할 때면 언제나 도움을 주시던 선생님이 말했다.
"나태를 물어뜯으면서 뛰어가는
저 두 망령들을 봐라!"   132

다른 이들 뒤에서 그들이 말했다. "바다에
길을 트고 이집트에서 탈출한
유대 민족은 요르단에 이르기 전에 죽었다.   135

그리고 안키세스의 아들과 함께
끝까지 고난을 함께하지 않은 사람들은
삶을 불명예스럽게 마쳤다."   138

망령들은 부지런히 속도를 내서
멀리 갔기에 이제는 보이지 않았다. 그러자
내 마음에는 새로운 생각이 떠올랐고,   141

꼬리를 물고 다른 생각들이 계속 생겨났다. 나는
이리저리 생각을 돌리다
설핏 몽롱해져 눈을 감았다.

떠가는 생각들은 꿈으로 녹아들었다.   145

19곡[1]

낮의 열기가 지구의 냉기로 꺼져
달의 한기를 이기지 못하는 시간이었다.
토성도 지구처럼 그럴 시간이었다.   3

점쟁이들이 동이 트기 전에 이제라도
빛에 놓일 길을 따라 동쪽 멀리서 떠오르는
대운(大運)의 별자리를 볼 때였다.   6

한 여자가 꿈에 나타났다. 말을 더듬고
사팔뜨기에 절룩거리면서 누리끼리한 피부에
두 손은 뒤틀려 있었다.   9

나는 그녀를 응시했다. 태양이
밤의 냉기에 마비된 몸을 소생시키듯이,
나의 시선은 그녀의 혀를 풀어 주었고   12

그녀의 뒤틀린 몸을 곧추세워 주었으며, 그녀의
병약한 얼굴에, 사랑이 원할 때처럼,
화색이 돌게 했다.[2]   15

그렇게 혀가 풀리자 그녀는
노래를 부르기 시작했다.
난 거기에 마음이 뺏겨 눈을 뗄 수 없었다.   18

"나는 어여쁜 세이렌[3]이라네.
내 달콤한 노래는 즐거움으로 넘치니
한 바다에서 뱃사람들을 홀리노라.   21

내 노래는 오디세우스를 표랑의 길에서
벗어나게 했네.[4] 나에게 걸리면
떠날 수가 없어요. 나에게 취하니까요."   24

그녀의 입이 닫히기도 전에 어떤
거룩한 여인이 나타나 내 옆에 섰다. 마치
세이렌의 술책을 막을 준비를 한 듯했다.   27

"베르길리우스! 이 여자는 누구인가?" 선생님은
노기가 서려 있는 그 여인의 외침에
그 고귀한 분께 시선을 둔 채 세이렌을 향하더니,   30

세이렌을 잡아 옷을 찢고는

앞자락을 젖혀 나에게 배를 보여 주었는데, 나는
거기서 뿜어 나오는 악취에 잠에서 깨고 말았다.   33

나는 어지신 선생님을 바라보았다. 그가 말했다.
"적어도 세 번이나 널 불렀다. 어서
일어나서 네가 들어갈 문을 찾아보자!"   36

나는 벌떡 일어났다. 거룩한 산자락들 사이로
햇빛이 벌써 가득했다. 우리는
새로 뜬 해를 등지고 걸었다.   39

그분을 따라가면서 골똘한 생각의 무게로
고개가 숙여졌으니, 다리의
아치처럼 보였을 것이다.   42

그때 갑자기 "이리로 오라! 여기가 길이다!" 하는
목소리가 들렸다. 우리 필멸의 세상에서는
들을 수 없는 은총이 가득 찬 부드러운 음성이었다.   45

그렇게 말한 천사는 백조의 깃 같은 날개를
활짝 펴고 단단한 바위 두 개가 높이 치솟아
이룬 벽들 사이로 우리에게 길을 만들어 주었다.   48

천사는 날개를 움직여 우리에게 바람을 일으키며,
애통하는 자들은 천국에서 위로를 받을 것이니

이미 복을 받았다고 선포하고 있었다.[5]   51

우리가 천사를 지나서 좀 더 올라왔을 때
길잡이가 말했다. "무슨 이유로
땅만 바라보고 있는 것이냐?"   54

"이상한 꿈을 꾸었습니다. 거기서 본
끔찍한 환영이 아직도 절 휘감고 있어
정신을 차릴 수가 없습니다."   57

"네가 본 것은 늙지 않는 요녀였다. 우리 위에서
영혼들이 오직 그 때문에 울고 있다.[6]
넌 사람들이 그녀에게서 어떻게 벗어나는지도 보았다.   60

이제 그만 하고 발뒤꿈치로 땅을 딛고 나아가자.
영원한 왕께서 거대한 바퀴들을 돌리시는
말씀으로 너의 눈을 향하도록 해라!"   63

처음에는 제 발만 멀거니 보고 있던 매가
울음소리를 듣고 욕심 내던 먹이를 채려고
준비한 날개를 활짝 펴는 것처럼,   66

나도 그렇게 했다. 바위가 갈라져 생긴
오르막길을 통해서 마침내
다음 단지 위로 올라섰다.   69

다섯 번째 단지에 섰을 때 나는
바닥에 너부죽이 엎드려 얼굴을 숙인 채
눈물을 흘리는 영혼들을 보았다.   72

"내 영혼이 바닥에 붙었다!"
무거운 한숨과 함께 저들의 말이
들릴 듯 말 듯 들려왔다.   75

"하느님께서 내리신 고통을 정의와 희망으로 참고 있는
하느님의 선택된 영혼들이여,
더 높은 계단으로 이르는 길을 알려 주시오!"   78

"당신들이 우리처럼 엎드리지 않아도 되고
가장 빠른 길을 찾고자 한다면
당신들의 오른손을 언제나 밖에 두시오!"   81

시인의 요청에 이런 대답이 우리 바로 앞
어딘가에서 나왔다. 나는 그 말로
숨은 얼굴을 알아볼 수 있었다.   84

선생님의 눈에 시선을 맞추자 그분은
나의 소망을 읽고
이를 기쁘게 허락하셨다.   87

바라던 대로 할 수 있게 되자

나는 앞으로 걸어가 관심을 끌었던
목소리의 영혼 위에 멈춰 섰다.   90

"눈물로써 정죄를 완성해 나가는 영혼이여,
정죄 없이는 아무도 하느님께 돌아갈 수 없겠지요.
청하건대, 당신의 그 중요한 일을 잠시만 멈추시오!   93

당신은 누구였고 당신 모두는 왜 이렇게 엎드려 있는지
말해 주시오! 내가 산 채로 떠났던 저 세상에서
당신을 도울 길이 있겠습니까?"   96

"하늘이 왜 우리가 하늘을 등지도록 하셨는지
당신은 알게 될 겁니다. 그러나 먼저
내가 베드로의 후계자[7]였다는 것을 알아 두시오.   99

시에스트리와 키아베리[8] 사이로
한 줄기 아름다운 냇물이 흐르는데,
그 이름에서 내 가문의 이름이 나왔소.   102

흙탕물을 조심하는 자에게는 교황의 커다란 망토가
어찌나 무거웠던지, 한 달이 조금 지나서야 알았소.
다른 짐이야 다 깃털처럼 가벼웠소.   105

아아! 난 너무 늦게 뉘우쳤소.
로마의 목자가 되었을 때 비로소

세상의 헛됨을 알게 된 거요.   108

거기서도 마음은 편안하지 않았고
그런 삶에서 더 이상 올라갈 수 없음을 알았으니,
이런 사랑[9]이 내 마음속에서 타오른 거요.   111

그때까지 난 비참한 영혼이었소.
하느님으로부터 버림받은 탐욕의 노예였소.
보시다시피, 지금 여기서 그 벌을 받고 있소.   114

탐욕이 무슨 짓을 하는지는 이렇게 바닥에서 회개하는
영혼들의 정죄 속에서 밝혀지는데, 이 산에서
그보다 더 가혹한 죄는 없는 것 같소.   117

우리의 눈이 세속적인 것에 들어붙어서
위를 바라보지 못한 것처럼 여기서도
정의가 우리의 눈을 바닥에 붙여 놓은 것이오.   120

탐욕은 선에 대한 우리의 사랑을 망쳐 버렸고
사랑 없는 삶은 헛된 것이었소. 여기서도
정의의 힘은 우리의 손과 발을 바닥에   123

단단히 묶어 둔 것이오. 그래서
의로우신 주님을 기쁘게 할 때까지 우리는
이렇게 엎드려 꼼짝 못하고 있어야 하는 거요."   126

내가 무릎을 꿇고서 말을 꺼내려 하자,
그 영혼은 그저 귀로만 듣고서도
내 공손한 자세를 알아차리고 말했다.[10]   129

"왜 당신은 그렇게 몸을 숙이는 것이오?"
"당신의 권위 앞에 똑바로 서기에는
내 양심이 허락하지 않는군요."   132

"형제여, 다리를 곧게 펴고 일어나시오!
잘못된 생각이오! 나는 당신뿐 아니라 다른 모든
사람들과 함께 유일한 권능 아래 똑같은 존재라오!   135

결혼하는 일은 없을 것[11]이라고 하신
그 성스러운 성령의 소리를 알아들었다면,
내 말뜻도 알 것이오.   138

자, 이제 더 머물지 말고 떠나시오!
당신이 여기 있으면 당신이 좀 전에 말한 것을
무르익게 하는 눈물을 방해하니까 말이오.   141

아래 세상에 알라지아[12]라고 하는 조카가 있소.
우리 가문의 나쁜 예들에
그 애가 물들지 않으면 좋겠소.

내가 세상에 남긴 것은 그 애가 전부요."   145

20곡[1]

의지는 더 큰 의지에 양보해야 하는 법.
나는 그가 원하는 대로 내 희망을 접고
아직 충분히 젖지 않은 해면(海綿)을 물에서 꺼냈다.[2]   3

선생님은 바닥에 엎드린 영혼들이 없는 곳을
골라 가며 좁은 성벽 위를 걷는 사람처럼
벽 쪽에 몸을 바싹 붙인 채 조심조심 앞장섰다.   6

우리 세상을 채우고 있는 죄를
눈물 한 방울마다 흘려 내고 있는 영혼들의 무리가
단지의 가장자리에 바싹 다가서 있기 때문이었다.   9

늙어 빠진 탐욕의 암늑대여, 너 하느님의 심판을 받길!
끝없이 갈구하는 굶주림 때문에
다른 짐승들보다 더 많은 희생자를 요구하는구나!   12

하늘의 운행이 인간의 운명을
결정한다고 하던데,
그 짐승을 몰아낼 분은 언제 오시는가?   15

우리는 조심스럽게 발길을 천천히 옮겼다.
나는 애처롭게 울며 불평하는 망령들 외에
다른 것을 생각할 수 없었다.   18

그때 갑자기 우리 앞쪽에서 "자애로운 마리아여,"
하고 마치 애를 낳는 여자처럼
부르짖는 소리가 들려왔다. 소리는 계속되었다.   21

"당신의 거룩한 아기를 내려놓으신
마구간을 보고 사람들은 당신이
얼마나 가난했는지 알고 있습니다.[3]   24

어진 파브리키우스[4]여, 악덕으로 사치스럽게
살기보다는 가난 속에서
덕으로 살기를 택했구나!"   27

이 말들을 듣고 기뻐하며 나는
그 말을 한 영혼을 찾아보려고
소리가 들리는 쪽으로 급히 나아갔다.   30

그 영혼은 니콜라스 성인[5]이 돈이 없어

결혼을 하지 못하던 세 처녀들을 도와
젊음을 고결하게 살도록 해 준 얘기를 했다.   33

나는 이렇게 말했다. "이렇게 좋은 얘기를
해 주는 영혼이여, 당신은 누구였는지요?
왜 아무도 당신의 좋은 얘기에 동참하지 않지요?   36

제가 종말로 치달리는
저 삶의 짧은 길을 마치러 세상으로 돌아간다면
당신은 분명 보상을 받을 겁니다."   39

"내가 당신에게 말을 건네는 것은
당신 세상에서 어떤 도움을 받으려는 마음에서가 아니라
은총이 살아 있는 당신에게 빛을 비추기 때문이오.   42

나는 모든 기독교인들의 나라를 뒤덮고 있는
사악한 나무의 뿌리였소. 좋은 열매는
거의 수확될 수 없었다오. 그러나   45

두에이, 릴, 겐트, 그리고 브뤼지[6]가
힘을 갖추면 복수는 곧 이루어질 테니, 이를 위해
나는 모든 것을 심판하시는 하느님께 기도드린다오.   48

세상에서 나는 위그 카페[7]라 불렸소.
나에게서 태어난 루이와 필리프가 현재

프랑스를 다스리고 있소.   51

나의 아버지는 파리의 푸줏간 주인이었소.[8)]
왕가의 계보가 다 죽어 버리고 수도사의
잿빛 옷을 걸친 자만 남았을 때 나는   54

왕국을 다스릴 고삐가 내 손에 있음을 알았소.
나는 거대한 권력을 새로 얻었으며,
수많은 추종자들을 거느리게 되었소.   57

그래서 주인 없는 왕관은
나의 아들의 머리에 씌워졌고,
그로부터 왕가의 뼈가 이어져 내려왔소.   60

프로방스의 엄청난 지참금이
나의 후손들에게 수치심을 빼앗아 가기 전에는[9)]
비록 보잘것없었지만 사악한 짓은 하지 않았소.   63

그때부터 무력과 속임수로
약탈이 시작되었소. 나중에는 그걸 보상하듯,
퐁티에, 노르망디, 그리고 가스코니[10)]를 점령했소.   66

샤를이 이탈리아에 왔지만, 그 대가로
시칠리아의 코라디노를 희생자로 만들었고,
이어 토마스를 하늘로 보내 버렸소.[11)]   69

내 생각에 머지않아
또 다른 샤를[12]이 프랑스에서 나와
자신과 제 족속들의 더러운 이름을 알릴 것이오.   72

그는 군사도 없이 오직
유다가 겨누던 창[13]으로 표적을 겨누며,
마침내 피렌체의 창자를 단숨에 터뜨릴 것이오.   75

그러나 그가 얻을 것은 땅이 아니라
죄악과 수치일 뿐! 더 나쁜 것은
이런 죄의 무게를 가볍게 여기는 것이지요.   78

이전에 배에서 잡혔다가 탈출한 또 다른 자[14]는
마치 해적들이 여자 노예들에게 하듯이
그의 딸을 두고 값을 치며 흥정했소.   81

아, 탐욕이여, 그렇게 너에게 홀린 나의 후손들은
저들의 피붙이도 돌보지 않았는데,
이보다 더한 짓인들 못 하리오!   84

그런 과거와 미래의 죄가 차라리 작게 보일 정도의
대죄를 저지르니, 백합꽃이 아냐니에 들어가고 그리스도가
대리자의 몸으로 사로잡히는 것이 보이는구나.[15]   87

그분은 말로 할 수 없는 수모를 당하여

쓸개즙과 식초를 먹고,[16] 살아 있는
다른 도둑들 사이에서 다시 한 번 죽음을 당했소.[17]   90

법령도 없이 만족할 줄 모르는
탐욕의 돛을 펼치고 성전으로 난입하는
또 다른 필라테를 보는 것 같소.[18]   93

아, 나의 주님이시여, 비밀스러운 의지 안에
감추어진 주님의 분노를 털어 낼 징벌을
나는 언제나 보고 기뻐할 수 있겠습니까?   96

당신이 내게 원했던 설명[19]을 듣게 하시고자
성령의 유일한 신부[20]는
당신을 내게 데려오셨으니,   99

그것은 낮이 지속되는 동안 외워야 하는
기도이나 밤이 오면 우리는
정반대의 소리를 지껄인다오.   102

그래서 우리는 황금에 눈이 멀어
배반을 하고 도둑질을 하며
아버지를 죽이는 피그말리온과   105

끝내는 사람들의 웃음거리가 되는
탐욕스러운 요구만 쫓아다닌 인색한 미다스[21]의

측은한 운명을 반복해서 얘기한다오.   108

그래서 우리는 아간[22]의 어리석음을 떠올리지요.
여호수아의 분노가 아직도 여기서
그를 물어뜯는 것 같소.   111

다음에 우리는 삽비라를 그 남편과 함께 비난하고,[23]
헬리오도로스를 걷어찬 말굽을 잘했다 얘기합니다.[24]
폴리도로스를 살해한 폴리메스토르[25]는   114

악명으로 인해 온 산[26]을 돌아다니는데
얼마 전에 들린 외침은 이런 것이었소.
'크라수스여, 말해 다오! 황금이 무슨 맛이었느냐!'[27]   117

우리는 때로 크게 울고 때로 부드럽게
얘기하는데, 그것은 우리의 감정에 따른 것이니
때로는 높게, 때로는 낮게 말한다오.   120

낮에 우리가 칭송한 선은 나만
외치는 것이 아니오. 내 목소리 옆에
다른 영혼이 없었던 것은 우연일 뿐이었소."   123

우리는 그 사람에게서 떠났다.
엎드린 영혼들이 없는 곳을 골라
조심스럽게 발을 내딛었다.   126

그때 갑자기 산이 흔들리는 느낌이 들면서
마치 금방이라도 무너질 것 같았다. 그와 함께
죽음에 사로잡힌 듯 내 몸이 굳는 것을 느꼈다.   129

하늘의 빛나는 두 눈을 낳기 위해서
레토[28]가 보금자리를 만들기 전의
델로스도 이보다 더 흔들리지는 않았을 것이다.   132

이어 사방에서 우레 같은 소리가 크게
들려왔다. 선생님이 가까이 다가와서 말했다.
"내가 너의 길잡이로 있는 한 두려워할 것 없다."   135

가까이 있는 영혼에게 분명하게 들기로는,
고함 소리는 한결같이 "하늘 높은 데서는
하느님께 영광."[29]이라고 노래하고 있었다.   138

그 노래를 처음 들었던 목자들처럼
우리는 찬양이 끝나고 진동이 멎을 때까지
꼼짝 않고 멍하니 서 있었다.   141

그러고 나서 거룩한 길을 다시
걸었다. 눈 아래에는 엎드린 영혼들이 다시
저들을 온전히 통곡에 내맡기고 있었다.   144

나의 기억이 틀리지 않다면,

어떤 미지의 것도 그때 내가 생각하며
지녔던 욕망만큼 격렬하게   147

진실을 향한 욕구를 불러일으킨 적이 없었다.
그러나 질문을 던지느라 길을 지체할 수는 없었다.
또 거기서는 어떤 설명도 볼 수 없었다.

나는 약간 의기소침해져 생각에 깊이 잠긴 채 걸었다.   151

21곡[1]

사마리아의 처녀가 갈구하던
그 물[2]이 아니고서는 결코 채워질 수 없는
갈증이 나를 괴롭혔다.[3]   3

그러나 나의 길잡이를 따라 영혼들로 북적거리는
길을 가야 하는 바쁜 여정이 나를 재촉했으며,
정의로운 복수[4]가 나를 위로해 주었다.   6

그런데 그때, 루가가 쓴 것처럼 그렇게,
그리스도가 부활하여 무덤에서 나와
길 가던 두 사람 앞에 나타난 것처럼,[5]   9

한 그림자[6]가 나타났다. 그는 우리가
망령들을 밟지 않으려고 조심하는 동안 뒤로 왔는데,
우리는 그가 말을 꺼낼 때까지 모르고 있었다.   12

"형제들이여, 하느님의 평화가 내리시길!"
우리는 재빨리 뒤를 돌아보았다. 베르길리우스가
그의 말에 적절하게 응대하고 대답했다.   15

"나를 영원히 귀양 보내신[7]
하느님의 진실한 법정이 당신을
축복의 모임에 평화로이 두시길!"   18

"그대들이 하느님께 오르지 못할 영혼들이라면 누가
그대들을 그분의 계단으로 인도한다는 말이오?"
우리가 걸음을 재촉하는 동안 그가 말했다.   21

그러자 선생님이 말했다. "천사가 이 사람의 이마에
새긴 표시들을 보시면 이 사람이
선한 자들에게 오를 운명이라는 것을 알 것이오.   24

그러나 클로토[8]가 각자에게 배당하여 감아 두는
물레로 밤낮으로 실을 잣는 여인[9]이
아직 이자의 실을 많이 남겨 두었기 때문에   27

그대와 나의 누이[10]인 그의 영혼은
혼자 올라올 수 없었소. 그의 눈이
우리 눈처럼 보지 못하기 때문이니,   30

길잡이 노릇을 해 주러 나는

지옥의 벌어진 목구멍[11]부터 시작하여
내 지식이 허용하는 한까지 그를 안내하고 있소.   33

그런데 산이 방금 왜 그렇게 요동을 쳤는지
모든 영혼들이 발을 적시는 곳[12]까지 왜 한목소리로
고함을 쳤는지 말해 줄 수 있겠소?"   36

길잡이의 질문은 내 소망의 바늘귀를
꿰뚫는 것이었으니, 그로 인해 희망도 커지고
나의 갈증도 더 심해졌다.   39

"이 산은 신성한 법이 지배하고 있기에
불규칙하고 비관습적인 일은
결코 일어나지 않는다오. 이곳은   42

어떤 변화도 허용하지 않으며,
다만 하늘의 변화가 이곳의
모든 것을 받쳐 주고 있소.   45

따라서 세 개의 짧은 계단[13] 너머로는
비와 우박, 눈도 내리지 않고,
이슬, 서리 따위도 떨어지지 않지요.   48

짙거나 엷거나 간에 구름은 도통 없으며,
빛이나 저 아래 세상에서는 여기저기 옮겨 다니는

타우마스의 딸[14])도 여기에는 없소.   51

메마른 증기는 내가 방금 말한 세 계단들의 높이,
성 베드로의 목자가 발을 쉬는
곳을 넘어서서 솟아오르지 않습니다.   54

아마 저 아래에서는 땅이 좀 흔들리는 모양인데,
땅에 숨은 바람이 일으킨 진동은, 나도
이유는 모르나, 이곳의 높이까지 도달한 적이 없소.   57

이 산의 진동은 어떤 영혼이 깨끗해졌음을
느끼고 몸을 일으켜 세우거나
단번에 위로 올라갈 때 생깁니다.   60

오직 올라가려는 의지만이 영혼의 정화를 증명하며,
정화된 영혼은 자기 자리를 바꿀 정도로
자유로워진 의지를 갖게 되는 거지요.   63

이 영혼은 처음부터 올라가려는 의지를 가졌지만,
그것은 하느님의 정의에서 벗어난 의지였기에
한때 지은 죄를 씻는 고통을 겪어야 하는 것이오.   66

오백 년도 넘게 이곳에 고통스럽게 누워 있던 나는
이제야 저 높은 나라로 올라갈
자유로운 의지를 느꼈소. 그래서   69

산이 진동하고 이 산에 있는 경건한 영혼들이
우레 같은 소리로 하느님을 찬미했던 것이지요.
나 간절히 기도하니, 주께서 그들도 부르시기를."　　　72

이것이 그의 설명이었다. 갈증이 더할수록
해갈의 기쁨도 큰 법이니, 나의 기쁨은
표현할 길이 없었다.　　　75

현명한 길잡이가 말했다. "이제야 여기에 붙들리는
죄의 그물을 알겠소. 영혼들이 어떻게 풀려나고
왜 이곳이 진동하며 또 당신들이 함께 기뻐하는지도.　　　78

그러나 당신이 누구였는지 알려 줄 수 있겠소?
그리고 어� 일로 여기서
수백 년 동안 누워 있었는지 말해 주시오."　　　81

"왕 중 왕[15]의 도움으로 착한 티투스[16]가
유다가 팔아먹은 피가 뿜어져 나오던
상처[17]의 복수를 단행했을 때,　　　84

나는 저 세상에서 가장 훌륭하고
오래 남을 이름[18]으로 제법 널리 알려졌으나,
그때까지만 해도 신앙은 없었소.　　　87

나의 노래는 너무나 훌륭한 영감을 지녔기에

비록 툴루즈 사람이었지만 로마는
내 머리에 월계관을 씌워 주었소.[19]   90

그곳 사람들은 아직도 날 스타티우스라고 부릅니다.
난 테베를 노래했고 위대한 아킬레우스를
읊는 책을 두 권째 쓰다가 쓰러졌소.[20]   93

내 열정의 씨앗이 되고 내 마음을 뜨겁게
타오르게 한 것은 수많은 시인들의
빛이 되었던 저 거룩한 불꽃들이었는데,   96

이는 곧 『아이네이스』를 두고 하는 말이니,
그것이야말로 나의 어머니였고 내 문학의 유모였소.
그 없이 내 문학은 아무것도 이루지 못했을 거요.   99

베르길리우스가 살았을 때 나도
살아 있었더라면, 일 년을 더
이 산에서 머무른다고 해도 좋을 것이오.”   102

이 말을 듣고 베르길리우스는 내게 몸을 돌렸는데,
그 얼굴은 ‘잠자코 있으려무나!’ 하고 말하는 듯했다.
그러나 사람의 의지의 힘은 때로 약하기도 하다.   105

웃음과 울음은 그것들을 터뜨리는 열정에
아주 가까운 것들이어서

그들에 따를수록 의지는 박약해진다.   108

나는 미소를 짓는 사람처럼 그저 웃고 있었으나,
그 영혼은 말을 멈추고 표정이 잘 드러나는
내 눈을 가만히 들여다보더니 이렇게 물었다.   111

"그 힘든 일을 행복하게 끝낼 수 있기를!
그런데 당신 얼굴에 미소가 어리는 것을
내가 보았는데 그 이유를 알려 주시겠소?"   114

이제 나는 이편과 저편에 다 걸린 꼴이었다.
한쪽은 내게 말하라 하고 다른 쪽은
말하지 말라고 하니, 한숨만 나왔다.   117

선생님이 이를 알고 말했다. "걱정 말고
말해 주어라! 그가 그렇게 간절히
바라고 있으니 그에게 대답해 주어라!"   120

"오래된 영혼이여, 당신은
내 미소가 이상하다고 여겼는데,
당신이 놀랄 만한 얘길 해 주겠소.   123

나의 눈을 하늘로 이끄시는 이분이 바로
베르길리우스요. 당신에게 사람과 신에 대해
노래하는 힘을 주신 그분이지요.   126

내가 미소를 지었던 것은
다른 이유에서가 아니라, 그저 당신이
이분에 대해서 말했기 때문입니다."   129

그 영혼은 벌써 내 선생님의 발을 안으려고
허리를 굽히고 있었다. 선생님이 말했다.
"형제여, 그대나 나나 같은 망령이니, 그러지 마시오."   132

그러자 그가 일어나며 말했다. "이제 당신께 품은
사랑의 깊은 열정을 아시겠지요. 우리가
텅 빈 그림자임을 잊어버리고

껴안을 수 있는 단단한 것으로 생각했군요."   136

22곡[1]

우리는 벌써 우리를 여섯 번째 둘레로 이끌고
내 이마에 새겨진 죄를
지워 준 천사를 뒤로하고 있었다.   3

그는 정의를 갈망하는 사람에게 축복이 내린다고
말했는데, 다른 말은 없고 그의 목소리는
"목마른"이란 말로만 들려왔다.[2]   6

나는 이전의 어떤 계단에서보다 가벼워진
느낌이 들었기에, 날렵하게 올라가는
영혼들을 따르기가 훨씬 수월했다.   9

베르길리우스가 스타티우스를 향해 입을 열었다.
"덕으로 불붙는 사랑은 그 처음의 불꽃이
밖으로 나타나면 또 다른 사랑에 불을 붙이지요.   12

유베날리스[3]가 지옥의 림보에 있는
우리 사이로 내려와 나에 대한
당신의 사랑을 말해 준 때부터 생긴   15

당신에 대한 선한 의지는 만나지 못한
사람을 친밀하게 느끼도록 해 주었으니
이제 이 계단들이 이제 훨씬 짧아 보이는구려.   18

그런데 혹여 내가 너무 자만하여 예의의 고삐를
늦추는 일이 있다면 친구로서 용서하기 바라오.
또 나를 그저 친구처럼 여기고 말해 보시오.   21

당신이 부지런히 가꾼 든든하고 선한 뜻이
마음에 가득할 텐데 어떻게
탐욕이 그 마음에 자리 잡을 수 있었소?"   24

이 말을 들은 스타티우스의 입술에 이지러진 미소가
잠깐 스쳤다. "당신의 모든 말씀이 내게는
귀한 사랑의 지표입니다.   27

겉모습은 때로 잘못된 추정을 낳지요.
드러나야 할 진실이 우리 눈에
숨어 있을 때라면 더 그렇습니다.   30

당신의 질문으로 보아, 당신은 내가

저쪽 단지[4]에 있었던 것으로 미루어
세상에서 탐욕의 죄를 지었다고 믿고 있군요.   33

사실 나는 탐욕과 전혀 관계가 없었소. 오히려
수천의 달이 뜨고 지는 동안 저 밑에서
내가 씻은 죄는 부절제였소.   36

늘 인간의 본성을 꾸짖는 당신은
'그 지겨운 황금의 굶주림이 우리를
욕망에서 헤어나지 못하게 하는구나.'[5]라고   39

썼지요. 그 대목을 머리에 떠올리면서도 내가
정신을 차리지 못했다면, 나는 아마 무거운 짐을 진 채
끔찍한 비명을 듣고 있을 겁니다.   42

그 무렵 나는 내 손이 너무 활개를 치면서
헤픈 것을 알고서
그 죄를 다른 죄들과 더불어 뉘우쳤소.   45

살아서든 죽어서든 무지로 인하여
이런 죄악을 회개할 줄 모르다가 마지막 날에
대머리가 되어 나타날 사람이 얼마나 많겠습니까?[6]   48

낭비의 죄에 반대되는 탐욕의 죄도
낭비의 죄와 더불어

이곳에서 참회를 하게 되지요.   51

비록 내가 탐욕의 죄로 통곡하는
영혼들 틈에서 지내며 참회를 했다 해도
내 죄는 그와는 반대의 것이오."   54

시인께서 말씀하셨다. "그런데 당신이
이오카스테의 곱절의 슬픔을 낳은
잔악한 싸움7)을 묘사했을 때   57

당신은 클레이오와 함께했으니,8) 당신은
그때까지는 신앙이 없었던 것 같은데,
신앙이 없는 덕성은 헛된 것이오.   60

그런데 어떻게 하늘의 태양 혹은 땅의 빛이
당신의 길에서 어둠을 몰아냈기에,
돛을 펴고 어부9)의 뒤를 따르게 되었소?"   63

"처음 파르나소스10)로 나를 보내
그 동굴의 샘물을 마시게 했던 당신이 역시
처음으로 하느님께 이르는 길에 빛을 비추어 주었소.   66

당신은 등불을 뒤로 들어 당신 자신이 아니라
다른 사람들에게 빛을 비추어 현명하게 만드는,
어둠 속의 외로운 여행자셨지요.   69

당신은 한때 이렇게 썼지요. '세상은 다시 태어난다.
정의가 돌아오고, 인류의 시초,
새로운 겨레가 하늘에서 내려온다.'   72

당신을 통해 나는 시인이 되었고 그리스도인이 되었소.
당신이 내 얘기를 더 잘 볼 수 있도록 나
손을 펼쳐 더 많은 색으로 말을 칠하겠소.   75

그때까지 세상은 진실한 믿음으로
가득했으니, 이는 영원한 왕국의
사자들이 심은 것이었지요.   78

내가 방금 인용한 당신의 말씀은
새로운 전도자들이 하던 말과 조화를 이루어
나는 때로 그들이 하는 얘기를 듣고자 했다오.   81

그들은 내 눈에 성스러운 존재가 되었기에,
도미티아누스[11]가 그들을 박해했을 때
나는 울었소. 그들이 고통으로 운 것처럼 말이오.   84

살아 있던 내내 난 그들을 도와주었소.
그들의 올바른 삶의 방식을 보니
그들 외의 다른 신앙들은 깔보게 되더군요.   87

나의 시[12]에서 그리스인들을 테베의 강으로

데려가는 장면을 쓰기 전에 나는 세례를 받았으나,
두려움 때문에 숨은 그리스도인이 되어　　　　　　　　90

오랫동안 이교도인 척하며 살았습니다.
이런 열성의 부족으로 난 네 번째 단지에서
사백 년도 넘게 벌을 받아야 했지요.　　　　　　　93

자, 이제 말씀해 주시오! 과거 내가 간구하는 선을
감춘 너울을 걷어 주신 당신,
올라갈 시간이 아직 남아 있는 동안　　　　　　　96

우리의 옛 테렌티우스와 카에킬리우스,
플라우투스, 그리고 바로[13]가 어디 있는지
벌을 받는다면 어느 고리에 있는지 말씀해 주시오!"　　99

길잡이가 대답했다. "그들과 페르시우스[14]까지, 또 나와
다른 많은 시인들은, 뮤즈의 아홉 신이 다른 누구보다
아끼던 그리스인[15]과 함께　　　　　　　102

빛이 들지 않는 지옥의 첫 번째 마당에 있소.
우리는 우리를 키운 유모들[16]을 품고 있는
파르나소스 산을 얘기하지요.　　　　　　　105

에우리피데스와 안티폰, 시모니데스와 아가톤[17],
그리고 월계관을 쓴 다른 그리스 사람들이

우리와 함께 그곳을 거닙니다.   108

그리스 사람들은 또 있군요.
안티고네와 데이필레, 아르게이아, 그리고 언제나
슬픈 얼굴의 이스메네[18]도 우리와 함께 있습니다.   111

란기아 샘을 가르쳐 준 여자[19]도 거기 있고,
테이레시아스의 딸[20]과 테티스,[21] 그리고
데이다메이아[22]도 자매들과 함께 그곳에 있어요."   114

이제 벽과 계단을 벗어난 두 시인은
바위 턱에 올라서서 주위를 다시 이리저리
열심히 둘러보느라 한동안 말을 잇지 않았다.   117

낮의 시녀들 네 명은 벌써 뒤에 남았고[23]
다섯 번째 시녀가 키를 잡고
타오르는 뿔을 바짝 치켜들고 있었다.   120

길잡이가 말했다. "오른쪽 어깨를 밖으로
향하고 가야 할 것 같소.
지금까지 이 산을 돌았던 대로 말이오."   123

거기서는 습관이 우리의 길잡이였다.
우리는 이제 그 가치 있는 영혼[24] 덕분에
훨씬 더 느긋하게 길을 갔다.   126

앞장서서 가는 그들 뒤를 따르며 나는
그들이 주고받는 얘기에 귀를 기울였고
시를 짓는 기술에 대해 배웠다.   129

그러나 향기롭고 보기 좋은 열매를 가득 매단
나무 한 그루가 길에 나타나면서
그들의 즐거운 얘기가 갑자기 멈추었다.   132

전나무는 가지에서 가지로 높이 오를수록 좁아지지만,
이 나무는 그 반대로 아래가 더 가늘었으니,
영혼들이 오르지 못하게 하려고 그리된 것 같다.   135

우리가 가던 길을 막고 선
높은 바위에서 나무를 향해 맑은 물이 쏟아져 내려와
꼭대기의 잎들에 부딪혀 퍼져 나갔다.   138

두 시인이 나무 가까이 가니
그 무성한 잎사귀들 사이에서 소리가 튀어나왔다.
"이 열매와 물은 너희들의 것이 아니다.   141

마리아께서는 당신이 입을 물과 열매가 아니라
너희들을 위해 당신 자신의 입보다
혼사에 풍성한 은총을 내리는 일을 더 생각하셨다.[25)]   144

옛날 로마에서 여자들은 마실 것으로

물이면 만족했다. 다니엘 또한
음식을 탐하지 않아 지혜를 얻었다.[26]   147

인류의 첫 시대는 황금처럼 아름다웠다.
배고픔은 도토리를 맛있게 했고
목마름은 어느 냇물에서든 단물이 흐르게 했다.   150

메뚜기와 꿀은 광야에서 세례자를
먹여 살린 음식이었다. 그렇기에
그[27]는, 복음서에서 잘 드러나고 있듯이,

가장 영광되고 가장 위대하다."[28]   154

23곡[1]

마치 작은 새들을 사냥하며 일생을
허송하는 사람처럼 그 푸른 잎사귀들
사이를 뚫어져라 바라보는 동안,   3

아버지보다 더하신 분이 말했다. "아들아,
이제 가자! 우리에게 주어진 시간을
더 유용하게 써야 하지 않겠느냐!"   6

나는 재빨리 몸을 돌려 걸음을 재촉하여
현자들의 뒤를 따랐다. 그들의 얘기에
걸음이 전혀 힘든 줄을 몰랐다.   9

그때 갑자기 "주여, 내 입술을 열어 주소서!"라며
눈물 섞인 노래가 들려왔는데,
기쁨과 고통이 섞인 것이었다.   12

"다정하신 아버지, 이게 무슨 소립니까?"
나의 물음에 선생님이 대답했다.
"영혼들이 죄의 매듭을 풀고 있는 것이겠지."   15

명상에 잠긴 순례자들이 모르는 사람을
지나치게 되면 걸음을 멈추지 않고
잠시 고개를 돌려 보는 것처럼,   18

우리 뒤에 오던 조용하고 경건한 영혼들의 무리는
의심스러운 눈초리를 재빨리 거두며
우리 곁을 경쾌하게 지나쳤다.   21

그들의 눈에는 기미가 검게 드리워졌고
머리는 푹 꺼졌으며 얼굴은 파리했는데
몸은 말라비틀어져 뼈가 살갗을 뚫고 나올 듯했으니,   24

불쌍한 에리식톤[2]이 허기를 참다 못해
두려움에 떨며 자기 살을 먹었을 때에도
그렇게 가죽만 남지는 않았을 것이었다.   27

나는 혼잣말을 했다. "저 영혼들은 아마
마리아가 제 자식의 몸에 부리를 쑤셔 박았을 때
예루살렘을 잃은 사람들일 수도 있겠다."[3]   30

그들의 눈구멍은 보석이 빠진 반지였다.

사람의 얼굴에서 OMO를 읽는 자라면
쉽게 M을 알아보았을 것이다.[4]   33

과일이나 샘의 향기 말고 어떤 것이
그들의 탐식을 이렇게 시들게 했는지,
이유를 모르는 자라면 아무도 믿지 않을 것이었다.   36

나는 그들이 왜 그토록 말라비틀어졌는지
그 이유를 이해하지 못했으므로 여전히
그들의 슬프게 야윈 모습에 놀라고 있었다.   39

그때 갑자기 한 망령이 내게 눈을 돌리더니
해골 깊숙이 들어앉은 눈으로 빤히 날 들여다보다가
큰 소리를 질렀다. "웬 은총이 나에게까지 왔는가!"   42

모습으로는 그가 누군지 알 수 없었으나
목소리에서 그의 허기져 일그러진 얼굴을
알아볼 수 있었다.   45

이 목소리의 불씨가 이제는 변한 그 모습의
이미지를 내 기억 속에 다시 비추면서
포레세[5]의 얼굴이 확연히 떠올랐다.   48

그가 말했다. "더덕더덕 때로 뒤덮인
핼쑥한 피부를 제발 잊어버리시게!

내 쪼그라든 육신에는 신경 쓰지 말게나.   51

자네 얘기나 해 보게. 자네와 함께 있는
저분들은 누구신가? 대답해 주게.
내 원하는 것은 그것뿐이네."   54

내가 대답했다. "죽음이 자네 얼굴에 드리워졌을 때
나는 울었지. 자네 얼굴을 도무지 알아볼 수 없게 된
지금 느끼는 비탄은 그때처럼 크다네.   57

무엇이 자네를 야위게 했는지 꼭 말해 주게.
얼떨떨한 내게 대답을 요구해선 안 돼.
정신이 딴 데 가 있는 사람은 헛소리나 하는 법이니."   60

"자네가 방금 지나쳐 온 그 물과 나무로 내려오는 힘은
영원한 의지에서 온 것일세. 그것이
나를 이렇게 야위게 하네.   63

여기 있는 이들은 지나치게 목구멍의 즐거움을 좇다가
이렇게 울고 노래하면서
갈증과 허기를 겪으며 죄를 씻고 있네.   66

잎사귀들에 부딪혀 퍼져 나가는 물 냄새와
열매에서 피어나는 향기가
먹고 마시고 싶은 욕망을 더 부채질하고 있네.   69

한 번뿐이 아니네. 이곳을 돌아다니는 동안
우리의 고통은 계속해서 새로워지지.
고통이라 말하지만, 차라리 기쁨이라 해야겠네.[6]   72

그리스도가 당신의 피로 우리를 구하셨을 때
기꺼이 '엘리'라 외치셨던[7] 그 의지로
우리는 자꾸 나무를 향해 나아가는 것이네."   75

"포레세! 자네가 더 좋은 삶을 위해
우리 세상을 버렸던 그날 이래로
채 다섯 해도 지나지 않았네.   78

자네는 죽음에 이르러서야 우리 영혼이
하느님과 다시 혼인하는 달콤한 비탄의 순간을 알았고
그때 이후에야 비로소 죄를 짓지 않게 됐을 텐데,   81

어떻게 이렇게 높이까지 올라왔는가?
시간을 허비한 영혼들이 시간으로 대가를 치러야 하는
저 아래쪽 정죄산 기슭에 있어야 할 텐데 말이야."[8]   84

"나의 넬라[9]가 하염없이 흘린 눈물 덕분이지.
그것이 나를 여기까지 금방 인도해서
고통의 달콤한 쑥을 마시게 해 준 것이네.   87

아내는 경건한 기도와 한숨으로 영혼들이

기다려야 하는 산기슭에서 나를 들어 올려
다른 둘레들을 다 그냥 지나치게 했지.   90

내가 너무나 사랑했던 나의 소중한 과부가
선을 행하는 데 특별하면 할수록
주님께는 한량없이 사랑스럽고 기쁜 존재가 된 것이지.   93

사르데냐의 바르바지아 여자들도
내가 아내를 떠났던 바로 그 바르바지아의
여자들보다 더 정숙하니 하는 말이네.[10]   96

정다운 형제여, 내 이런 얘길 어떻게 하면 좋겠나?
지금 이 순간이 먼 과거가 아닐
미래의 시간이 벌써 눈앞에 떠오르네.   99

설교단의 단속령이, 뻔뻔스러운 얼굴에
가슴을 젖꼭지까지 드러낸 채 활보하는
피렌체의 여자들에게 떨어질 걸세.   102

야만인 여자들과 사라센의 여자들이라 해도
저들의 몸을 감추기 위해 굳이
정신적인 규율이나 어떤 것을 배울 필요가 있었나?   105

그러나 하늘이 머지않아 피렌체에 내리실 천벌을
이 몰염치한 여자들이 안다면

입을 벌려 통곡할 거야!   108

내가 제대로 내다본 것이라면, 지금
어르는 소리에 기분이 좋아지는 사람의
뺨에 수염이 나기 전에 그 여자들은 크게 슬퍼할 걸세!   111

형제여, 이제 자네 얘기를 좀 해 보게!
나뿐만 아니라 다른 망령들이
태양이 부서지는 곳[11]을 바라보고 있지 않은가!"   114

"자네가 나에게 누구였던지
내가 자네에게 누구였던지 기억할 때면
언제나 그 기억이 자네를 고문할 걸세.   117

날 여기까지 인도하시는 저분이 날
저 세상에서 끌어낸 것은 불과 며칠 전, 저것의
(나는 태양을 가리켰다.) 누이[12]가 둥그렇게 빛날 때였지.   120

이 진짜 육신을 아직 입고 있는 나는
진짜로 죽은 자들의 칠흑 같은 밤으로
이분을 길잡이로 모시고 들어갔지.   123

이분이 받쳐 주셔서 나는 이곳까지 올라왔고,
세상이 그릇되게 만든 자네를 곧게 펴 주는
이 산을 돌아 오르고 있다네.   126

이분은 베아트리체가 있는 곳까지만
나를 안내하시겠다고 말씀하시니,
그다음에는 나 혼자 가야 하네.   129

그렇게 말하는 이분은 베르길리우스라네."
나는 그를 가리켰다. "그리고, 저쪽에 서 있는
다른 영혼 때문에 자네 왕국이 방금 요동을 쳤네.

그를 하늘로 놓아 주려고 말일세."   133

24곡

얘기는 발길을, 발길은 얘기를 늦추지
않았다. 대화를 나누며 우리는
순풍에 떠가는 배처럼 속도를 냈다.　　　　　　　　　3

두 번 죽은 듯 보이는 망령[1]들이
퀭한 눈으로 나를 물끄러미 바라보더니
그들이 보는 것이 살아 있는 사람임을 알고 놀라워했다.　6

나는 하던 얘기를 계속했다.
"저분[2]은 오르는 속도를 늦추고 있네. 그렇지 않으면
빨리 올라가 속죄를 할 텐데 말이야.　　　　　　　9

어쨌든 자네 여동생 피카르다[3]가 어디 있는지 아는가?
또 이렇게 나를 빤히 바라보는 망령들 중
내가 아는 누군가가 있겠는가?"　　　　　　　12

"사랑스러운 만큼 착했던 내 누이는
지금 높은 올림푸스⁴⁾에서
승리의 면류관을 쓰고 즐거워하고 있네."   15

그리고 덧붙였다. "여기 망령들의 이름을 말하지 못할
이유는 없네. 허기와 갈증으로 모습이 뒤틀려 있으니
이름을 말해 주는 게 더 필요하겠지."   18

그러고는 손가락으로 가리키며 말했다.
"저기 보나준타가 가는군. 보나준타 다 루카!⁵⁾
그 뒤에 다른 자들보다 얼굴이 더 야윈 자는   21

거룩한 교회를 팔에 안아 본 사람⁶⁾인데,
투르 출신으로, 볼세나의 뱀장어와
베르나치아 포도주를 씻어 내고 있네."   24

그리고 다른 많은 이름들을 하나하나 불러 줬는데,
그들은 이름이 불리는 것에 만족하는 기색이었고,
화난 표정은 볼 수 없었다.   27

우발디노 델라 필라⁷⁾와 긴 막대기로
많은 사람들을 돌보았다는 보니파키우스⁸⁾가
배고픔으로 허공만 씹어 대는 모습이 보였다.   30

메세르 마르케세⁹⁾도 보였다. 그는

일찍이 포를리에서 여기보다 목마르지도 않은데
끝도 없이 마셔 대면서 만족할 줄 몰랐다.   33

다른 자들보다 유독 하나를 바라보고
평가하는 사람처럼 나는 루카 사람[10]을 보았는데,
그도 내게 관심을 가진 것 같았다.   36

그가 중얼거렸다. "젠투카"[11] 비슷한 말이
그의 입 언저리에서 느껴졌다. 그들을
소진시키는 정의의 고통을 느끼는 곳이었다.[12]   39

내가 말했다. "아, 영혼이여! 나와 얘기하고
싶은 듯 보이는구려. 들리게 좀 말해 보시오.
그러면 당신과 내가 다 만족할 것이오."   42

"여자가 태어나 아직 띠를 매지 않았는데,
모두가 헐뜯는 나의 도시를 그녀로 인해
당신은 좋아하게 될 거요.[13]   45

나의 이 예언을 잘 기억하시오.
내가 우물거렸던 말들이 분명하지 않다 해도
미래의 일들은 그 의미를 분명히 드러낼 것이오.   48

그런데 혹시 내가 여기서 보고 있는 사람이
'사랑의 지성을 가진 여자들'로 시작하는

새로운 시[14]를 쓴 사람이 아닌가요?"   51

"사랑이 내게 불어올 때 받아적고,
사랑이 안에서 불러 주는 대로
드러내려는 사람이오."[15]   54

"아, 형제여! 이제 알겠소. 공증인과 귀토네 같은
시인들[16]을 가둔 매듭이 이제 내가 듣는 당신의
이 감미롭고 새로운 문체의 시에서 풀리는군요.   57

이제 당신네들의 날개가 그 불러 주는 이의 뒤를 바짝 좇아
어떻게 날아가는지 분명히 알겠소.
그것은 우리로서는 전혀 할 수 없는 것이지요.   60

스스로 깊이 따지면 누구라도
이 문체와 저 문체의 차이를 보지 못할 거요."
거의 만족한 듯 그가 입을 다물었다.   63

겨울에 나일 강을 따라 나는 새들이
공중에 서로 어울려 무리 지어 날다가
한 줄로 속도를 한껏 더하는 것처럼,   66

그 망령의 무리도 얼굴을 돌리더니
날랜 소망으로 가벼워진 채
갑작스럽게 걸음을 재촉하여 우리를 떠났다.   69

마치 달리다가 지친 사람이 속도를 늦추고
동료들이 자기 곁을 지나도록 하면서
가슴이 진정되기를 기다리듯이,   72

포레세도 그렇게 나와 함께 보조를 맞추는 동안
거룩한 무리를 먼저 가게 했다. 그가 물었다.
"우리가 언제 다시 만날 수 있을까?"   75

"내가 얼마나 더 살지 모르지만,
금방 돌아온다 해도 내 마음은 그보다 먼저
연옥의 해변에 도착해 있을 것이네.   78

내가 태어나면서부터 살았던 곳은
날이면 날마다 덕이 사라지고
황폐해져 가기 때문이네."   81

"마음을 굳게 먹게! 가장 큰 죄를 지은 자[17]가
짐승의 꼬리에 매달린 채 결코 죄를
용서하지 않는 깊은 바닥으로 끌려가는 것이 보이네.   84

짐승은 걸음마다 속도를 더하다가
어느 때인가 갑자기 그를 차 버리고
육신을 끔찍하게 짓밟아 놓았지.   87

저 하늘들이," 하고 포레세는 하늘을 바라보며 말을 이었다.

"그렇게 많이 돌기 전에 내가 지금
모호하게 남긴 말들은 분명해질 거야.   90

이제 가야겠네. 이곳에서는 시간이 중요하네.
자네와 함께 나란히 걸으면
시간을 많이 뺏기겠네."   93

전장으로 말을 달려 나가는 무리에서
한 기사가 치달려 나와
제일 먼저 공격하는 영예를 얻으려는 것처럼,   96

그는 황급히 우리를 떠났다.
나는 세상에서 위대한 선생이었던
두 영혼들과 함께 남았다.   99

그가 우리 앞으로 멀리 나아갔을 때
나의 눈은 그를 따라가느라 힘겨웠고, 그만큼
나의 마음도 그의 말들을 따라가느라 힘겨웠다.   102

그때 가지에 열매를 주렁주렁 매단
싱싱한 초록의 나무가 내가 돌아선 바로
그 어귀에서 갑자기 나타났다.   105

나무 밑에서는 팔을 뻗은 망령들이
잎사귀들을 향해 뭐라고 울부짖고 있었다.

욕심꾸러기 어린애들이 누군가에게   108

마냥 조르는데, 대답도 없이
갖고 싶어 하는 것을 높이 들어 보이며
그들의 마음을 잔뜩 부풀게만 하는 것처럼 보였다.   111

마침내 영혼들은 포기하고 가 버렸다.
우리는 애원과 눈물을 외면한
그 무성한 나무에 다가섰다.   114

"지나가시오! 가까이 오지 마시오!
더 위로 올라가면 이브에게 열매를 준 나무가 있소.
이 나무는 그 나무에서 나온 것이오."   117

그렇게 잎사귀들 어디선가 목소리가 흘러나왔다.
그래서 베르길리우스와 스타티우스, 그리고 나는
서로 꼭 붙어서 다시 높이 솟은 암벽 사이를 걸었다.   120

그 목소리는 계속되었다. "구름에서 태어난 그 사악한
자들을 기억하시오! 잔뜩 먹고 취해 테세우스의 가슴에
저들의 두 개의 가슴을 맞대고 싸운 그들을.[18]   123

저들 맘대로 마시고 있는 히브리인들 또한
기억하시오. 기드온이 미디안을 향해 언덕을 내려갈 때
함께 가기를 거절했던 자들이라오."[19]   126

216 신곡

길의 가장자리들 중 한쪽으로 바싹
붙어 걸으면서 우리는 목구멍의 죄와 그에 따른
불쌍한 결과에 대해 얘기를 들었다.   129

이어 아무 말 없이 텅 빈 길을 걸으면서
제각기 골똘히 생각에 잠겨
천 걸음은 족히 걸었다. 그때   132

갑자기 목소리가 들렸다.
"당신들 셋이서만 무슨 생각을 그리 하는가?"
나는 겁에 질린 어린 짐승처럼 소스라쳤다.   135

누가 말한 것인지 보려고 고개를 들었다.
도가니 속에서 녹아 있는 금속이나 유리도
그렇게 벌겋게 반짝이는 것은 본 적이 없다.   138

내가 그를 바라보자 그가 말했다. "올라갈 길을
찾고 있는 것이라면, 여기서 돌아가라.
평화를 찾는 자들을 위한 길이 나올 것이니."   141

그의 모습이 내 시야를 빼앗았지만,
들은 대로 가는 사람처럼 나는
몸을 돌려 길잡이들 뒤를 따랐다.   144

새벽을 알리는 5월의 아침 미풍처럼 부드럽고,

그 미풍에 향내를 너울거리며 퍼뜨리는
풀과 꽃들로 가득 덮인,   147

한 가닥 바람이 내 이마를 가볍게 스치는 것을 느꼈다.
암브로시아[20] 향기를 풍기며
움직이는 날개를 나는 선명하게 느꼈다.[21]   150

그리고 이런 말을 들었다. "은총의 빛을 받는 자에게는
축복이 내릴 것이니, 식욕이 저들의 가슴에
과도한 욕망을 일으키지 않고

언제나 의로운 일에 굶주리게 하기 때문이로다."[22]   154

25곡[1]

이제 지체하지 말고 올라가야 할 시간이었다.
태양은 자오선을 황소자리에
걸쳤고, 밤은 전갈자리에 걸쳤다.[2]   3

필요를 따라서 가는 사람은
무슨 일이 있어도 꾸물거릴 수 없고
끝까지 자기 길을 곧게 간다.   6

우리도 그렇게 좁은 산길로 들어갔는데,
좁기 때문에 우리는 아래위로
줄을 지어 계단처럼 올라갔다.   9

황새 새끼가 날고 싶은 욕망에 날개를
올려 보지만, 둥지를 떠날 만큼 대담하지 못하여
이내 날개를 다시 접는 것처럼,   12

나도 그러했다. 묻고 싶은 마음에 불이 붙다가
꺼지고, 말을 꺼내려는 사람이
보여 주는 모습까지가 내가 했던 전부였다.   15

나의 자애로운 아버지는 빨리 걸으면서도
내게 말을 건네며 용기를 주셨다.
"네 말의 활시위를 끝까지 올바로 당겨라!"   18

그 말에 마음이 놓여 나는 말을 꺼냈다.
"저들은 음식을 먹을 필요가 없는데
어떻게 그렇게 다들 야윌 수가 있습니까?"   21

"나무토막이 불에 다 탔을 때 멜레아그로스가
어떻게 죽어 갔는지[3] 기억한다면,
그건 그렇게 이해하기 어렵지 않을 것이다.   24

거울에 비친 네 모습이 네가 움직이는 대로
움직이는 것을 생각해 보면,
어려워 보여도 쉽게 알 것이다.   27

너의 열렬한 마음을 다스리기 위해서
스타티우스를 불러서
너의 상처를 치료해 달라고 해야겠다."   30

그러자 스타티우스가 말했다. "당신이 있음에도 감히 내가

저 사람에게 하느님의 원리를 설명해 주는 것은
당신의 뜻을 거절하지 않기 때문이오."   33

그러고는 내게 말을 이었다. "아들이여, 내가 하는 말을
그대의 마음으로 잘 새겨 보면
'어떻게'라는 그대의 의문들이 풀릴 것이오.   36

아직 손대지 않은 식탁 위의 음식처럼,
목마른 핏줄이 마실 수 없고
온전히 보존되는 완전한 피[4]가 있소.   39

그것은 사람의 몸을 만드는 힘을
심장 안에서 얻으니, 피는 사람의 몸을 키우지만,
그 완전한 피는 창조를 한다오.   42

그렇게 심장에서 다시 맑아진 피는
말하지 않는 것이 좋을 그곳[5]으로 흘러들고, 그런 다음
그 자연의 그릇에서 다른 피에 방울져 떨어집니다.   45

거기서 각각의 피가 서로를 받아들이는데,
그들이 준비되는 완벽한 곳[6]에 따라서
하나는 수동적으로, 하나는 능동적으로 됩니다.   48

그렇게 결합된 피는 작동을 시작하여,
처음에는 덩어리가 지고 그다음에

자기의 질료대로 구성하게 만든 것에 생명을 줍니다.   51

능동적인 힘은 영혼[7]이 되는데,
식물의 영혼과 비슷합니다. 다른 점은 이것은 진행 중이고
저것은 이미 완성되었다는 점이지요.   54

그래서 계속 작용하여 (태아는) 해파리처럼,
움직이고 느끼기 시작하며, 씨에 배태된
힘들을 조직하기 시작합니다.   57

나의 아들이여, 낳은 자의 심장에서 오는 이런 힘은
자연이 모든 몸의 부분들을 계획하는 곳에서
이렇게 솟아오르고 퍼진다오.   60

그러나 그 힘이 어떻게 해서 동물에서 사람으로
되는지 그대는 아직 모르는데, 이 점은
그대보다 더 현명한 정신[8]도 잘 몰랐었소.   63

그의 가르침에서 그는 가능 지성을
영혼과 따로 놓고 보았는데, 마음을 관장하는 기관을
그가 알지 못했기 때문이오.   66

내가 지금 드러내는 것에
마음을 열고 잘 들어 보세요.
뇌의 조직이 태아에서 완전해지면 곧   69

부동의 원동자[9]께서 자연의 그런 기술에 대해
기뻐하시며 힘을 지닌 새 영혼을
그 뇌에 불어넣어 주십니다. 그러면   72

그것은 능동적인 것으로 동화되어서
하나의 단일 영혼이 형성되는 것입니다. 그때 비로소
그 자체로서 살고 느끼며 생각하게 되는 것이지요.   75

내 말이 의심쩍다면, 태양의 열기가
포도의 흘러내리는 즙에 힘을 결합시켜서
포도주를 만드는 것을 생각해 보시오.   78

라케시스의 손에 더 이상 실이 없을 때
영혼은 육신에서 벗어나 인간적인 본질과
신적인 본질을 갖게 됩니다.   81

육신과 함께하는 영혼의 기능은 침묵하지만,
기억과 지성, 의지는 활발해지고
전보다 훨씬 더 날카로워집니다.   84

즉시로 영혼들은 그 자체의 무게로
두 강들[10]에 떨어지는데,
거기서 영혼은 처음으로 제 갈 길을 알게 됩니다.   87

일단 영혼이 그렇게 처하게 되면

형성하는 힘은 몸이 전에 지녔던 형체를
다시 갖추도록 작동합니다.   90

비가 심하게 내린 뒤에 공기가
제 안에서 반사되는 외부의 빛들로 인해
여러 가지 색깔로 치장하는 것처럼,   93

영혼을 둘러싼 공기는
거기 머무르게 된 영혼 자체의 힘으로
형상을 갖추게 되지요. 그래서   96

불이 어느 곳으로 가든
불꽃도 함께 따라다니는 것처럼,
새로운 형상은 영혼을 어디고 따라다닙니다.   99

그 형상을 둘러싼 공기는 우리 눈에 보이는데,
그것을 망령이라고 부릅니다. 그것은
시각을 포함한 모든 감각기관들을 지니고 있어요.   102

그래서 우리는 말하고 웃고 눈물을 흘리고
한숨을 쉬기도 합니다. 당신은 이곳 산에서
그 한숨 소리들을 많이 들었을 것이오.   105

망령은 우리의 욕망의 형태를 취하는데,
우리가 지니는 느낌에 따라 변화를 합니다.

이것 때문에 당신은 전에 놀랐던 적이 있지요." 108

우리는 이제 마지막 굽이에 도착해 있었다.
늘 그랬듯이 오른쪽으로 돌아서면서
우리의 마음은 다른 것에 쏠리고 있었다. 111

둔덕 안쪽에서는 불꽃이 밖으로 뻗어 나갔고
바깥쪽 가장자리에서는 바람이 불어 덮쳐 와 불꽃들을
안으로 몰아넣으며 좁은 길만을 남기고 있었다. 114

그 길을 따라서 우리는 일렬로
간신히 걸어갔다. 저쪽에서는 불 때문에 이쪽에서는
떨어질까 봐 나는 무서웠다. 117

길잡이가 말했다. "이런 곳에서는
자칫 미끄러져 떨어질 수 있으니
눈의 고삐를 꽉 잡아야 한다." 120

그때 "지극하신 자비의 하느님!"이라는,
그 거대한 열기의 바로 한가운데서 찬송 소리가 들리니
나는 그쪽으로 몸을 돌려 바라보았다. 123

그 불꽃 속에서 걷고 있는 영혼들이 보였다.
나는 그들을 보고 나의 발끝도 보면서,
그렇게 번갈아 살피며 나아갔다. 126

찬송을 마치자 그들은 커다랗게
외쳤다. "나는 남자를 모릅니다!"[11] 그리고
부드럽게 찬송을 다시 시작했다.   129

찬송이 끝나자 그들은 또 외쳤다.
"숲에 숨은 디아나는 비너스의
독을 받아먹었다고 헬리케를 쫓아내 버렸네."[12]   132

그리고 찬송이 다시 나왔다. 그들의 외침도
계속되었다. 덕과 결혼이 요구하는 대로
순결했던 아내와 남편을 찬미하는 내용이었다.   135

그들이 불 속에서 타야 하는 한 계속해서
그들은 그렇게 하는 것 같았다.
그러한 치유와 그러한 음식으로

상처는 마침내 아물어 간다.   139

26곡

가장자리를 따라 일렬로 나아가는 동안
선생님은 이따금씩 내게 말했다.
"경고하는데, 조심해야 한다!"   3

태양은 내 오른쪽 어깨를 비추었다.
이제 하늘의 푸름은 서쪽을 향해 천천히
햇살 아래서 창백해져 가고 있었다.   6

나의 그림자가 불꽃을 더
붉게 만들었다. 많은 영혼들이
내 그림자에 놀라워했다.   9

이것은 그들이 나를 두고 이런저런 생각을 한
까닭이었다. 그들의 말소리가 들려왔다.
"저자는 진짜 몸을 가진 것 같구나!"   12

그리고 어떤 영혼들은 불 밖으로
나가지 않으려고 조심하면서
할 수 있는 한 내게 접근해 보려 했다.   15

"분명 당신은 느리기 때문이 아니라 다른 두 분을
깊이 존경하여 그 뒤에서 걷고 있군요.
잠시 멈춰 불에 타며 목마른 내게 말 좀 해 보시오.   18

나만이 아니라 우리 모두가 당신 말에
목말라합니다. 시원한 물을 찾는 에티오피아 사람이나
인도 사람들보다 더 목이 마릅니다.   21

마치 죽음의 그물에서 탈출한 것처럼,
하나의 벽처럼 태양을 가로막는 것이
어떻게 가능한지 말해 주시오."   24

하나의 목소리가 그렇게 말했다. 그때
어떤 것이 갑자기 내 시야를 가로막지만 않았어도
벌써 나 자신을 설명해 주었을 것이다.   27

불타오르는 길 한복판에서 이들과 마주친
다른 무리의 영혼이 눈에 들어왔다.
나는 그들을 바라보며 멈춰 섰다.   30

양쪽에 선 그 영혼들은 조금도 머뭇거림 없이

서로 입을 맞추느라 분주했다. 그들은 그저 짧은 인사로
퍽 만족한 듯 멈추지 않고 있었다.   33

개미들이 새카맣게 떼를 지어
아마도 길과 먹이를 찾기 위해
서로 코를 부딪치는 것과 같았다.   36

그 영혼들은 그렇게 다정한 인사를
교환하고는 바로 떠났다. 떠나기 전에 그들은
제각기 지칠 정도로 목청을 돋우었다.   39

새로운 무리가 "소돔과 고모라!"[1]라고 외치면
다른 무리는 "황소를 꾀어 제 음욕을 채우려
파시파이가 암소 안에 들어가네!"[2]라고 외쳤다.   42

두 무리의 두루미를 떠올려 보라. 한 무리는
태양을 피해 리페 산으로, 다른 한 무리는
추위를 피해 사막으로 향한다.[3]   45

그렇게 여기서도 한 무리는 가고 한 무리는
오면서 눈물을 흘리며 그들의 징벌에 맞는
외침과 찬송을 되풀이했다.   48

내게 처음 질문했던 망령들이 이제
내게 이전처럼 가까이 다가왔는데

다시 듣고 싶어 하는 표정이 간절했다.   51

그들의 소망을 두 번 알게 된 나는
말을 시작했다. "오, 언제든 분명히
축복으로 들어갈 영혼들이여,   54

익었든 설었든 나는 내 몸을
저 아래 세상에 두고 오지 않았습니다.
이곳에서 나는 진짜 피와 뼈를 지니고 있지요.   57

나는 눈먼 자가 되지 않으려 오르고 있소.
위에서 한 여인이 나를 위해 은총을 내려 주셨으니,
필멸의 몸뚱이로 당신들 세상을 지나는 것이라오.   60

당신들의 가장 큰 소망이 조속히 이루어지고
가장 큰 하늘이 당신들을 그 사랑의
공간 속에 품으시기를.   63

말해 주시오, 종이에 그대로 옮겨 적을 수
있도록. 당신들은 누구이며 우리 뒤에서
다른 무리를 지어 가는 저들은 누구인지."   66

산골에서 방금 도회지로 내려온 촌뜨기가
눈앞에 펼쳐진 광경에 놀라 말도 잊고
어리둥절해하는 것처럼,   69

영혼들의 모습도 모두 그러했다. 그러나
고귀한 마음에서 오래가지 않는
놀라움을 털어 버리고 난 뒤에   72

먼저 내게 질문을 던졌던 그 영혼이 다시 말했다.
"더 나은 죽음을 위해 우리 세계를 여행하며
체험을 쌓는 축복받은 그대여!   75

우리와 함께 가지 않는 망령들은
카이사르가 개선해 돌아왔을 때
'여왕'을 부르는 죄를 지은 자들입니다.[4]   78

바로 이 때문에 그들은 '소돔!'이라
자책하며 지나갔던 것입니다.
그들의 수치심 때문에 불꽃은 더 강해집니다.   81

우리의 죄는 비록 이성 간의 죄였지만
짐승처럼 욕정에 굴복하여 따르면서
인간의 법을 지키지 않았기 때문에,   84

다른 무리가 우릴 지나칠 때 우리는
나무로 만든 암소 속에서 짐승이 되어 버린
그 여자의 이름을 우리의 치욕으로 외쳤던 것이오.   87

이제 우리의 죄가 무엇인지 알겠지요.

우리 이름들을 알고 싶겠지만
적절한 때가 아닌 것 같소.   90

그러나 내 이름을 듣고자 원한다면 말해 줄 수 있소.
나는 귀도 귀니첼리.[5] 죽기 오래전에
참회했기에 금방 이곳에 왔지요."   93

리쿠르고스의 통분 속에서 두 아들이
저들의 어머니를 다시 만난 것처럼,[6]
나도 그러했으나, 거기에 미치지는 못했다.   96

감미롭고 우아한 사랑의 시를 쓴, 나의 아버지이며
나보다 훌륭한 자들의 아버지로 생각하던
그 이름으로 그가 자신을 밝히는 말을 들었을 때   99

불꽃이 그에게 접근하는 것을 막았지만,
나는 생각에 잠겨 듣지도 않고 말하지도 않으면서
한참 동안 그 망령을 바라보며 걸었다.   102

그를 마음껏 바라보고 난 뒤,
마침내 나는 있는 힘을 다해
그를 섬기려는 깊은 소망을 힘주어 말했다.   105

그가 대답했다. "내 귀에 들리는 당신의 말은
내 마음에 깊은 자국을 남기고 있으니,

레테[7]인들 이를 흐리거나 지우겠소.   108

그러나 당신이 한 말이 진실이라면,
그렇게 말과 눈으로 내게
이런 사랑을 보이는 이유는 무엇이오?"   111

"새로운 용법으로 시를 쓰는 한,[8]
당신의 우아한 시는 당신이 쓴
잉크마저 값지게 만들 것입니다."   114

"형제여, 내가 가리키는 이자는,"
하고 그가 앞에 있는 한 영혼을 손가락으로 가리켰다.
"모국어의 가장 훌륭한 대장장이[9]였소.   117

그는 사랑의 시와 산문에서
누구보다도 탁월했소! 리모주의 시인[10]이 그보다
더 낫다고 생각하는 바보들은 내버려 두시오.   120

그들은 진실보다 소문에 고개를 쳐들고
예술의 원리나 이유를 알기도 전에
저들의 판단을 내리고 맙니다.   123

많은 사람들은 과거에 귀토네를 그런 식으로 판단하고
그 사람만 떠받들고 칭찬했지만,
이제는 누구나 진실을 받아들입니다.   126

당신이 넓은 은혜를 입어 지금
그리스도께서 주인으로 계시는
수도원에 들어갈 수 있는 큰 특권을 지녔다면,　　129

나를 위해 주기도문을 해 주시오.
더 이상 죄를 지을 수 없는 이곳에서
우리에게 필요한 만큼만 말이오." [11)　　132

그는 뒤에 있는 다른 자에게 자리를
비켜 주기 위해서인지 불 속으로 사라졌다.
물고기가 깊은 물을 찾아 들어가는 것처럼.　　135

나는 조금 전 그가 가리킨 망령 쪽으로 다가갔다.
그리고 그의 이름을 알고 싶은 나의 소망이
품위 있는 자리를 마련했다고 말했다.　　138

그러자 그는 기쁘게 대답했다.
"당신의 예의 바른 요청이 기뻐서
나의 이름을 숨길 수가 없고 그러기도 싫군요.　　141

나는 아르노라고 합니다. 지금 눈물로 노래하면서
어리석었던 나의 지난날을 슬프게 기억하며
즐거운 앞날을 기다리고 있습니다.　　144

이 계단의 꼭대기로 당신을 인도하는

위대한 힘의 이름으로 부탁합니다.
때가 되면 나의 고통을 기억해 주시오."[12]

그리고 저들을 정련하는 불꽃으로 숨었다.   148

27곡[1]

창조주가 생명의 피를 뿌린 땅에
첫 번째 햇살이 드리워지는 시간이었다.
에브로[2]는 높은 저울자리 아래로 흐르고   3

갠지스 강의 물결은 오후의 열기에 끓어오르는
시간이었다. 날이 저물고 있었다.
하느님의 천사가 우리 앞에 나타났다.   6

불꽃이 닿지 않는 곳에 서서
"마음이 깨끗한 자는 행복하다."[3] 하며 노래했다.
그 목소리의 아름다움이 생생하고 맑게 울렸다.   9

"거룩한 영혼들이여, 불을 먼저 겪지 않고서는
더 이상 나아갈 수 없다. 그러니 불꽃 속으로 들어가서
저쪽의 노랫소리에 귀를 기울이라."   12

우리가 다가가자 천사가 이렇게 말했다.
불꽃 속으로 들어가 불을 겪으라니!
나는 산 채로 땅에 묻히는 사람의 심정이었다.   15

나는 두 손을 모은 채 몸을 뒤로 젖히고
불길을 바라보았다. 전에 본 적이 있는
인간의 육신이 타서 죽는 모습이 떠올랐다.   18

다정한 길잡이들이 나를 바라보았다.
베르길리우스가 말했다. "아들아!
여기서 고통은 있을 수 있지만 죽음은 없다.   21

잘 기억해라! 우리가 게리온을 탔을 때
내가 널 보호했거늘, 이렇게
하느님께 가까이 왔는데 그보다 덜하겠느냐?   24

네가 이 불꽃 한가운데서
천 년을 보낸다 해도 머리털
하나 그슬리지 않을 것이다.   27

내가 널 속인다고 생각한다면,
불에 다가서서 직접 네 옷을 대어
시험해 보고 믿도록 해라.   30

이제 모든 두려움을 버리고

P g Canto 27

이리 와서 안심하고 들어가 봐라!"
그러나 나는 우두커니 서 있었다. 부끄러웠다.　　　　33

선뜻 나서지 못하고 못 박힌 듯 서 있는 나를 보고
선생님은 다소 화가 난 듯했다. "아들아! 보이느냐?
오로지 이 벽만이 너와 베아트리체를 가르고 있구나!"　　　36

죽어 가던 피라무스가 티스베의 이름을 듣고
눈을 들어 그녀가 거기에 있는 것을 보았을 때
그날로 오디는 붉게 물이 들었듯이,[4]　　　39

내 마음 깊은 곳에서 영원히 피어나는
그 이름이 들리자, 그처럼 셌던 내 마음의 완강함은
녹아 사라졌다. 나는 현명한 길잡이에게 몸을 돌렸다.　　　42

길잡이는 머리를 흔들며 웃음을 지으면서
사과 하나로 어린애를 달래듯이 말했다.
"옳지! 그래! 이제 이쪽에는 뭐가 있겠느냐?"　　　45

이어 앞장서서 불 속으로 들어가며,
그때까지 우리 사이에서 걸었던
스타티우스에게 뒤따라오라고 말했다.　　　48

나도 뒤를 따랐다. 불 속에 들어가니
그 열기가 어찌나 강했던지 나는

끓는 유리에라도 몸을 던져 식히고 싶을 지경이었다.　51

자애로우신 아버지는 나를 위로하려고
우리가 움직이는 내내 베아트리체 애기를 늘어놓았다.
"난 이미 그분의 눈을 보는 듯하구나!"　54

어디선가 들려오는 노랫소리가 우리를
이끌고 있었고, 우리는 거기에만 몰두한 채
마침내 오르막길이 시작되는 곳으로 나왔다.　57

"내 성부의 축복을 받은 자들아, 오너라!"⁵⁾
소리는 밝은 빛에서 퍼져 나왔기에
눈을 돌릴 수밖에 없었다. 그 소리는 계속되었다.　60

"태양이 이제 지고 밤이 가까웠다.
시간을 허비하지 마라. 너희는
서쪽이 빛을 잃기 전에 서둘러라!"　63

길은 바위 사이로 곧장 뚫려 있었는데,
벌써 마지막 햇살은 내 몸이
막고 선 쪽을 비추고 있었다.　66

우리가 겨우 몇 계단을 올랐을 때
내 그림자가 막 사라졌기에 현자들과
나는 태양이 등 뒤로 졌다는 것을 알았다.　69

그래서 광활한 지평선의 색깔이
온 천지에 하나로 녹아들어
밤이 온 하늘에 넓게 퍼지기 전에,   72

우리는 각자 계단 하나씩을 침대로 삼았다.
산의 본성이 우리가 오르려는 욕망만큼의
힘을 빼앗았기 때문이었다.   75

양들이 배불리 풀을 뜯기 전에는
산을 허겁지겁 쏘다니다가도
태양이 불타오르면 그늘에서   78

되새김질을 하며 태연스레 머물고,
목자들이 지팡이에 기대어
이들의 평화로운 휴식을 지켜보는 것처럼,   81

또 하늘을 이불 삼아 누운 목동이
밤을 지새우며 야수들이 접근하지 못하게
조용한 양 떼를 지켜 주는 것처럼,   84

그때 우리 셋 모두도 그러했다.
이쪽저쪽 모두 바위로 둘러쳐진 채
나는 양이었고 그들은 목자였다.   87

바위 너머로 하늘이 조금 보였다.

그 좁게 벌어진 틈 사이로 나는 별들을 보았다.
보통 때보다 더 밝고 커 보였다.   90

별들을 바라보며 생각에 잠기는 동안
나는 잠이 들었다. 가끔 그러하듯이,
잠은 사실을 미리 알려 준다.   93

언제나 사랑의 불꽃으로 타는 듯 보이는
키테레아[6]가 처음으로 동쪽의 햇살을
산에 비추었을 무렵에 나는 꿈을 꾸었다.   96

젊고 사랑스러운 소녀가 꽃을 따며
정원을 거닐고 있었다. 그녀는
노래를 부르고 있었다.   99

"누구라도 내 이름을 알고 싶으시다면, 알려 드리지요.
내 이름은 레아.[7] 예쁜 손으로
꽃목걸이를 엮으며 하루를 보낸답니다.   102

그렇게 꽃목걸이를 걸고 거울 앞에 서면 난 기뻐요.
내 동생 라헬은 하루 종일
거울 앞에 앉아 떠날 줄 모르지요.   105

라헬이 사랑스러운 제 눈을 즐겨 들여다보듯,
나는 치장하는 걸 좋아한답니다.

라헬은 들여다보는 걸, 나는 행하는 걸 기뻐하지요." 108

그리운 집으로 돌아가는 길에
집 가까이서 밤을 지새우는 여행자들이
더욱 반가워하는 여명의 빛 앞에서 111

밤의 그림자는 어느 곳에서든 사라져 간다.
내 잠도 함께 달아나 나는 몸을 일으켰다.
나의 위대한 선생님은 벌써 일어나 계셨다. 114

"모든 사람들이 수많은 가지들에서
열심히 찾는 그 값진 열매는 오늘
너의 허기진 영혼에 평화를 줄 것이다." 117

베르길리우스가 내게 한
말이었다. 그것보다 더 감격스러운
소식은 정말이지 받아 본 적이 없었다. 120

서둘러 위로 오르고 싶은 욕망이
거듭거듭 내 안에서 자라났다. 걸음마다
날개가 돋아 날아가는 듯했다. 123

디딘 계단들은 가볍게 뒤로 물러났고
우리는 어느새 가장 높은 계단에 서 있었다. 그때
베르길리우스가 내 눈을 들여다보며 말했다. 126

"아들아! 너는 순간의 불과
영원의 불을 보았다. 이제 너는 내가
더 이상 알지 못하는 세계에 온 것이다.   129

나의 지성과 기술로 널 여기까지 데려왔으나,
여기부터는 너의 기쁨이 너의 길잡이가 될 것이다.
좁은 길과 절벽은 저 멀리 아래에 있다.   132

너의 이마를 비춰 주는 태양을 보아라!
이곳 땅에서 씨앗도 없이 혼자서 솟아나는
풀잎과 꽃, 나무를 보아라!   135

날 너에게 가도록 눈물로 호소하던
저 아름다운 눈이 기쁨에 젖어 올 때까지
넌 여기 앉아 있거나 여기저기 거닐어도 좋다.   138

이젠 내 말이나 눈짓을 기다리지 마라!
너의 의지는 곧고 바르고 자유로우니
그 뜻대로 해야 할 것이다.

너의 머리에 왕관과 면류관을 씌운다."   142

28곡[1]

싱싱한 초록으로 우거진 거룩한 숲은
새로운 날의 햇살을 더 부드럽게 만들어 주었다.
그 숲을 찬찬히 돌아보고 싶어진 나는   3

기다리지 않고 둔덕을 뒤로하고
한 걸음 한 걸음 들판으로 들어섰다.
흙이 향내를 사방에 피워 올렸다.   6

감미로운 바람이 이마를 스쳤다.
바람의 리듬은 언제나 일정했고
가장 부드러운 미풍보다도 더 잔잔했다.   9

바람을 받은 나뭇가지들이 가볍게 흔들리며
성스러운 산이 하루의 첫 그림자를
던지는 곳을 향해 모두 휘어졌다.   12

그러나 그리 급히 휘어진 것은 아니어서
작은 새들이 가지 끝에 앉아
줄곧 재롱을 떨고 있었다.   15

작은 새들은 즐거운 노래를 마음껏 부르며
그 노랫소리에 화답하여 흔들리는
나뭇잎 사이로 하루의 시작을 맞아들였다.   18

아이올로스가 시로코를 놓아 보낼 때[2]
키아시[3] 해변의 소나무 숲에서 가지에서 가지로
지나다니는 바람 소리가 들리는 듯했다.   21

느린 걸음으로 어느새 나는
오래된 숲에 깊이 젖어 있었으니
들어온 곳이 어디인지 알 수 없었다.   24

그때 시내[4] 하나가 앞을 가로막았다.
물결은 둑을 따라서 자라난 풀을
잔잔하게 왼쪽으로 밀어내고 있었다.   27

강물은 한 줄기의 햇빛과 달빛도 허용하지 않을,
영원할 것만 같은 수풀의 그늘 아래서
아주 검은 빛깔로 흐르고 있었다.   30

그러나 더할 수 없이 투명했으니, 지상에 있는

가장 깨끗한 물이라도 그 투명한 흐름에 비하면
탁한 기미가 낀 듯 보였을 것이다.   33

발을 멈추고 눈을 들어
강 건너편을 바라보니
온갖 맑은 꽃가지들이 널려 있었다.   36

그때 모든 다른 생각들을
일순간에 흩어 버리는 무엇인가가 나타나듯
한 여인[5]이 내 앞에 나타났다.   39

그녀는 노래를 부르며
길목마다 현란한 색깔로
수놓인 여러 꽃들을 따며 가고 있었다.   42

내가 말했다. "오, 아름다운 여인이여,
마음을 비춰 주는 얼굴만큼이나
사랑의 빛으로 따스한 여인이여,   45

조금만 더 이쪽으로 몸을 돌려
이 시냇물로 다가오셔서 당신의
노랫소리를 들을 수 있게 해 주시오!   48

그대는 페르세포네[6]의 어머니가 그녀를 잃고
그녀는 영원한 봄을 잃어버린 날, 그녀가

어디에서 어떤 모습이었는지 생각하게 하는군요." 51

마치 춤추는 여자가 두 발을 모아
가볍게 발과 발을 바꾸며
몸을 돌리는 모습처럼, 54

그녀는 붉고 노란 꽃들 사이에서
나를 향해 몸을 돌렸다.
살포시 내려 감은 눈에 수수한 처녀의 모습이었다. 57

그리고 나의 부탁을 따라
가까이 다가섰기에 나는
달콤한 노랫소리를 들을 수 있었다. 60

부드러운 시냇물이 풀밭을 살짝
적시는 곳에 왔을 때 그녀는
눈을 들어 나를 우아하게 바라보았다. 63

아들이 잘못 쏜 사랑의 화살에 맞은
비너스의 눈썹 아래의 빛[7]도
그렇게 찬란하지는 않았을 것이다. 66

그녀는 기슭 높이에서 씨도 없이 자라나는
색색의 꽃들을 손에 들고 맞은편에서
미소를 지으며 서 있었다. 69

강은 우리를 오직 세 걸음 떼어 놓고 있었다.
그러나 크세르크세스가 건너갔던 곳,[8] 아직도
인간의 온갖 교만을 막고 있는 헬레스폰트가   72

세스토스와 아비도스[9] 사이의 파도를 일렁거리게 하여
레안드로스[10]의 미움을 샀다 해도 그때
열리지 않는 시냇물은 그보다 훨씬 더 미웠다.   75

그녀가 입을 열었다. "그대들은 여기가 처음이군요.
인류의 첫 보금자리[11]로 선택되었던 이곳에서
미소를 짓는 나를 보게 된 것이   78

당혹스러울지 모르겠으나
'주님의 세계는 나를 기쁘게 합니다.' 라는 「시편」[12]의 빛이
그대의 마음을 덮고 있는 안개를 걷어 줄 것이오.   81

나를 부른, 앞에 있는 그대여, 무엇이 더
알고 싶은지 말씀하세요.
대답할 준비가 되어 있으니!"   84

"물과 숲이 흐르며 소리 내는 것은
내가 이 산에 대해 들었던 것과 맞지 않습니다.
난 그와 상반되는 얘길 들었습니다."[13]   87

"그대가 의아하게 여기게 된

까닭을 설명하고 그대의 마음을
덮고 있는 안개를 걷어 주리다.   90

오직 자신의 기쁨만을 따르는
최고선께서 인간을 선하게, 또 선하도록 만들었고
이곳을 영원한 평화의 증거로 주셨지요.   93

그러나 인간은 잘못을 저질러 이곳에 오래 머물지
못했으니, 순진무구한 웃음과 즐거운 놀이를
초조와 분노, 괴로움과 바꾸게 되었지요.   96

아래 세상에서 물에서나 뭍에서
뿜어져 나와 할 수 있는 한
열기를 따라 솟아오르는 혼란[14]이   99

인간에게 어떤 괴로움을 주지 않도록
이 산은 하늘을 향해 아주 높이 솟아 있고,
닫힌 곳[15] 안에서는 그런 것에서 자유롭지요.   102

이곳의 공기는 최초의 운동[16]에 따라
순환을 시작한 이래 어떤 방해를 받지 않는 한
계속해서 움직이기 때문에   105

우리가 있는 산의 정상이 공기의 순환에
휩쓸리지 않아도 그 최초의 운동이 숲의

빽빽한 잎사귀들을 소리 나게 하는 것입니다.   108

이렇게 일단 흔들린 초목은 순수한 공기를
자신의 흔들린 힘으로 채우고, 그런 다음 공기를
빙빙 돌려 사방으로 흩어 버리지요.   111

저쪽의 다른 땅[17]은 그곳 기후와 토양에
알맞은 여러 힘들을 지닌 여러
초목들을 수태하고 꽃을 피우지요.   114

이 말을 들은 사람이라면 씨를
뿌리기도 전에 자라기 시작하는
식물을 보고도 놀라지 않을 것입니다.   117

그대가 지금 서 있는 성스러운 이곳에는
세상에서 인간이 거둘 수 없는
모든 종의 식물들이 열매를 맺고 있습니다.   120

그대가 보는 이곳의 물은 세상의 강물들이
불었다 줄었다 하듯, 비가 내리면 고이는
샘에서 솟아나는 것이 아니라,   123

항상 변함없이 흐르는 샘에서 발원하고,
그 샘은 두 갈래로 열려 흘러 나가는 만큼
하느님의 의지에 따라 다시 채워집니다.   126

이편의 물은 죄의 기억을 지우는 힘을
지닌 채 흐르고 저편의 물에서는
온갖 선행의 기억이 회복되니,   129

이쪽은 레테라 하고 저편은 에우노에라
합니다. 이쪽과 저쪽을 다
맛보지 않고서는 그 힘을 알 수가 없으며,   132

어떤 것도 그 맛에 비길 수가 없지요.
더 이상 설명하지 않아도
그대의 갈증은 충분히 해소되었으리라 생각해요.   135

내 특별히 그대에게 선물을 하나 주겠어요.
그대에게 약속했던 것을 뛰어넘는다 해도
나의 말을 보잘것없이 대하지 않으리라 믿어요.   138

황금시대의 그 행복한 시절을 노래했던
오래전의 시인들이 파르나소스에서
꿈꾼 곳은 바로 이곳이었을 거예요.   141

여기서 인류의 뿌리는 순수했고,
끝없는 봄이 펼쳐지며 온갖 과일이 풍성하니,
그것이 바로 이 시인들이 찬미하던 신주(神酒)라오.”   144

그녀가 이런 말을 하자 나는 재빨리

두 시인을 돌아보았다. 그들은 그녀의
마지막 말에 미소를 짓고 있었다. 나는

그녀의 사랑스러움을 보려 다시 몸을 돌렸다.   148

29곡[1]

사랑에 취한 사람처럼 노래를 부르며
그녀는 말을 끝내려는 듯 말했다.
"죄 덮인 자들이여, 복되어라!"[2]   3

더러는 태양을 찾아서,
더러는 그 빛을 피해서, 그늘진 숲 사이로
외로이 거닐곤 하는 님프들처럼,   6

그녀는 둑을 따라서 강을 거슬러
걷기 시작했다. 나도 이쪽에서 그 자그맣고
우아한 걸음에 맞추어 함께 걸었다.   9

백 걸음을 채 걷지 않아서
강의 양 둑은 완전히 평행으로 굽었다.
나는 다시 동쪽을 바라보게 되었다.   12

우리가 조금 더 나아갔을 때 그녀가
멈춰 서 날 정면으로 보고 말했다.
"나의 형제여, 잘 보고 들으세요!"   15

갑자기 한 줄기 백열광이 공기를 찢더니
그 번쩍이는 섬광이 강 건너편 숲 전체를 휘저었다.
처음에는 그것이 번개라 생각했다.   18

번개는 올 때처럼 빠르게 가 버리지만 그러나
내가 본 것은 머물러 있었고 그 빛은 계속 커졌다.
'이게 뭘까?' 하고 나는 생각했다.   21

부드러운 멜로디가 휘황찬란한 대기를 통해서
흐르고 있었다. 올바른 열망이 솟아나 나는
이브의 경솔함을 꾸짖었다.   24

온 땅과 하늘이 그분의 의지에 순종하는데,
갓 생겨난 그 유일한 여자가 그분이
마련한 너울을 감히 벗어 던지다니!   27

그녀가 그분의 의지에 겸손했더라면
이 말로 할 수 없는 기쁨을 더 빨리,
더 많은 시간 동안 간직했을 텐데.   30

이 영원한 기쁨의 첫 과일들 사이로

완전한 행복의 황홀경을 걸으며
다가올 행복을 더 많이 바라는 동안,   33

푸른 가지 아래 공기는 우리 눈앞에서
섬광으로 타올랐고
부드러운 소리는 노래가 되었다.   36

오, 가장 거룩한 처녀들이여, 그대들 때문에 나는
배고픔이나 추위를 견디고 밤을 지새우기를
마다하지 않았는데, 이제 또 그대들이 필요합니다.   39

헬리콘[3]이 나를 위해 샘을 솟게 하시고
우라니아[4]는 동료들과 함께 나를 도와
생각조차 힘든 부분들까지 시로 옮기도록 해 주시오.   42

조금 더 가니, 일곱 그루의 황금 나무 같은
뭔가가 나타났다. 그러나 우리와 상당한 거리가
있었기에 잘못 본 것이었다.   45

내가 그것들에 더 가까이 다가가자
감각을 속이는 지각의 형상이
거리 때문에 그 모습을 잃지는 않게 되었고,   48

우리의 이성적 분별력으로
그 형상이 촛대들이며, 목소리들이 "호산나."[5]를

노래하고 있다는 것을 알 수 있었다.   51

위쪽에서 그 아름다운 도구들이
한밤중에 구름 없는 하늘 한가운데 떠 있는
보름달보다 더 밝게 불타오르고 있었다.   54

어리둥절해서 나는 어지신 베르길리우스를
돌아보았다. 그분의 놀라움도 나보다 덜하지 않은 듯
놀라움이 담긴 눈빛으로 나를 보셨다.   57

그래서 나는 그 높이 떠 있는 것들을
다시 바라보았다. 그것들은 수줍어하는
새 신부보다 더 느리게 우리 쪽으로 움직이고 있었다.   60

그때 그녀가 외쳤다. "왜 그대는
살아 있는 빛만 열심히 보느라
그 뒤에 오는 것은 볼 생각도 하지 않는가요?"   63

그때서야 마치 수행원처럼 뒤에 따라오는
사람들이 보였다. 그들의 옷은
이 세상의 것이 아닌 듯 너무나도 하얬다.   66

강물은 내 왼쪽에서 빛을 받고 있었다.
내가 이 빛나는 거울을 보자 그것은
내 왼쪽 옆구리를 선명하게 비추었다.   69

강둑을 따라 이제 시냇물만이
우리를 갈라놓는 지점에 왔을 때
나는 멈춰 서 그들을 더 세심하게 살펴보았다.   72

불꽃들이 먼저 앞으로 나가는 것이 보였다.
마치 붓으로 그려 놓은 것처럼
그들 뒤의 대기에는 줄무늬의 색들이 번졌다.   75

그 위의 하늘은 일곱 개의 빛 무리로
뚜렷이 갈라졌는데, 태양과 델리아[6]의 띠가
만들어 내는 형상과 똑같은 빛깔이었다.   78

이 깃발들은 내 눈이 볼 수 있는 것보다
더 길게 뻗어 있었다. 짐작건대,
그 전체의 끝과 끝이 열 걸음은 족히 돼 보였다.   81

그렇게도 장대하고 아름다운 하늘 아래
스물네 명의 노인들이 백합꽃을
머리에 두르고 둘씩 짝을 지어 걸어오고 있었다.   84

그들 모두가 노래했다. "아담의
모든 딸들 중에서 그대는 복되도다. 그대의
아름다움은 영원토록 축복받으리라!"[7]   87

하느님께서 선택한 저들 무리가

지나가자 곧 저편 둑의 꽃과
부드러운 초목이 다시 눈에 들어왔다.   90

별들의 무리가 다른 별들에 겹쳐 하늘
높은 곳에서 빛을 발하듯이, 그들에 이어
푸른 잎을 머리에 두른 네 마리의 짐승이 뒤를 따랐다.   93

짐승들은 제각기 여섯 개의 날개를 달고 있었는데,
날개의 깃털은 온통 눈〔目〕들로 덮여 있었다.
아르고스[8]의 눈들이 살아 있다면 그럴까.   96

독자여, 이들을 묘사하느라 더 말을
소비하지 않겠다. 다른 필요가 있을 터이니
여기서는 내 말을 아껴 두어야 한다.   99

하지만 「에제키엘」을 읽어 보라.[9] 에제키엘은
바람과 구름과 불과 더불어
추운 곳에서 온 그들을 본 대로 적었다.   102

그의 글에서 여러분이 읽을 것과 똑같은
짐승들이 그곳에 있었는데, 다만 날개의 생김새로는
그와 다르고 요한이 묘사한 것에 더 가까웠다.[10]   105

그들 네 마리 짐승들 사이로
바퀴가 둘 달린 개선 전차가 자리를 차지했다.

그리핀[11)]이 전차를 목에 걸고 끌어 왔다.   108

그리핀은 두 날개를 위로 높이 펼쳤는데,
각각 한가운데 띠와 양쪽의 세 줄기 띠들 사이로 펼쳤기에
어떤 띠도 부서지거나 해를 입지 않았다.   111

날개는 눈으로 볼 수 없을 만큼 높이 솟아 있었고
새에 해당하는 부분은 황금빛이었으며,
나머지는 하얀 바탕에 붉은 얼룩들이 찍혀 있었다.   114

아프리카누스나 아우구스투스도 이렇게 아름다운
전차를 타고 로마를 행진하지는 못했을 것이며,
태양의 전차라 한들 그와 견줄 수는 없었으리라.   117

태양의 전차는 궤도에서 벗어났을 때
테라[12)]의 경건한 요청에 따라 불에 타버렸다.
제우스는 그때 신비롭게도 정당했다.   120

전차의 오른쪽 바퀴에 춤추며 맴도는
세 여인이 있었는데, 그중 한 여인은 얼마나
빨갛던지 불 속에서 거의 알아볼 수 없을 정도였다.   123

다른 여인은 살과 뼈가 마치
에메랄드로 만들어진 듯 보였다.
세 번째 여인은 새로 내린 눈처럼 하얬다.   126

때로는 하양이 때로는 빨강이
그들의 춤을 이끌었다.[13] 빨간 여인이 부르는
노래에 맞추어 다른 여인들은 춤의 박자를 맞췄다.   129

왼쪽 바퀴 옆에서는 네 명의 여인이 자주색 옷을 입고서
경쾌하게 춤을 추었는데, 그중
세 개의 눈을 가진 여인이 이들을 이끌고 있었다.[14]   132

두 노인[15]이 춤추는 무리를 뒤따랐다.
그들은 옷을 다르게 입었지만
점잖고 의젓한 풍채는 비슷했다.   135

그들 중 한 노인은 자연이 가장 사랑하는
피조물들을 위해 태어나게 만든
위대한 히포크라테스의 제자처럼 보였다.[16]   138

다른 노인은 이와 대조적이었는데,
아주 날카롭게 번쩍거리는 칼을 쥐고 있었다.
나는 이쪽 강둑에 있었지만 두려움을 느꼈다.[17]   141

뒤이어 따르는 소박한 행색의 네 사람이 보였다.[18]
맨 마지막의 노인은 혼자서 꿈을 꾸는지
어떤 영감을 받은 듯한 얼굴을 하고 있었다.[19]   144

이들 일곱 노인들은 앞서 간 노인들과

똑같은 하얀색의 옷차림을 하고 있었지만
머리에는 백합이 아니라   147

장미와 다른 빨간 꽃들을 두르고 있었다.
조금 더 떨어져 있었더라면
머리에 불꽃을 두르고 있는 것으로 보였을 것이다.   150

전차가 내 앞에 이르렀을 때
천둥소리가 들렸다. 고귀한 피조물들은
마치 더 나아가는 것이 금지된 듯,

맨 앞의 깃발들[20]과 함께 그 자리에 멈추어 섰다.   154

30곡

첫 번째 하늘의 일곱 별은
질 줄도 모르고 떠오를 줄도 모르며
죄의 장막 외에 다른 어떤 구름도 알지 못했다.[1]   3

가장 낮은 별[2]은 키잡이를 항구로
인도하는 의무를 우리 모두에게
게을리 하지 않았다.   6

일곱 개의 별이 잠시 멈췄을 때 처음부터
그리핀과 그 빛들 사이에 있던 진실한 무리[3]는
평화를 향하듯이 전차를 향해 섰다.   9

그들 중 하나가 마치 하늘이 보낸 듯
"신부여, 오시오! 레바논에서!"[4]라고
세 번 노래하자 다른 목소리들이 뒤를 이었다.   12

축복받은 자들이 최후의 나팔 소리[5]에
무덤에서 일어나 "할렐루야!"라고 노래하며
새로운 목소리를 드높이듯이,   15

그 위대한 원로의 목소리에 맞추어
하느님의 영원한 사절이며 일꾼들인 백 명의 영혼이
하늘의 전차 위에서 일제히 일어섰다.   18

그들은 모두가 "오시는 이여, 복되도다!"[6]
라고 외치면서 꽃을 공중으로 던지고 또
"백합을 우리 손 가득히 주소서!"라고 소리쳤다.   21

전에 보았듯 하루가 시작되면서
장밋빛 햇살이 동쪽 하늘을 온통 채우고
나머지 하늘은 아름답게 맑은데,   24

이제 떠오르는 태양의 얼굴은
뿌연 안개의 너울에 가려져
맨눈으로 오랫동안 바라볼 수 있었다.   27

그렇게 천사들의 손에서
위로 던져졌다가 전차의 안팎으로
쏟아져 내리는 꽃들의 구름 속에서   30

한 여인[7]이 모습을 드러냈다. 그녀는 하얀 너울 위에

올리브로 관을 하였고 푸른 망토 아래로는
영원한 불꽃의 붉은색이 드러나 보였다.   33

내가 마지막으로 그녀의 눈앞에서
애모에 사로잡혀 두려움에 떨며
서 있었던 이래로 몇 년이 흘렀지만,[8]   36

그녀를 온전히 볼 수 없었던 나의 영혼은
순식간에 그녀의 신비와 권능에 압도되어
전부터 지속되어 온 사랑의 힘을 다시 느꼈다.   39

어린 시절이 지나가기 전에 이미
내가 알았던 그 지고한 덕의 힘이
내 눈에 부딪혀 오자, 곧바로 나는   42

무섭거나 위로가 필요해서 어머니의 가슴으로
달려가는 어린아이의 믿음을 지니고서
왼편으로 돌며 베르길리우스에게 말했다.   45

"내 핏줄 속에 떨리지 않는 피는
한 방울도 남아 있지 않습니다. 내 눈에는
오래된 불꽃의 흔적만 남았어요."[9]   48

그러나 베르길리우스는 이미 우리를 떠나 홀로 사라졌다.
더없이 따스한 아버지 베르길리우스여,

나의 구원을 위해 영혼을 맡겼던 베르길리우스여,   51

옛날의 어머니[10]가 잃어버린 모든 것[11]도
이슬로 씻긴 나의 뺨이
눈물로 얼룩지는 것을 막지는 못했으리라.   54

"단테여,[12] 베르길리우스가 그대를 떠났다 해도
아직은 울지 말아요. 아직은 울지 말아요.
그대는 또 다른 칼 때문에 울어야 할 테니."   57

내 이름을 부르는 소리에
몸을 돌렸을 때, 배에서 일하는
부하들을 보고 뱃머리나 고물에 서서   60

일을 열심히 하도록 격려하는 제독의
모습으로 전차의 왼편에서 솟아오르는
여인이 보였다. 처음에   63

천사들의 꽃 세례를 받으며
나타났던 그녀는 이제
강 이편에 있는 나를 응시하고 있었다.   66

미네르바의 잎들을 두른 머리에
드리워진 너울이 그녀를
온전히 보지 못하게 했지만,   69

당당하고 단호한 얼굴이 느껴졌다.
그렇게 그녀는 중요한 부분은 끝까지 남겨 두는
사람의 어조로 계속 말을 이었다.   72

"날 보세요! 나 정말 베아트리체이니!
그대는 마침내 산을 올랐군요! 여기에
인간의 행복이 놓여 있는 것을 이제 알았나요?"   75

나는 머리를 떨구고 맑은 샘을 내려다보았다.
거기에 어린 내 그림자는 부끄러움으로 가득했다. 나는
재빨리 눈을 강가의 풀로 돌렸다.   78

어머니가 자식에게 엄하게 보이듯,
그녀는 내 눈에 그렇게 보였는데, 엄격한
연민은 그렇게 쓰기만 했다.   81

그녀가 말을 멈추자 곧바로 천사들이 "야훼여,
당신께 이 몸 피하오니."를 노래했는데, "내 발길
그곳에 두게 하셨으니."를 넘어가지는 않았다.[13]   84

이탈리아의 등줄기 위, 살아 있는 서까래들
사이에서, 한겨울 북동풍에 날리다
쌓여 얼어붙은 눈은   87

그늘 없는 땅[14]에서 불어오는 바람에

마치 초가 녹아내리는 것처럼
녹아내려 방울방울 떨어지듯이,   90

그렇게 하늘의 음악에 영원히 맞추어진
천사의 노래를 들을 때까지는 내 안에서
눈물과 한숨이 두껍게 얼어 있었지만,   93

그 감미로운 노래로 그들이 마치
"여인이여, 왜 그를 그렇게 꾸짖나요?"라고 말하는 듯,
내게 연민을 느꼈음을 알았을 때,   96

얼음처럼 단단하게 내 마음을 묶어 놓았던
사슬들은 호흡과 물이 되어, 초조함이
내 가슴에서부터 입과 눈을 통해 세차게 흘러 나왔다.   99

전차의 같은 쪽에서 아직
꼼짝도 하지 않은 채 서 있던 그녀는
경건하게 있는 천사들을 향해 말문을 돌렸다.   102

"당신들의 눈은 영원한 낮에 깨어 있으니,
밤이나 잠의 어둠은 세상에서 일어난
일 중 단 하나도 당신들에게 숨길 수 없지요.   105

내가 당신들께 말하지만, 내 목적은
저편 강둑 위에서 울고 있는 사람이 진실을

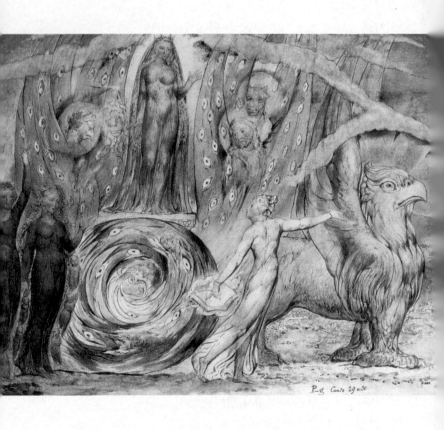

알게 하고 죄를 참회로 바꾸게 하려는 거예요.   108

하늘의 운행을 통해서만
모든 씨앗이 별과 동행하며
자기 목적지로 가는 것은 아니겠지요.   111

높은 곳에서 생겨난, 인간의 눈으로는
알아볼 수 없는 수증기로부터 비로 내리는
하느님의 충만한 은총을 통해서   114

이 사람은 이렇게 이른 나이에
능력을 부여받았지요. 자신의 타고난 성품을
그 스스로 허락했다면 풍부하게 거둘 겁니다.   117

그러나 토양이 경작되지 않고 버려지거나
나쁜 씨앗이 싹트게 되면, 토양이 기름지고 풍요로울수록
열매는 더 거칠고 사악하게 됩니다.   120

내가 마음껏 그를 지지했던 때가 있었지요.
나는 그를 젊은 눈으로 보면서
그의 목표로 곧장 이르는 길로 인도했어요.   123

그러나 두 번째 시기의 문턱에서
나의 삶이 바뀌었고,[15] 그 사람은
날 잃고서 다른 사람들을 따라가다 헤맸지요.   126

내가 육체에서 영혼으로 올랐을 때 난
더 아름답고 더 많은 덕을 지녔는데, 그는
내게서 전보다 기쁨을 덜 찾고 나를 덜 사랑했어요.   129

그리고 진실로 이르는 길에서 벗어나 방황하면서,
헛된 약속만 하는
선의 헛된 모상들만 쫓아다녔어요.   132

나는 기도했어요. 꿈을 통해, 또 다른 수단으로,
그에게 영감이 가도록. 하지만 그를 불러 보려는
노력이 허망하게도 그는 정말 무심하기만 했어요.   135

그는 심연으로 빠져 들었고 마침내는 그에게
길 잃은 사람들을 보여 주는 것밖에는
그의 영혼을 구할 다른 길이 없었지요.   138

이 때문에 나는 죽은 자들을 방문했고,
지금까지 그를 안내한 이에게
눈물로 호소했던 겁니다.   141

그가 참회의 눈물로 쏟아지는
대가를 치르지 않은 채
레테를 건너고 그 달콤한 물을 마신다면,

하느님의 최고 법은 깨질 것입니다."   145

31곡

"아, 거룩한 강 저편에 서 계신 그대여,"
그 칼날만으로도 날카롭게 느끼고 있던
내게 그녀는 직접 칼끝을 돌렸다.   3

그녀는 곧바로 말을 이었다.
"말해 보세요. 내 말이 맞나요? 말해 보세요. 내가 이렇게
그대를 생각한 만큼 솔직한 고백으로 답해야 해요."   6

나는 그녀를 앞에 둔 채 온몸이 마비되어
멀거니 서 있었다. 말을 하려고 입술과 목을
움직여 보았지만 단 한 음절도 새어 나오지 않았다.   9

그녀는 조금도 멈추지 않았다. "뭘 그렇게
생각하세요? 지금 대답하세요! 당신의 쓴 기억들은
아직 이 강물로도 씻기지 않았으니까요!"   12

나는 두렵고 어찔한 기분이었다. 그런 상태에서
내 입에서는 가까스로 "네."라는 말이 새어 나왔다.
눈이 달린 귀라야 알아들을 수 있을 정도였다.   15

너무 시위를 팽팽하게 당기면
활과 화살을 다 부러뜨리고
과녁도 맞히지 못하는 것처럼, 그렇게   18

나도 그 무거운 짐에 눌려
눈물과 한숨을 터뜨렸고,
목소리도 제풀에 사그라져 버린 것이었다.   21

그때 그녀가 말했다. "우리 마음을 이끄는
그야말로 유일한 선을 사랑하도록 그대를
바로잡아 주던 나를 향한 욕망 속에서,   24

무슨 웅덩이들이 가로막았기에,
무슨 사슬을 만났기에, 나아가는 길에서
희망을 그렇게 버려야 했나요?   27

어떤 이득이나 어떤 현혹이
다른 자들의 이마에서 보였기에
그들을 그렇게 부러워했나요?"   30

서러운 한숨을 몰아쉬며 나는

대답할 말을 쉽게 찾지 못했다. 내 입술은
가까스로 몇 마디를 만들어 냈다.　　　　　　　　33

울먹이며 나는 말했다. "당신의 얼굴을
더 이상 볼 수 없었을 때 세상이 내민
허망한 즐거움이 나를 방황하게 했습니다."　　36

"그대가 방금 고백한 것을 말하지 않았거나
부정했다 해도 그대의 죄는 모든 것을 아시는
위대한 판관 앞에서 모두 드러날 거예요.　　39

그러나 죄의 고백이 죄인의 입술에서
터져 나올 때 우리의 법정에서는
칼날이 숫돌에 거꾸로 갈리듯 죄가 가벼워집니다.　42

그대가 진정 죄를 부끄럽게
느끼고 언젠가 세이렌이 노래할 때
더 강해지기 위해서는　　　　　　　　　　45

눈물의 씨앗을 버리고 내 얘기를 들어 주세요.
그러면 땅에 묻힌 나의 육신이 어떻게 해서
그대를 다른 엉뚱한 길로 인도했는지 알게 될 거예요.　48

그대는 자연에서든 예술에서든 내가 전에 들어 있던,
그러나 지금은 땅 속에 흩어져 있는

육신과 같은 아름다움을 본 적이 없을 거예요.   51

그 완전한 아름다움이 내가 세상을 떠나며
그대를 버렸다고 해도, 다른 어떤 살아 있는 것이
그대의 욕망을 꾀어냈단 말인가요?   54

처음에 현혹의 화살에 찔린 것을 느꼈을 때
그대는 일어나서, 나의 뒤를 따라야만 했어요.
나는 전혀 그러하지 않았으니.   57

어떤 예쁘장한 계집아이나 어떤 새로운 헛된 것의
또 다른 화살을 기다리느라고
그대의 날개를 꺾지 말았어야 했어요.   60

갓 난 새 새끼는 두 번째, 세 번째 화살로도
노려봄 직하지만, 깃털이 다 자란 새 앞에
그물을 치거나 활을 쏘는 것은 부질없는 짓이지요."   63

나는 마치 부끄러워 입을 다문 채
고개를 바닥에 처박고, 자기 잘못을 알고
뉘우치며 가만히 선 어린애처럼   66

그렇게 서 있었다. 그러자 그녀가 말을 이었다.
"듣기만 해도 그렇게 괴롭다면, 수염을 들어 보세요.
그리고 날 보면 더 큰 괴로움을 맛볼 거예요."[1]   69

우리 땅²⁾이나 이아르바스³⁾의 땅의 바람에
뿌리째 뽑힌 건장한 참나무가
힘을 쓴 것보다도 더 힘들게   72

나의 영혼은 그녀의 명령에 따라 고개를 들었다.
그녀가 나의 얼굴을 "수염"이라고 불렀을 때
나는 그녀의 말에 비난이 들어 있음을 느꼈다.   75

얼굴을 들었을 때 나는 그녀 대신에
최초의 피조물인 천사들을 보았다. 그들은
꽃의 비를 뿌리는 일을 그친 뒤였다.   78

머뭇거리는 나의 눈길을 다시 한 번 돌렸을 때
나는 한 몸에 두 얼굴을 지닌 그 짐승⁴⁾을
마주하고 있는 베아트리체를 보았다.   81

그녀는 너울을 쓰고 강 건너편에 있었지만,
지상에서 살아 있을 때보다 더 사랑스러워 보였다.
지상에서 그녀는 최고로 사랑스러웠는데도.   84

뉘우침의 고통이 아프게 찔러 왔다.
내 마음을 홀린, 그녀가 아닌 모든 것들이
이제는 너무도 혐오스러웠다.   87

내 죄가 그렇게 가슴을 눌러, 순간

나는 아찔하여 기절하고 말았다. 그 뒤에 일어난 일은
그렇게 만든 장본인인 그녀만이 안다.　　　　　　　　　　90

내 마음이 밖에서 힘을 되찾았을 때,
처음에 혼자 나타났던 여자가 내 위에
몸을 구부리고 "날 붙드오! 단단히!"라고 말했다.　　　　93

그녀는 나를 강으로 끌고 가서
목까지 잠기게 했다. 그러고는 마치
배처럼 둥실 나를 이끌고 강을 건넜다.　　　　　　　　96

성스러운 강둑에 이르렀을 때
"나를 씻어 주소서."[5]라는 노랫소리가 들렸다.
기억할 수도, 말로 할 수도 없는, 감미로운 소리였다.　　99

그 사랑스러운 여인은 팔을 벌려 나의 머리를 껴안고
강물 속으로 깊숙이 잠기게 했으니,
난 물을 마시지 않을 수 없었다.　　　　　　　　　　102

그리고 물에서 나를 끌어내 흠뻑 젖은 나를
네 명의 사랑스러운 여자들이 춤추는 곳으로
데려갔다. 그들은 내 손을 잡아끌며 환영해 주었다.　　105

"우리는 님프. 하늘에서는 별이지요.
베아트리체가 세상에 내려가시기 전부터

우리는 그녀의 시녀로 정해졌지요.   108

당신을 그녀의 눈앞으로 인도해 드리겠어요.
더 깊이 보시는 저쪽의 세 여인이 당신의 눈을 열어
베아트리체의 기쁜 빛 속에 당신을 채울 거예요."   111

그들은 이렇게 노래했다. 그리고
나를 그리핀의 가슴까지 데려갔다. 베아트리체는
이제 우리를 향하고 있었다.   114

그들이 말했다. "눈을 아끼지 말고 잘 보세요!
일찍이 당신에게 사랑의 화살을 쏘았던,
에메랄드 같은 눈 앞에 당신을 데려왔으니!"   117

나의 욕망은 수천 갈래의 불꽃으로 활활 타올랐다.
나의 눈은 그리핀을 응시하고 있는
그녀의 빛나는 눈을 향했다.   120

거울에 비친 햇살처럼, 그녀의 눈에
두 짐승의 모습이 때로는 이 모양
때로는 저 모양으로 어른거렸다.   123

독자들이여, 상상해 보라! 그 자체는
변함이 없으면서 그 이미지로는 끊임없이 변하는
피조물을 보고 내가 얼마나 놀랐는지!   126

절로 배불러지고 절로 배고파지는[6]
그 음식을 맛보고 있노라니,
나의 영혼은 놀라면서도 기뻤다.   129

다른 세 여인이 한껏 고귀한 자태로
나타나더니 천사의 멜로디에 맞추어
춤을 추며 노래를 불렀다.   132

"베아트리체여, 그 거룩한 눈을
그대에게 충실한 자에게 돌리세요! 그대를 보러
그렇게 먼 곳에서 온 사람이잖아요!   135

부디 은총을 베푸시어 그에게
그대의 입술을 보여 주시길. 그래서
그대가 감추는 두 번째 아름다움[7]을 보게 하시길."   138

아, 끝없이 살아 있는 빛의 광채여,
당신이 내 앞에 마침내 모습을
드러냈을 때 당신을 가린 것은 오직   141

그 조화로운 하늘뿐이었으니, 파르나소스의 샘물을
마음껏 마시고 그 산의 그늘 아래 쉬는
시인이라 해도, 어떻게 당신을

눈앞에 비친 대로 그려 낼 수 있단 말인가?   145

32곡

십여 년의 갈증[1]을 풀고 싶은 마음에
그녀를 하염없이 바라보았다.
다른 감각들은 모두 꺼진 듯했다.   3

그렇게 바라보던 나의 눈마저도 무심해진 나머지
그녀의 거룩한 미소에 이끌려
옛날 나를 사로잡던 그 친근한 매력에 도취되어 버렸다.   6

그런데 갑자기 나의 눈이 왼편에 섰던
여신들에게 옮겨 갔으니, 그들의 목소리가 들렸기 때문이다.
"그렇게 뚫어지게 보시면 안 돼요!"   9

말이 들리는 곳으로 시선을 옮겼지만,
태양을 오랫동안 정면으로 바라본 눈처럼
잠시 동안 아무것도 볼 수 없었다.   12

천천히 그 희미한 빛—
내가 방금 눈을 돌린 그녀의 빛에 비해서
그렇다는 말이다.—에 눈이 익숙해졌을 때,   15

나는 일곱 개의 불꽃들과 햇살을 받으며
오른편으로 꺾여 돌아가고 있는
그 영광스러운 행렬을 보았다.   18

병사의 무리가 퇴각하기 위해
방패 안에 숨어 저들이 한꺼번에 이동하기 전에
선두가 먼저 깃대를 따라 도는 것처럼,   21

하늘나라로 나아가는 그 행렬도
전차가 방향을 틀기 전에 먼저
우리 앞을 완전히 지나쳐 갔다.   24

어느새 여인들은 바퀴 곁으로 돌아가 자리를 잡았다.
그리핀은 거룩한 전차를 끌면서도
깃 하나 나풀거리게 하지 않았다.   27

스타티우스와 나는 나를 이끌고 강을 건넜던
고운 여인과 함께 더 작은 원을 그리며
나아가는 바퀴 뒤를 따라 움직였다.[2)]   30

뱀에게 귀를 기울인 여인의 죄 때문에

이제는 황폐해진 숲을 가로지르며 나아가는 동안
우리의 발길은 하늘의 노랫가락에 맞추고 있었다.　　　33

시위를 떠난 화살이 미치는 거리보다
세 배는 될 만큼 걸었을 때
베아트리체는 전차에서 내렸다.　　　36

모두가 아담의 이름을 우물거리는 소리가
들렸다. 그들은 가지마다 잎과 열매가 다 떨어진
나무 한 그루 주위를 에워쌌다.　　　39

나무는 인도의 밀림에서도 우뚝 솟을 만큼
높았는데, 위로 갈수록 더욱
넓게 퍼진 모양을 하고 있었다.　　　42

"그리핀이여, 이 맛있는 나무를
부리로 쪼지 않았으니, 그대는 축복받으셨나이다!
이 나무는 극심한 배탈을 일으키리니!"　　　45

그 건장한 나무 주위에 있던 사람들이
모두들 소리쳤다. 그러자 두 모습을 지닌 짐승이
"모든 정의의 씨는 이렇게 보존되느니라!"　　　48

외치더니 그가 끌고 온 굴대로 돌아서서
그 헐벗은 나무 발치로 끌고 가서는

그 기둥에 기대 놓고 가지로 잡아맸다.   51

그러자 강렬한 빛이 하늘의 물고기자리 뒤에서
반짝이는 빛[3]과 함께 어울려 떨어지는 때에
세상의 나무들이 부풀어 꽃으로 터져 나오고,   54

그런 다음 태양이 그 군마를
다른 별들[4] 아래 매어 두기 전에
저마다의 색깔로 치장하는 것처럼,   57

그렇게도 허전하기만 했던 그 가지들은
장미 색깔은 아니고 오랑캐꽃보다는
더 밝은 색으로 꽃을 피우며 새로워졌다.   60

그때 무리가 부르던 노래는
세상에서 들은 적이 없었고 또 끝까지 듣지도
못했기에 무슨 노래인지 알 수 없었다.   63

아르고스의 그 매서운 눈들. 깨어 있었기에
비싼 대가를 치렀던 그 눈들이 시링크스 이야기를
들으며 잠들었던 것을 내가 그릴 수만 있다면,[5]   66

모델을 놓고 그리는 화가처럼
어떻게 잠이 들었는지 보여 주겠지만,
잠은 잠을 그릴 수 있는 자가 그려야 할 터이기에,   69

난 그저 어떻게 잠에서 깨어났는지만 말할 수 있다.
눈부신 한 줄기 빛이 잠의 너울을 찢고
나를 부르고 있었다. "무얼 하느냐? 일어나라!"   72

천사들이 그 열매를 간절히 원하고
하늘에서 영원한 혼례 잔치를 베풀어 준다는
사과나무[6] 꽃을 보여 주려는 소리였다.   75

베드로와 요한, 그리고 야고보는
인도되고 압도당했다가, 더 깊은 잠도
깨우는 그 소리에 정신을 차리고,[7]   78

모세와 엘리야가 사라져
저들의 무리가 줄어든 것과
저들의 선생의 옷이 다시 바뀐 것을 보았다.[8]   81

바로 그렇게 나는 잠에서 깨어, 아까 강둑을 따라
나를 인도하던 자애로운 여인이
나를 굽어보고 있는 것을 보았다.   84

걱정이 되어 나는 물었다. "베아트리체는
어디 있습니까?" 그녀가 대답했다. "새로 돋은 잎들 아래,
나무 둥치에 앉아 계신다오.   87

그분을 에워싼 저 무리[9]를 보세요.

나머지는 하늘까지 그리핀과 함께 위로 오르면서
달콤하고 구성진 가락으로 노래를 하네요." 90

그녀가 다른 얘기를 더 했는지 나는 모른다.
내 마음을 완전히 지배했던 여인의 모습이
벌써 나의 눈을 채웠기 때문이었다. 93

그녀는 홀로 맨땅 위에 앉아
아까 두 모습의 짐승이 나무에 매어 두었던
전차를 혼자서 지키고 있었다. 96

그 곁에는 일곱 님프가 북풍도 남풍도
끄지 못하는 등불을 손에 들고서
그녀를 둥글게 에워싸고 있었다. 99

"그대는 잠시 이 숲에 머물다가
그리스도께서 로마인으로 계시는 저 로마[10]의 시민으로
영원히 나와 함께 살게 될 것입니다. 102

이제 그대 세상의 죄인들을 돕기 위해
지금부터 저 전차를 잘 봐두었다가
돌아가서 그대가 본 것을 글로 쓰세요."[11] 105

그렇게 베아트리체가 말했다. 나는
그녀의 명령에 충실하고 싶었기에

그녀가 원하는 곳으로 마음과 눈을 경건하게 모았다.　108

그때 제우스의 새가 재빠르게
나무로 돌진하여, 새로 돋은 잎사귀며 꽃,
껍질까지 쪼아 망가뜨려 버렸다.　111

머나먼 하늘에서 짙은 구름을 뚫고 번쩍이는
번개가 아무리 빠르다 할지라도, 그때
내가 본 새의 속도만은 못할 것이다.　114

그리고 있는 힘을 다하여 전차를 들이받았다.
이 때문에 전차는 마치 폭풍우에 휘말린 배가
파도에 양쪽으로 마구 흔들리듯 휘청거렸다.[12]　117

그때 먹이라고는 평생 입에 대지도
못한 듯이 보이는 여우 한 마리가
그 영광의 전차로 뛰어드는 것이 보였다.　120

나의 여인은 그놈의 죄를 꾸짖으며
그 살점 없는 뼈가 겨우
감당할 수 있을 만큼 세차게 내쫓아 버렸다.[13]　123

다음에는 나무로 돌진했던 독수리가 이번에는
전차의 골조에 앉았다가 거기에
황금 깃털 몇 개를 남겼다.　126

그러자 애끓는 마음에서 솟아나는 듯한
목소리가 하늘에서 들려왔다.
"나의 작은 배여, 불행한 짐을 실었구나!"[14]   129

그러는 사이에 바퀴와 바퀴 사이로 땅이
열리더니, 용 한 마리가 나타나
꼬리를 전차에 찔러 넣는 것이 보였다.   132

마치 침을 움츠려 말아 넣는 말벌처럼
용은 독이 스민 꼬리를 말아 들여 전차의 한 부분을
떼어 내더니 흡족한 듯 바라보다가 사라져 버렸다.[15]   135

기름진 흙에 잡초가 무성하게 덮이듯,
아마도 훌륭하고 좋은 의도로 바쳐졌을
깃털들이 풍성하게 자라났고,   138

남은 전차는 이쪽 바퀴와 저쪽 바퀴, 그리고
끌채까지 순식간에 그 깃털로 덮였는데,
한숨을 쉴 시간보다 더 빨랐다.[16]   141

그렇게 변한 거룩한 구조물은
여기저기서 머리들을 내밀었는데,
굴대에서 셋, 그리고 네 모서리마다 하나씩이었다.   144

세 머리에는 황소처럼 뿔이 났지만,

네 머리에는 뿔이 하나만 있었으니
이렇게 생긴 괴물은 누구도 보지 못했을 것이다.[17]   147

그 위에는 논다니가 언덕 위에 높이 솟은
바위처럼 태연스레 앉아서
쉴 새 없이 사방을 둘러보고 있었다.   150

그 논다니를 뺏기지 않으려는 것인지
한 거인이 옆을 지키고 섰는데,
그들은 이따금씩 입을 맞추었다.   153

그러나 논다니가 두리번거리는 음탕한 눈을
내게 돌렸을 때 그 우악스러운 애인은
으르렁거리며 그녀를 머리부터 발끝까지 후려쳤다.   156

질투에 잔인한 분노가 겹친 거인은
괴물을 풀어서 숲으로 끌고 갔는데,
숲이 날 가로막는 장벽이 되어

논다니도, 그 이상한 짐승도 볼 수가 없었다.[18]   160

33곡[1]

"주여, 이방인들이 왔습니다."[2] 여인들은
눈물을 흘리며 셋이서, 넷이서 번갈아
입을 맞추어 감미로운 성시를 노래했다.   3

베아트리체는 십자가 아래서 성모 마리아가
쏟아 낸 비탄에 못지않은 큰 한숨을 내쉬며
근심스러운 표정으로 그들의 노래를 들었다.   6

그러나 그 일곱 여자들이 잠시 입을 닫으며
대답할 틈을 주었을 때 그녀는 벌떡 일어나
불꽃처럼 상기되어 그들에게 말했다.   9

"잠시 후에 너희들은 나를 보지 못할 것이지만,
사랑하는 자매들이여,
얼마 안 가서 나를 다시 보리라."[3]   12

그리고 그녀는 일곱 여인을 앞세우고,
남아 있던 현자와 여인[4]과 나에게
눈짓을 하여 자기 뒤를 따르게 했다.   15

그녀는 앞으로 걸어 나갔다. 아마
열 걸음을 디뎠을까 했을 때
내 눈을 의연한 눈길로 바라보며   18

평온한 표정으로 말했다.
"좀 더 빨리 오세요. 그대와 얘기하고 싶으니
내 말이 들릴 만큼 가까이 오세요."   21

나는 들은 대로 했다. 가까이 다가서자 그녀가 말했다.
"형제여, 그대는 이제 나와 함께 있는데,
왜 내게 물어보지 않는 거예요?"   24

나는 어른 앞에 선 어린애처럼
말을 입 밖으로 낼 숨도 제대로 삼키지 못하며
두려움에 마비된 느낌이었다.   27

나는 가까스로 우물거리며 말들을 뱉어 냈다.
"여인이여, 당신은 내가 뭘 필요로 하는지,
어떻게 하면 내가 만족하는지를 다 아십니다."   30

"지금부터는 두려움과 부끄러움에서

온전히 벗어나야 해요. 그래야
꿈꾸는 사람처럼 말하지 않을 테니까요.   33

뱀이 깨뜨린 그릇[5]은 전에 있었다가
지금은 없지만, 죄를 지은 자에게 하느님의 복수는
죽을 두려워하지 않는다는 것[6]을 알려 주세요.   36

전차에 깃털을 떨구고 괴물이 되게 하고
나중에는 먹이가 되게 한 독수리는
언제까지 후손이 없지는 않을 거예요.[7]   39

내가 분명히 보기 때문에 말하노니,
그 무엇도 가로막지 못하는 별들이 이미
가까이 와서 우리에게 기회를 주려 한다오.   42

그때 하느님께서 보내신 오백과 열과 다섯[8]이
도둑 논다니와, 그와 더불어 죄지은
거인을 함께 죽일 거예요.   45

어쩌면 내 얘기가 테미스나 스핑크스의 말처럼
애매하게 들려서 그대를 설득하지 못하고
혼란스럽게 할지도 모르겠지만,   48

사실들은 이제 곧 나이아데스가 되어
이런 수수께끼의 복잡한 매듭이

양이나 곡식을 바치지 않고서도 해결될 거예요.[9]   51

내 말을 잘 기억하고, 내가 말한 것을
그저 죽음으로 내달리는 삶을 사는
저 세상 사람들에게 가르쳐 주세요.   54

이것을 글로 쓸 때 그대가 여기서 보듯
한 번도 아니고 두 번이나 벗겨진
나무의 슬픈 모습을 잘 묘사해 보세요.   57

이 나무를 유린하거나 가지를 꺾는 자는
그 누구든 하느님을 거스르는 죄를 짓는 것이니,
그분만이 쓰시고자 이 나무를 만드셨기 때문이지요.   60

첫 번째 영혼은 이것을 맛보았기 때문에
죄를 몸소 짊어질 그분을
고통 속에서 오천 년 이상 갈망했지요.[10]   63

나무가 왜 그렇게 높은지, 그러면서도 왜
그 끝에서는 구부러져 자라는지 모르겠다면
그것은 그대 정신이 잠들어 있기 때문이에요.   66

헛된 생각이 그대의 정신을 가득 채워서
엘사의 물이 되지 못하고 또 그런 헛된 욕망으로
피라무스의 피가 오디를 붉게 물들이지 않는다면,[11]   69

방금 말한 나무의 두 가지 속성만 보더라도
그대는 그 도덕적 의미를 알 수 있을 것이고
하느님의 정의가 깃들어 있음을 볼 수 있을 테지요.   72

그러나 그대 정신이 돌처럼 굳고
새까맣게 되어 버려 내 말의
밝은 빛을 지닐 수 없는 것 같으니,   75

순례의 지팡이에 종려 잎을 감고 돌아가는 사람처럼,
내 말을 쓰지는 못해도 적어도 그려서라도
그대 몸에 지니고 가기를 바랍니다."   78

"인장이 찍힌 초가 그 찍힌 모양을
언제까지라도 간직하듯이,
당신의 인장은 내 정신에 아로새겨졌습니다.   81

그러나 그리웠던 당신의 말은
어찌하여 이렇게 내 정신을 넘어 높이 날아오르는지요?
내가 따라가려 하면 할수록 시야에서 멀어져만 갑니다."   84

"그대가 좇아다닌 학파를 그대가 진정으로
알게 하려는 것이며, 그 학파의 교리가 내 말을
얼마나 따를 수 있는지 보게 하려는 것이지요.   87

땅이 가장 높이 도는 하늘에서 떨어진 만큼

인류의 길이 하느님의 길에서 떨어져 있다는 것을
당신이 알게 하려는 것입니다."[12]   90

그에 대해 내가 대답했다. "나 자신이 혹시
당신을 등지거나 양심에 거스르는 일을
한 기억은 없는 것 같습니다."   93

그러자 그녀는 빙긋이 웃으며 말했다. "그대는
생각나지 않는다고 하는데, 바로 오늘
레테의 물을 마신 것을 생각해 보세요.   96

또 연기로 불을 추론할 수 있듯이,
그대가 망각하는 것은 그대 마음이 내게서 떠나
딴 곳에 가 있었음을 밝히는 명백한 증거지요.   99

진정 지금부터 내 말은
그대의 무딘 눈도 파악할 정도로
벌거벗은 듯 명석해질 거라오."   102

더 밝게 빛나면서 더 느리게 움직이는 태양은
이제 보는 사람에 따라 이쪽저쪽으로
옮겨지는 자오선을 타고 있었다.[13]   105

그때 앞장서서 무리를 이끄는 사람이
뭔가 이상한 것이 나타날 때 잠시

멈추는 것처럼, 일곱 여인들은   108

발을 멈추고 푸른 잎새와 거뭇한 가지 밑에
흐르는 차가운 강물에 드리워진 산의
어두운 그림자 끝자락에 가서 섰다.   111

강물은 그들 앞에서, 유프라테스 강과 티그리스 강이
하나의 샘에서 흘러나오듯,[14]
이별을 꺼리는 친구처럼 흐르고 있었다.   114

"오 빛이여, 오 인류의 영광이여,
여기 하나의 샘에서 흘러 나와
갈려 나가는 이 강물은 무엇입니까?"   117

내가 청하자, 그녀가 대답했다. "마텔다에게
설명을 부탁하세요." 그러자 비난을 면하려는 듯
그 사랑스러운 여인은 이렇게 대답했다.   120

"분명 이 사람에게 이런저런
얘기를 해줬으니, 레테의 물은 분명
기억을 지우지 않았을 거예요."   123

다시 베아트리체가 말했다. "아마 더 중요한 일이
그의 정신을 채우고 있는 모양이지요. 그래서
기억을 빼앗고 정신의 눈을 흐리게 만든 것 같군요.   126

우리 앞을 흘러가는 에우노에 강을 보세요.
이 사람을 거기로 데려가서 약해진
그의 힘을, 당신이 늘 하듯, 다시 소생시키세요."   129

고귀한 영혼은 변명을 하지 않고
다른 이의 의지가 드러나면
곧 거기에 자신의 의지를 기꺼이 맞추듯이,   132

이 아름다운 여인은 내 손을 잡고
이끌면서 스타티우스에게도 우아하게
말했다. "당신도 함께 오세요!"[15]   135

독자여, 좀 더 쓸 자리가 있다면
마시고 마셔도 더 마시고 싶을 그 달콤한 물을
적어도 부분으로라도 더 노래하련만.   138

그러나 이제 이 둘째 노래편에 계획한
지면을 이미 다 채웠으니,
내 재능의 고삐가 더 가도록 허락하지 않는다.   141

이 더없이 성스러운 물에서 돌아왔을 때
나는 새로 돋아난 잎사귀와 새로워진 나무로
다시 살아나고 순수해져서,

별들에게 올라갈 열망을 가다듬었다.[16]   145

옮긴이 주

• 1곡 •

1) 3월 28일 부활절 일요일, 새벽. 순례자가 여명이 오는 시각에 연옥에 들어선 것은 지옥의 어둠에 휩싸였던 경험과 대조를 이룬다. 그에게는 재생과 새로운 시작의 시간이다. 더욱이 지옥에 들어선 것이 성 금요일(그리스도 수난일)이었던 데 비해 연옥에는 부활절 일요일에 들어간다는 점도 마찬가지 맥락이다. 전체적으로 순례자는 지옥으로 내려갔다가 연옥을 거쳐 천국으로 올라가는데, 이는 그리스도의 죽음과 부활, 승천이라는 신성한 역사의 주요 계기들에 대응한다.

2) 칼리오페는 뮤즈들 중 으뜸가는 여신으로 서사시를 수호한다. 까치는 마케도니아의 왕 피에로스와 에우히페 사이에 태어난, 피에리데스라 불리는 아홉 명의 딸을 가리킨다. 이들은 뛰어난 노래 실력을 지녀 뮤즈들을 대표하는 칼리오페에 도전하였으나 이기지 못하고 벌을 받아 까치로 변했다. 이 구절은 「지옥편」(2곡)과 「천국편」(1곡)의 각 도입부와 상응한다.

3) 아담과 이브를 가리킨다.

4) 아담과 이브가 이 네 개의 별을 볼 수 있었던 것은 에덴동산이 연옥의 정죄산 꼭대기에 있었기 때문이다. 순례자는 지금 그 산기슭에 있다. 아담과 이브가 쫓겨난 뒤, 그 자손들, 즉 인류는 단테의 지리 구분에 의하면 연옥 반대쪽의 북반구("북녘")에서 살아야 했기 때문에 그 별들을 볼 수 없었다. 네 개의 별은 분별, 절제, 정의, 용기를 가리킨다.

5) 마르쿠스 포르시우스 카토(기원전 95~46년). 견실한 공화주의자였던 로마의 정치가. 카이사르와 폼페이우스의 야망에 맞섰으나, 내전이 일어나자 폼페이우스 편에 섰다. 카이사르가 승리하자 그는 투항하기보다 우티카에서 자살을 택했는데, 죽기 전날 밤 영혼의 불멸을 논한 플라톤의 『파이돈』을 읽었다고 한다. 원래 림보에 있던 카토를 연옥으로 끌어 올려 입구를 지키게 한 것은 그가 목숨을 걸고 정치적 자유를 지킨 것이 연옥에서 죄인들이 궁극의 정신적 자유를 추구하는 것에 상응한다고 보기 때문이다.

6) 이 구절은 루카누스의 『파르살리아』(II, 373~374)에서 전쟁을 치르며 수염과 머리를 깎지 못했던 카토의 모습을 묘사한 부분을 떠올리게 한다. 그러나 단테는 위엄이 서린 모습을 그리고자 한다.

7) 기원전 56년 카토는 두 번째 부인 마르치아를 친구 호르텐시우스에게 주었다. 그러나 이후 호르텐시우스가 죽자 마르치아는 카토에게 다시 거두

어 달라고 부탁한다. 단테는 『향연』에서 이 에피소드를 늘그막에 하느님
께 영혼을 의탁하는 것의 비유로 썼다. 마르치아는 림보의 덕성 높은 이
교도 영혼들 사이에 있다.(「지옥편」 4곡 128)

8) 카토가 림보에서 연옥 입구로 올 때 받아들였다는 법은 최후의 심판에서
죄인과 복자를 구분하는 기준을 뜻한다. 카토는 지옥에서 이곳 연옥으로
올라왔으며, 최후의 심판에서 구원을 받게 될 것이기 때문에 림보에 있는
마르치아와 어떤 관계도 맺을 수 없다.

9) 연옥을 지키는 문지기 천사를 가리킨다.

10) 카토는 갈대의 구부러지는 성질을 비유하여 연옥이 겸손으로 죄를 뉘
우치는 곳임을 말하고 있다. 순례자가 갈대로 띠를 매고 죄를 씻은 후에
는 다시는 돌아오지 말라고 권하고 있다.

11) 카토를 가리킨다.

12) "아무도 항해한 적 없고 아무도 얘기한 적 없는 곳"은 분명 단테의 상
상에서 나온 곳이지만, 오디세우스의 항해(「지옥편」 26곡 91~142)를 연
상시킨다. 오디세우스는 금지된 헤라클레스의 기둥들 사이를 지나 미지의
남대서양을 항해하여 폭풍을 맞아 산으로 높이 솟은 섬에서 멀지 않은 곳
에서 침몰한다. 그 섬-산이 곧 연옥의 정죄산이다. 지금 순례자는 그 기
슭에서 지옥의 안개를 걷어 내고 겸손의 갈대를 맨 채 위로 올라갈 준비
를 하고 있다. 오디세우스가 겸손이 부족하여 연옥의 해안에서 항해를 마
쳐야 했던 것과 대조적이다. 오디세우스가 침몰한 것도, 순례자가 갈대를
매고 구원의 길을 이어가는 것도 다 "하느님께서 원하셨던 대로였다."
(「지옥편」 26곡 142) 오디세우스는 신세계를 향해 바다를 항해하고 단테
는 시인으로서 상상의 세계를 모험한다는 면에서 둘은 똑같이 하느님으로
부터 재능을 부여받았으나, 오디세우스는 그를 남용하여 벌을 받은 것이
고 단테는 지옥을 순례한 결과, 그리고 더 중요하게 베르길리우스를 만난
결과, 시적 재능을 성공적으로 펼칠 준비를 한 상태다. 결국 오디세우스
는 속도를 제어하지 못하고 침몰한 반면 단테는 이제 겸손의 갈대 끈을
매고 자신을 조절하며 영광스러운 구원의 길을 오르고 또 그 모습을 재현
할 준비를 한다.

• 2곡 •

1) 3월 28일 일요일, 오전 6시경.

2) 당시의 지리학에 따르면, 사람이 사는 육지는 지구의 북반구에 한정된
다. 북반구는 인도의 갠지스 강에서 스페인 북부의 에브로 강의 발원지
사이를 백팔십 도의 넓이로 덮고 있으며, 예루살렘이 그 중앙에 있다. 어
떤 한 장소의 위치는 자오선에 따라 결정된다. 즉 자오선을 이루는 활꼴
의 정점("가장 높은 지점")이 그 장소를 수직으로 덮는 것에 따라 구역을
분할하는 것이다.

3) 순례자가 여행을 하고 있는 춘분에는 태양의 맞은편에서 도는 밤이 저울
자리에 위치한다. 밤이 낮보다 더 길어지기 시작하는 추분이 되면 상황은
역전되어 태양이 저울자리로 들어간다. 그래서 단테는 밤의 손에서 저울
이 떨어진다고 상상하는 것이다. "갠지스 강"은 육지의 동쪽 끝이며, 태양
과 밤은 언제나 거기서부터 출발한다.

4) 태양이 지평선에서 떠오를 때 산양자리는 그로부터 구십 도의 위치, 즉
정오에 자리한다. 태양이 떠오르면서 산양자리는 기울기 시작한다.

5) 『아이네이스』(VI, 700~702)에서 아이네이아스가 아버지 안키세스의 영
혼과 만나는 장면은 이렇게 묘사된다. "그는 세 번 목에 팔을 감으려고 했
지만, 공허하게 잡힌 영혼은 세 번 손을 빠져나갔다. 마치 가벼운 바람처
럼, 일순간에 사라지는 꿈처럼." 단테는 당연히 이 구절을 알았을 것이
고, 『아이네이스』를 읽은 당대의 박식한 독자들도 이 구절을 연상했을 것
이다.

6) 가수였고 단테의 시를 노래했다는 것 외에 알려진 바가 없다.

7) 순례자는 카셀라가 죽은 지 오래되었는데, 왜 지금에서야 연옥에 도착하
는지 의아해하고 있다.

8) 성년(聖年)이 선포된 첫날인 1299년 성탄절부터 1300년 3월 28일 단테
가 카셀라를 만난 그날까지를 의미한다.

9) 카토를 말한다.

• 3곡 •

1) 3월 28일 일요일, 오전 6시 30분경.

2) 단테는 인간이 이성으로 사물의 본질을 알려 노력하기보다, 그저 결과로 알려지는 사실을 있는 그대로 인정하고 아는 것에 만족해야 한다고 말하고 있다. 이는 아리스토텔레스와 토마스 아퀴나스를 따르는 입장이다.

3) 베르길리우스는 이성으로 모든 것을 알고자 하는 인간의 욕망이 헛된 것이었음을 말하고 있다. 만일 인간의 이성이 모든 것을 파악한다면 마리아가 그리스도를 낳을 필요도 없었다는 것이다. 그리스도와 함께 하느님의 은총과 계시가 시작되었기 때문이다. 실제로 베르길리우스는 림보에서 그러한 사람들의 영혼의 상태를 두고 "희망 없는 희망 속에서 살고 있"(「지옥편」 4곡 42)다고 말한다.

4) 페데리코 2세의 아들. 서자였다. 1232년경 태어나서 아버지가 죽었을 때(1250년) 시칠리아와 이탈리아 남부에 이르는 왕국을 통치했다. 1266년 샤를 앙주가 나폴리를 공격하여 벌어진 베네벤토 전투에서 전사했다.

5) 페데리코 2세의 어머니. 만프레디가 페데리코 2세의 아들이 아니라 코스탄차 황후의 손자라고 말하는 것은 페데리코 2세가 지옥에 있는 반면(「지옥편」 10곡 119) 코스탄차는 천국에 있기 때문이다.(「천국편」 3곡 118) 또는 만프레디가 페데리코의 서자였기 때문이라는 해석도 있다.

6) 만프레디의 딸의 이름은 할머니처럼 코스탄차였다. 그녀는 아라곤의 페드로 3세와 결혼하여 알폰소와 자코모, 페데리코를 낳았다. 나중 둘은 아라곤과 시칠리아의 왕이 되었다.

7) 만프레디는 파문을 당한 채 죽었기 때문에 지옥에 갔을 거라는 예상과 달리 연옥에 있다는 것을 알려 주라는 말이다.

8) 코센차는 이탈리아 남부의 도시로, "목자"는 당시 그곳의 주교를 가리킨다.

9) 만프레디가 전사했을 때 샤를 앙주의 병사들이 그의 시체 위에 돌을 던져 돌무덤이 만들어졌다고 한다. 나중에 교황 클레멘스 4세의 명령에 따라 코센차의 주교가 주검을 파헤쳐서 베르데 강변에 버렸다.

10) 파문을 당한 자들과 이교도들의 시신은 등불을 밝히지 않고 운반했다고 한다.

11) 연옥에 있는 영혼들은 오로지 참회와 기도를 통해 구원을 얻고자 한다. 그런데 중세의 가톨릭 전통에 따르면, 이승의 사람들이 그들을 기억하고 그들을 위해 기도하면 그들이 벌 받는 기간이 단축되고 구원의 시간이 빨리 온다고 믿었다.

• 4곡 •

1) 3월 28일 일요일, 오전 9시에서 12시 사이.
2) 단테는 한 인간이 여러 영혼들을 갖고 있다는 이론이 잘못되었다고 본
   다. 플라톤은 갈망하는 영혼과 분노하는 영혼, 냉철한 영혼이 서로 뚜렷
   하게 구별된 채 한 몸에 들어 있다고 주장했다. 이에 대해 아리스토텔레
   스는 그런 세 성격이 단 하나의 영혼에 들어 있다고 반박했다.
3) 사분원(四分圓)은 원을 네 구역으로 나눈 것을 말한다. 한 구역은 구십
   도를 이루며, 원의 중심에서 한 구역을 이루는 호(弧)의 "가운데"를 연결
   하면 사십오 도가 된다.
4) 북반구에서 누군가가 동쪽을 바라볼 때 태양은 그 바라보는 사람의 오른
   쪽(남쪽)으로 떠오른다. 반면 남반구에서 동쪽을 바라보면 태양은 바라보
   는 사람의 왼쪽(북쪽)으로 떠오른다. 지금 단테는 남반구에 있다.
5) 제우스와 레다 사이에서 태어난 쌍둥이 형제. 죽어서 하늘로 올라가 쌍
   둥이자리를 이루는 별들이 되었다.
6) 쌍둥이자리가 태양("거울")과 같은 자리에 있다면, 순례자는 북쪽으로
   ("곰자리") 더 가까이 회전하는 황도대의 붉게 물든("루비 빛깔을" 띤)
   부분을 볼 수 있을 것이라는 말이다. 쌍둥이자리가 태양의 자리에 있다는
   것은 하지를 가리키는데, 지금 순례자는 춘분 무렵에 여행하고 있다. 따
   라서 베르길리우스는 순례자가 하지에 여행한다면 더 북쪽에 가 있는 태
   양을 보았을 것이라고 말하고 있다.
7) 예루살렘에 있는 언덕의 이름이다.
8) 연옥의 정죄산을 가리킨다.
9) 태양("파이톤의 전차")의 궤도는 연옥에 있는 사람이 볼 때에는("여기서
   는") 왼쪽, 즉 북쪽("이쪽")으로 향하며, 예루살렘에 있는 사람이 볼 때에
   는("저편에서는") 오른쪽, 즉 남쪽("저쪽")으로 지나간다.
10) 남반구의 중심 연옥과 북반구의 중심인 시온, 즉 "히브리 사람들"이 살
    던 예루살렘이 서로 대척점에 있기 때문에, 그 각각의 장소에서 태양은
    각각 북쪽과 남쪽으로 보인다.
11) 피렌체의 류트 제작자로, 단테의 친구였다. 게으름뱅이로 유명했다.
12) 회개를 뜻한다.
13) 태양이 자오선에 닿는다는 것은 정오의 시간을 뜻한다. 그 시간에 서쪽
    바닷가의 모로코 지방은 밤이 되고 있다.

• 5곡 •

1) 「시편」 51장 처음에 나오는 구절.
2) 유성이나 번개를 의미한다. 중세에는 유성이나 번개를 수증기에 불이 붙어서 생기는 현상으로 보았다.
3) 야코포 델 카세로를 가리킨다. 파노의 명문 집안 출신으로, 1296년 볼로냐의 집정관을 지낼 때 페라라의 야심찬 군주였던 에스테 가문의 아초 8세와 대립하여 적이 되었다. 1298년 밀라노 집정관이 되어 부임지로 가던 중 에스테 가문의 영토를 지나가지 않으려고 배를 타고 베네치아로 가서 거기서 파도바 내륙 지방을 가로질렀으나, 브렌타 강 유역의 오리아고에서 아초가 보낸 자객들에게 살해당했다. 시체는 파노로 다시 옮겨져서 산 도메니코 성당에 묻혔다.
4) 파도바의 영토. 전설에 의하면, 트로이의 장군 안테노르가 파도바 도시를 건설했다고 한다. 단테는 안테노르를 배반자의 전형으로 보았다. 단테가 파도바를 안테노르라고 부르는 것은 파도바인들과 에스테 가문을 어떤 식으로든 배반자와 연결시키려는 것으로 보인다.
5) 아초 8세. 1293년부터 1308년까지 페라라를 지배했다. 단테는 그와 관련한 사건들을 「지옥편」(12곡 112)에서 경멸감을 담은 말로 묘사하고 있다.
6) 오리아고에서 멀지 않은, 브렌타 강으로 흐르는 운하가 있는 지역.
7) 단테가 지옥에서 만났던, 사기죄로 벌을 받는 귀도 다 몬테펠트로의 아들이다.(「지옥편」 27곡) 대략 1250년경에 태어났다. 1288년 토포에서 아레초의 기벨리니를을 지휘하여 시에나와 전투를 치렀다.(이 전투는 「지옥편」 13곡에서도 언급된다.) 이어 1289년 6월 11일 캄팔디노에서 벌어진 피렌체와의 전투에서(이 전투에 단테도 참가했다.(「지옥편」 22곡 1~6) 부상을 입고 달아나다 죽었다. 그러나 그의 시신은 발견되지 않았고, 이는 그 당시에 굉장한 반향을 일으켰다.
8) 본콘테의 아내.
9) 아르키아노 강은 카센티노를 지나면서 아르노 강으로 합류한다.
10) 본콘테를 지옥으로 끌어가려는 악마의 의지.
11) 마지막에 죽어 가면서 그는 팔을 가슴 위에서 엇갈려 십자가 모양을 만들었다.
12) 갑자기 불어난 물이 휩쓸고 다니는 온갖 쓰레기들.
13) 순례자가 만난 세 영혼들 중 마지막에 등장하여 아주 짧게 묘사된 피아

의 정체는 확실하지 않다. 옛 주석가들은 그녀가 시에나의 톨로메이 가문에서 태어났으며, 볼테라와 루카의 집정관이던 넬로 데이 판노키에스키와 결혼하여 마렘마에서 남편에게 살해되었다고 보았다.

• 6곡 •

1) 3월 28일 일요일, 오후 3시.
2) 주사위 세 개를 던져 숫자를 맞히는 사람이 돈을 따는 노름. 던지면서 "차라!"라고 외쳤다고 한다. 아랍에서 생겨났는데, 비잔티움과 이탈리아, 프로방스에서 널리 성행했다고 한다.
3) 돈을 딴 사람.
4) 아레초의 법관 베닌카사 다 라테리나를 가리킨다. 그가 악명 높은 도둑이자 노상강도인 기노 디 타코의 아버지 혹은 형제를 사형시켰다. 이에 기노는 그를 법정에서 살해하여 머리를 잘라 도망쳤다. 기노 디 타코는 보카치오의 『데카메론』의 열 번째 날, 두 번째 이야기에도 등장한다.
5) 귀도 노벨로 백작의 아들. 1291년 카센티노에서 벌어진 전투에서 궬피에 속한 보스톨리 다레초애게 살해되었다고 한다.
6) 마르추코의 아들 파리나타. 마르추코는 아들이 피살되었을 때 살인자를 용서했다고 한다.
7) 사촌 알베르토 디 만고나에 의해 살해되었다. 오르소 백작의 아버지와 알베르토의 아버지는 형제 사이였지만 서로를 죽였다. 그들은 지옥에서 배반자들에 끼여 벌을 받고 있다.(「지옥편」 32곡)
8) 프랑스 왕 필리프 3세의 주치의였다. 필리프 3세의 후궁 마리아 디 브라반테("브라반테의 여자")의 모함에 빠져 1278년 교수형을 당했다. 단테는 브라반테가 피에르의 죽음에 책임이 있다고 생각하고 있다. 그래서 피에르보다 더 나쁜 무리들, 즉 지옥에 빠지지 말라고 경고하는 것이다. 브라반테는 1321년에 죽었다.
9) 베르길리우스의 『아이네이스』(VI, 376)에서 나오는 유명한 구절이다. "신들의 운명적인 뜻을 기도로 굽히려 바라지 마라."
10) 산 자들이 죽은 자들을 위해 하느님께 간구하는 사랑의 열기가 죽은 죄인들이 받아야 하는 하느님의 심판에 어느 순간 영향을 준다 해도, 하느님의 지고한 정의는 결코 사그라들지 않고 엄정하게 행사된다는 뜻이다.

죽은 자를 위해 명복을 비는 행위와 연옥의 기능, 그리고 하느님의 심판과 영혼의 구원 등에 얽힌 복잡한 종교적 문제들이 숨어 있는, 논쟁을 일으키는 구절들이다.

11) 단테는 베르길리우스가 『아이네이스』에서 이교도의 기도는 하느님에게 닿을 수 없기 때문에 기도의 효력이 생기지 않는다고 말했다고 보고 있다. 그러나 보스코는 단테가 두 시대를 한데 묶는 오류를 저지르고 있다고 말한다. 즉 베르길리우스가 『아이네이스』를 쓴 것은 기원전 30년에서 19년 사이인데, 이교도의 기도가 하느님에게 닿지 않는다는 사실을 알았으리라고 보는 중세의 전통이 그때 있었다고 보는 것은 잘못이라는 것이다.

12) 만토바 태생의 음유시인.

13) 단테는 『제정론』(I, xii, 7~8)에서 "인류는 군주 밑에서 단결하여야 완전히 자유로워진다."고 말했다. "비천한 이탈리아"는 따라서 제국이 선도하지 않는, 봉건 전제군주와 난립하는 귀족들의 내분으로 생겨났다는 것이 단테의 분석이다.

14) 동로마제국의 유스티니아누스 황제(재위 527~565년)는 『로마법전』("고삐")을 편찬한 것으로 유명하다. 그러나 법이 아무리 잘 정비되어도 그것을 가지고 유능하게 다스릴 군주("안장")가 없다면 소용없으며, 유스티니아누스로서는 법전을 편찬한 것이 오히려 부끄러울 수 있다는 뜻이다.

15) 「마태오의 복음서」 22: 21의 구절. "카이사르의 것은 카이사르에게, 하느님의 것은 하느님께."를 말한다.

16) 이탈리아.

17) 합스부르크 가문의 알브레히트 1세를 가리킨다. 합스부르크 왕가 최초의 독일 왕이던 아버지 루돌프 1세의 뒤를 이으려 했으나 교황 보니파키우스 8세의 저지에 부딪히다 조카에게 암살당했다. 단테는 이들에게 이탈리아("짐승")를 통일하지 못한 태만의 죄를 묻고 있다.

18) 1308년 알브레히트 1세가 암살당하고 신성로마제국의 황제를 이어받은 룩셈부르크의 하인리히 7세를 가리킨다. 단테가 이 글을 쓰던 당시 권력의 이양이 이루어졌는지 확실하지 않다. 다만 하인리히 7세가 이탈리아로 내려올 생각을 아직 표명하지 않았던 것은 분명하다.

19) 독일 지역.

20) 단테는 알브레히트 1세와 루돌프 1세가 독일 지역의 통치에만 전념하고 이탈리아에 소홀히 한 것이 하느님의 바람을 무시한 것이라고 보고 있다.

21) 전자는 셰익스피어의 『로미오와 줄리엣』에 등장하는 베로나의 원수 가문들이고, 후자는 오르비에토의 원수 가문들이다.
22) 토스카나 지방에 위치한 알도 브란데스코 백작 가문(「연옥편」 11곡에 등장한다.)의 영지였으나 시에나와의 전쟁으로 인해 황폐해졌다.
23) 로마의 황제였던 카이사르를 지칭한다기보다는 이탈리아를 통일시킬 권력을 쥔 자를 가리킨다.
24) 예수 그리스도를 가리킨다.
25) 기원전 50년의 집정관이었던 클라우디우스 마르켈루스를 가리키는 것으로 보인다. 카이사르의 적대자였으며, 따라서 단테는 그를 로마제국을 와해시킨 원인으로 인용하고 있다.
26) 아테네와 라케다이몬(스파르타의 옛 이름)은 민주주의의 최초의 모범으로 간주된다.

• 7곡 •

1) 처음에 소르델로와 베르길리우스는 서로 목을 얼싸안으면서 같은 위치에 있었으나, 이제 소르델로는 베르길리우스의 가슴 아래, 혹은 허리, 혹은 무릎, 혹은 발을 껴안으면서 존경을 표한다. 「연옥편」 21곡(130~133)에서 스타티우스는 베르길리우스의 발을 껴안으려 허리를 굽히지만 베르길리우스가 이를 말린다. 소르델로와 스타티우스가 비교되는 대목이다.
2) 모든 인간의 언어, 문학 언어, 혹은 문학 자체를 가리킬 수 있으나, 특히 라틴어를 가리킨다.
3) 인간이 하느님에 대해 가져야 할 세 가지 덕목으로 믿음, 소망, 사랑을 말한다.
4) '안녕하세요, 여왕이시여'라는 뜻으로, 저녁 기도의 끝에서 성모 마리아에게 바치는 송가 중 하나다.
5) 합스부르크 가의 황제 루돌프 1세는 신성로마제국의 황제(1273~1291년 재위)였다. 주변국과의 자잘한 이해관계에 신경을 쓰느라 이탈리아를 소홀히 하여 제국을 통일할 수 있는 힘을 잃고 말았다. 그의 아들 알브레히트("독일인 알브레히트"「연옥편」 6곡, 「천국편」 19곡)도 역시 아버지를 이어받아 신성로마제국의 황제였으나 독일 지역의 통치에만 전념하느라, 이탈리아 영토는 보니파키우스 8세의 세력 아래 놓이도록 방치하는 등,

부자가 똑같이 태만의 죄를 지었다고 단테는 보고 있다.

6) 보헤미아의 왕 오토카르 2세(1253~1278년 재위)는 루돌프를 왕으로 인정하지 않고 수차례 그와 부딪히다가 1278년 전사했다.

7) 오토카르 2세의 뒤를 이어 보헤미아를 다스린 벤체슬라우스 4세(1278~1305년 재위).

8) 나바라의 왕 엔리케.(1270~1274년 재위) 그의 계승자였던 딸 조반나는 프랑스의 필리프 4세와 결혼했고, 그에 따라 나바라 왕국은 프랑스에 귀속되었다.

9) 프랑스 왕 필리프 3세(1270~1285년 재위). 1285년 시칠리아를 공략하던 중 아라곤의 왕 페드로 3세에게 패하여 도망치다가 죽었다. "백합"은 프랑스 왕가의 문장이다. 그는 루이 9세의 아들이며 샤를 앙주의 조카로, 1262년 아라곤의 하이메 1세의 딸 이사벨라와 결혼했다. 이 결혼에서 아들 필리프 4세(일명 미남 왕)가 태어나 그의 뒤를 이었다. 단테는 바로 다음 구절에서 이 필리프 4세를 "프랑스의 악"이라고 빈정댄다.

10) 나바라 왕 엔리케를 가리킨다.

11) 필리프 3세의 아들인 필리프 4세를 가리킨다.

12) 샤를 앙주 1세(1226~1285년 재위)는 이탈리아 궬피의 수장이었다. 1266년 베네벤토에서 만프레디를 격퇴하고(「지옥편」 28곡, 「연옥편」 3곡) 시칠리아와 나폴리의 왕이 되었다가 나중에 페드로 3세에게 왕좌를 넘겼다. 이 둘은 적수였지만, 여기서는 서로 화음을 맞춰 노래하고 있다. 샤를은 1246년 프로방스의 베렝거 4세 백작의 딸 베아트릭스와 결혼하여 프로방스의 백작이 되었고 1267년 베아트릭스가 죽은 뒤 이듬 해 부르군디의 마가렛과 결혼했다.

13) 아라곤의 왕 페드로 3세(1276~1285년 재위)는 만프레디의 딸 콘스탄차의 남편으로 1282년 시칠리아의 대학살 후에 샤를 앙주의 뒤를 이어 시칠리아의 왕이 되었다.

14) 아라곤의 왕 알폰소 3세(1285~1291년 재위)로 페드로 3세의 장남.

15) 하이메는 페드로 3세의 차남으로, 형 알폰소 3세가 죽자 왕위를 물려받은 아라곤의 왕 하이메 3세(1291~1327년 재위)를 가리킨다. 페데리고는 페드로 3세의 셋째 아들로 시칠리아를 다스린 페데리코 2세(1296~1337년 재위)를 가리킨다.

16) 조상의 덕성을 물려받는 일은 드문데, 조상의 덕성은 하느님께서 가계(家系)에 관계없이 개인들에게 주시기 때문이다. 이에 관련한 샤를 마르

텔의 자세한 설명을 「천국편」 8곡에서 볼 수 있다.

17) 샤를 1세를 가리킨다. 앞에서 아라곤의 하이메 2세와 시칠리아의 페데
리코 2세가 아버지 페드로 3세에 미치지 못했다고 말하면서 단테는 다시
페드로 옆에 앉아 있는 샤를 1세가 페드로와 같은 운명을 살았다고 말한
다. 샤를 1세의 아들 샤를 2세는 아버지보다 자질이 떨어졌다. 그래서 그
지배 아래에 있던 풀리아와 프로방스 사람들은 1285년 샤를 1세가 죽었을
때 슬퍼했다고 한다.

18) 코스탄차는 페드로 3세의 아내였다. 베아트리스와 마르게리타는 둘 다
샤를 앙주 1세의 아내들이었다. 부인들이 각자의 남편을 자랑스럽게 여긴
다는 것은 자식에 비해 그렇다는 뜻으로, 결국 샤를 1세가 아들 샤를 2세
보다 낫고, 샤를 1세보다 아버지 페드로 3세가 낫다는 말이다.

19) 헨리 3세(1216~1272년 재위)의 아들 에드워드 1세는 영국 법을 개혁
했다. 그가 혼자 앉아 있는 이유는 그의 영토가 신성로마제국에 속하지
않았기 때문이라는 견해가 있다.

20) 이탈리아 북부의 몬페라토와 카나베제를 다스린 굴리엘모 7세(1254~
1292년 재위)는 피에몬테의 알레산드리아에서 일어난 소요를 진압하지
못하고 결국 자기 시민들을 고통스럽게 했으며, 나중에는 철창에 갇혀서
죽을 때까지 전시되었다고 한다.

• 8곡 •

1) 3월 28일 일요일, 오후 7시경.

2) 위의 본문은 다른 식으로 해석될 수도 있다. 즉 독자가 눈을 날카롭게 해
야 하는 이유는, 진실을 바라볼 수 있는 기회를 만나서가 아니라, 비유의
너울이 너무 얇아서 진실을 보지 못한 채 그냥 지나치기 쉽기 때문이라는
것이다. 따라서 이 경우 문제가 되는 것은 진실을 과연 해석할 수 있느냐
가 아니라 진실을 바로 보지 못할 위험이다. 얇은 너울을 지닌 영혼들의
두려움과 은총의 개입은 죄의 유혹에 쉽게 넘어가는 인간의 연약함에서
비롯된다.(「지옥편」 9곡 주 8) 참조)

3) 창백한 것은 두려움 때문에, 유순한 것은 다음 일을 기다리기 때문이다.
뒤이어 나오듯 이들은 뱀의 유혹을 두려워하며 오랫동안 천사를 기다리고
있다.

4) 우리 눈("능력")은 너무 강렬한 빛은 볼 수 없다.

5) 거리가 떨어져 있어 보이지 않던 것.

6) 우골리노 디 조반니 비스콘티. 사르데냐에서 판사를 지냈으며, 1296년에 그곳에서 죽었다. 피사에서 태어났으나, 한 번 망명을 했다가 1276년에 돌아와 1285년에 장인 우골리노 백작과 함께 궬피 정권에 참여했다. 그러나 약간의 불화로 인하여 다시 망명했다가 우골리노 백작이 루지에리 대주교의 음모로 죽고 난 뒤 망명한 피사 궬피 당원들의 수장이 되었다. 1288년에서 1293년 사이에 제노바와 피렌체, 루카가 연합하여 피사에 대항했을 때 핵심적인 역할을 했으며, 이 당시 피렌체를 여러 번 방문하여 단테와 친분을 쌓았다. 죽을 때까지도 피사와 화해하지 못하고 새로 옮긴 사르데냐로부터 궬피가 득세하던 루카로 옮겨 산 프란체스코 교회에 묻히기를 원했다.「지옥편」33곡에 소개된 우골리노 백작에 얽힌 일화 참조)

7) 에스테 가의 베아트리체. 오비초 2세의 딸이다. 1296년에 과부가 되었고, 딸 조반나를 데리고 친정이 지배하던 페라라로 돌아갔다. 밀라노의 영주 갈레아초 비스콘티와 재혼했고, 결혼식은 1300년 모데나에서 성대하게 치러졌다. 1302년 갈레아초가 정쟁으로 밀라노에서 쫓겨나자 베아트리체는 남편을 따라 망명 생활을 했다. 1328년 남편이 죽자 두 번째로 과부가 된 그녀는 아들 아초 8세가 밀라노의 실권을 다시 잡았을 때 다행히 돌아갈 수 있었다. 당시 과부는 하얀 너울을 썼으며, 너울을 벗었다는 것은 새로 결혼했다는 뜻이다. 니노는 아내의 불성실에 씁쓸해하면서도 어떤 연민을 갖고 있으며, 그것을 여성적인 느낌으로 표현하고 있다.

8) 니노의 부인이 재혼한 밀라노의 비스콘티 가문("독사")이 이내 권력을 잃었으니, 권력을 유지하던 피사의 비스콘티 가문("수탉")이 누리는 만큼 오래도록 아내의 무덤을 아름답게 장식하고 지키지는 못할 것이라는 뜻이다. 독사와 수탉은 가문들의 문장에 그려져 있다. 실제로 그녀의 무덤은 독사와 수탉으로 장식되었다고 한다.

9) 이 세 개의 별("불꽃")은「연옥편」1곡에 나온 네 개의 별처럼(22~24) 상징적 의미로 이해된다. 네 개의 별이 활동적인 네 덕성들(신중, 정의, 강인, 절제)을 상징하는 한편, 이들은 신학적인 세 덕성들(믿음, 소망, 사랑)을 상징한다. 16세기의 해석에 따르면, 네 개의 별은 아침으로 상징되는 활동적인 생활에 맞는 덕이고, 세 개의 별은 밤에 어울리는 관조적인 생활을 이끈다.

10) 페데리코 1세의 아들이며 코라도 말라스피나 베키오("옛사람")의 손

자. 코라도 베키오는 오비초 2세의 아들이다. 화자가 말하는 "나의 사랑"
은 가문에 대한 사랑이다. 단테는 망명 중에 말라스피나 가문의 신세를
진 적이 있다.(「연옥편」 19곡)
11) 7년이 지나기 전에.

• 9곡 •

1) 3월 28일 일요일, 저녁 9시에서 3월 29일 오전 8시 사이.
2) 새벽의 여신 에오스를 가리킨다. 에오스는 티토노스를 납치하여 결혼한
후 제우스로부터 불멸의 능력을 받게 해 주었다. 그러나 다른 신들처럼
영원한 젊음을 유지하도록 부탁해야 하는 것을 잊었기에 티토노스는 계속
늙어 갔고 쪼그라들었으며, 나중에는 버들 바구니에 넣어서 보호해야만
했다. 그래서 에오스는 그를 결국 매미로 만들었다고 한다.
3) 새벽에는 전갈자리의 별들이 하늘 반대편에 위치한다. 원래 새벽에 나타
나는 별자리는 물고기자리다. 그러나 물고기자리는 전갈자리만큼 빛나지
않기 때문에, 단테는 전갈자리의 환한 빛이 새벽에 어울린다고 생각했을
것이다.
4) 두 시간.
5) 바로 전날 밤의 일로. 앞서 새벽이 왔음을 알리다 전날 밤으로 넘어간 것
은 시간을 이중적으로 가리키기 위해서다. 즉 연옥의 밤 9시는 이탈리아
의 새벽 6시와 일치한다. 말하자면 순례자 단테는 연옥에 있으나, 작가 단
테는 이탈리아에 있다. 단테는 먼저 자신이 위치한 이탈리아의 시간을 말
하고 나서 다시 연옥에 있는 순례자에 대한 묘사로 돌아가는 것이다. 동
시에 두 공간에 존재하면서 여행을 하던 과거와 그것을 기억하는 현재를
교차시키고 있다.
6) 서술의 시점이 다시 새벽으로 옮겨 간다. 여기에 등장하는 일화는 오비
디우스의 『변신 이야기』(vi, 412~679)에서 따온 것이다. 트라키아의 왕
테레우스는 아테네의 왕 판디온의 딸 프로크네와 결혼했으나 그 여동생
필로멜라를 겁탈하고는 이를 발설하지 못하도록 혀를 잘랐다. 그러나 동
생은 언니에게 수단(繡緞)을 짜면서 내막을 알려 주었고, 프로크네는 복
수를 위해 자기 아들을 죽여 남편에게 먹였다. 이를 안 테레우스는 두 자
매를 죽이려 하나 그 이전에 자매의 간청을 들은 신들이 자매를 새로 변

신시켰다. 오비디우스는 테레우스가 후루티(hoopoe)가 되었다는 얘기만 하고 두 자매의 운명은 말하지 않는다. 다만 널리 알려진 바로는 프로크네는 제비, 필로멜라는 꾀꼬리가 되었다고 한다. 그러나 여기서 단테는 필로멜라를 제비로 소개한다. 그리고 「연옥편」 17곡에서는 프로크네를 꾀꼬리로 소개한다.

7) 중세에는 첫새벽의 꿈이 진실을 말한다고 믿었다.(「지옥편」 26곡 7 참조) 진실을 말하는 꿈이라는 개념은 신플라톤주의와 아랍에서 생겨났다. 나르디와 라이몬디 같은 비평가들은 단테가 아마 중세에서 매우 유명했던 아비켄나의 영향을 받았으리라고 지적한다.

8) 트로이의 왕 트로스의 아들로, 뛰어난 미모 때문에 제우스에게 납치되어 신들의 술시중을 들었다.(『변신 이야기』 x, 155~161, 『아이네이스』 V, 254~255)

9) 아킬레우스의 어머니 테티스는 아들이 트로이 전쟁에 연루되지 않도록 하기 위해 아들의 선생 케이론이 돌보는 테살리아에서 스키로스 섬으로 데려와 숨겼다. 그러나 오디세우스가 그를 찾아내어 트로이 전쟁에 참가하도록 설득했다.(「지옥편」 26곡 61~62)

10) 성모 마리아와 베아트리체와 함께 순례자를 보호하는 세 명의 복된 여인들 중 하나.(「지옥편」 2곡 97~108) 지옥에서 이미 순례자를 도와주는 존재로 등장했으며, 이제 직접 순례자 앞에 나타나 연옥의 일곱 구역을 통과하도록 돕는다. 이는 순례의 의미를 더욱 강하게 드러나도록 해 준다. 순례자는 루치아를 정화천의 영광 속에서 다시 만난다.(「천국편」 32곡 137) 세 명의 복된 여인들 각각은 순례자를 돕기 위해 일정한 역할을 한다. 성모 마리아는 순례자가 숲에서 길을 잃었을 때와 정화천에서 하느님의 비전을 받아들일 때, 루치아는 순례자를 구하라고 베아트리체를 보낼 때와 연옥의 입구로 그를 데려갈 때, 그리고 베아트리체는 베르길리우스에게 순례자를 도우라고 하기 위해 림보에 내려왔을 때와 에덴에서 천국으로 인도할 때 순례자를 돕는다.

11) 세 개의 계단은 회개의 세 요소를 상징한다. 첫 번째 계단은 자신의 죄를 비추는 맑은 양심을, 두 번째 계단은 죄의 고백을, 세 번째 계단은 죄의 형벌을 달게 받으려는 의지를 상징한다.

12) 생각과 말과 행위로 지은 죄를 반성하는 의미다.

13) P는 이탈리아어로 '죄'를 의미하는 peccato의 첫 글자로서, 연옥의 일곱 비탈에서 씻어야 하는 오만, 시기, 분노, 태만, 인색, 낭비, 탐식, 애욕

의 죄를 가리킨다. 이들은 비탈을 지나 오르면서 하나하나 씻기고, 그에 따라 이마에 새겨진 P자도 하나하나 사라진다.

14) 고전 신화에 나오는 오르페우스와 에우리디케의 일화나 성서에 나오는 롯의 아내의 일화(「창세기」 19: 26), 그리고 「루가의 복음서」(9: 62)가 여 기에 관계하여 떠올릴 수 있는 것들이다. 비유적으로 죄로 돌아가거나 참 회를 견지하지 않으면 죄의 사함이 소용없게 된다는 것이다.

15) 문이 돌쩌귀 위에서 돌아가며 날카로운 소리와 함께 열리는 장면을 묘 사하기 위해 단테는 루카누스의 『파르살리아』(III, 153~168)를 원용한다. 카이사르가 로마에 도착하여 타르페이아의 요새에 보관된 국고를 장악하 고자 할 때, 이를 저지하려던 호민관 메텔루스를 힘으로 제압하고 문을 열었다.

• 10곡 •

1) 3월 29일 월요일, 오전 10시경.

2) 보름달로부터 나흘이 지났고 달은 해에 비해 매일 오십 분씩 늦기 때문에 (보름달일 때 해와 달은 대척점에 있으며, 따라서 해가 뜨면 달이 진다.) 달은 해가 뜬 지 약 네 시간 후에 진다. 따라서 지금은 대략 아침 10시다.

3) 기원전 5세기에 활동한 그리스의 유명한 조각가.

4) 가브리엘 천사. 마리아에게 성령에 의하여 잉태했음을 알리러 온 천사.

5) Ave는 가브리엘 천사가 마리아에게 했던 말로 "은총을 가득히 받은 이 여, 기뻐하여라. 주께서 너와 함께 계신다."라는 뜻이다.(「루가의 복음서」 1: 28)

6) 성모 마리아.

7) 「루가의 복음서」 1: 38.

8) "성궤"는 야훼가 모세에게 만들도록 한 것으로(「출애굽기」 24~25장), 이를 다윗이 옮기던 중 지휘관들 중 하나가 궤가 떨어지려 하는 것을 보 고 손으로 붙잡았다가 번개에 맞아 죽었다. 야훼의 궤는 사제들만이 만질 수 있는 것이었다.

9) 대리석에 새겨진 형상은 눈으로 보면 분명 조각인데, 귀로는 거기서 노 래를 들을 정도로 생생하다는 뜻이다.

10) 다윗 왕.

11) 다윗 왕의 아내였다. 오만한 행동으로 불임이라는 하느님의 벌을 받았다. 그녀는 다윗 왕이 야훼의 궤를 가져왔을 때 창문에서 다윗이 춤추는 모습을 바라보았는데, 마음속으로 경멸감을 품고 있었다.

12) 그레고리우스 교황(540~604년)은 트라야누스 황제(98~117년 재위)의 정의로움에 감동하여 그의 영혼의 구원을 온 마음으로 기도했고, 꿈에서 그의 기도가 기적을 일으키리라는 계시를 받았다. 단테는 이를 믿었으며, 『신곡』에서 트라야누스는 천국에서 정의로운 영혼들 사이에 있다.(「천국편」 20곡 43~48, 106~107)

13) 트라야누스는 정의로움과 관대함으로 3세기 이래 중세에서 거의 전설이 되었다. 중세에 남아 있던 로마의 많은 건축물에는 말을 타고 개선하는 황제와 그 곁에 무릎을 꿇은 여자의 형상이 그려져 있다. 여자의 형상은 아마 점령한 지역의 상징일 수 있지만, 정의를 요구하는 과부와 트라야누스 황제에 얽힌 일화일 수도 있다. 단테는 로마에서 트라야누스의 궁전을 보면서 그런 조각들을 봤을 수 있지만, 그의 궁전은 11세기경에 파괴되어 단테 시대에는 그 위치가 확인되지 않았을 가능성이 높다.

14) 하느님.

15) 뒤로 가는 발걸음을 믿는 것은 지상의 무게에 사로잡혀 있기 때문이다. 혹은 눈먼 자들은 앞으로 간다고 믿으면서 뒤로 간다는 뜻이다.

• 11곡 •

1) 3월 29일 월요일, 오전 11시경.

2) 그들을 짓누르는 죄의 무게에 따라 다른 벌을 받고 있다.

3) 알도브란데스키 가문은 토스카나의 광대한 영지를 다스렸고 13세기 초반에 세력이 절정에 달했다. 굴리엘모는 시에나 코무네의 무자비한 적이었고, 그 아들 옴베르토는 아버지의 정책을 이어받아 1259년 자신의 영지인 캄파냐티코 근처에서 시에나와 전투를 치르다 전사했다. 이전에 지녔던 귀족적 자부심을 보여 주고 싶은 욕망과 이제 그것을 억누르고 겸손하고자 하는 의지 사이에서 갈등하는 그의 내면을 이 세 줄에서 발견할 수 있다.

4) 이브.

5) 굽비오 태생의 유명한 미세화가. 1268년부터 1271년까지 볼로냐에서 활

동했다. 바사리에 따르면 그 후 로마로 옮겨 그곳에서 1299년에 죽었다.
6) 13세기 후반에서 14세기 초반에 걸쳐 활동한 미세화가.
7) 조반니 치마부에(1240?~1300?년)는 13세기 피렌체를 대표하는 화가이자 모자이크 작가이다. 조토 디 본조네(1266/7~1337년)는 그의 제자였으며 선생을 능가했다는 평가를 받는다. 단테보다 한두 살 아래의 조토는 단테의 친구였고 피렌체의 바르젤로에 소장된 단테의 유명한 초상화를 그린 것으로 알려져 있다.
8) "한 귀도"는 귀도 카발칸티(「지옥편」 10곡)를, '다른 귀도'는 귀도 귀니첼리(1230~1276년)를 가리킨다. 카발칸티는 단테와 절친한 사이였고 귀니첼리는 단테에게 "나의 아버지이며 나보다 훌륭한 자들의 아버지"(「연옥편」 26곡)였다. 두 사람 다 청신체라 불린 형식의 시를 쓰던 일파의 대표자들이었다. 단테는 귀니첼리의 가치를 카발칸티가 능가했다고 평가하고, 이어 그 둘을 능가할 누군가가 태어났다고 말하며, 자기 자신을 암시한다. 그런데 단테 스스로 오만은 죄라고 규정하고 있고, 더욱이 오데리시의 입을 빌어 명성의 덧없음을 말하면서도, 정작 자기 자신은 명성을 추구하는 오만을 부리고 있다. 아마도 자신만은 전체 법칙에서 예외라고 보는 것 같다. 그러나 뒤이어 "당신의 진실된 말이 내 마음에 겸손을 심어 주고 들썩이는 나의 교만을 잠재웁니다."(118~119)라고 말하며 스스로를 경계한다.
9) "파포"는 빵을, "딘디"는 돈을 의미하는 어린아이들의 혀짤배기소리들이다. 이 소리를 입에 담던 시절에 죽는 대신 더 오래 살아서 큰 명성을 남긴다 해도 부질없는 일이라는 뜻이다.
10) 『신곡』의 우주에는 아홉 개의 하늘이 있는데, 그중 항성천을 가리킨다. 이 하늘은 삼백육십 세기 동안 한 바퀴를 돈다고 한다.
11) 시에나의 기벨리니 당수. 1260년에 벌어진 몬타페르티 전투에서 승리한 뒤 피렌체의 철저한 파괴를 주장했으나 파리나타가 이를 저지했다.(「지옥편」 10곡) 1269년 피렌체에 패한 뒤 포로로 잡혀 처형되었다. 그의 죄는 일시적인 권력을 휘두른 교만이다.
12) 연옥문 밖.
13) 시에나의 중심부에 위치한 광장.
14) 앞서 말한, 친구를 위한 행동 때문에 연옥문 밖에서 대기해야 하는 조치("제한")를 면제받았다는 뜻이다. 그가 말하는 것이 지금은 모호하게 들려도 명확하게 이해하게 된다는 것은, 단테가 『신곡』을 쓰던 당시 겪고

있는 고통스러운 망명 시절을 스스로에게 암시하는 것이다. 망명 시절에 온갖 수치를 당하더라도 이웃을 위해 희생하면 자기와 같은 결실을 얻을 수 있다는 말이다.

• 12곡 •

1) 3월 29일 월요일, 정오.
2) 지옥의 마왕 루키페르. 원래 최고로 아름다운 천사였으나, 하느님을 거역하여 쫓겨나 지옥의 중심에 처박히는 신세가 되었다.
3) 우라노스 신과 가이아 여신의 아들 중 하나로 제우스가 던진 번개에 맞아 죽었다. 「지옥편」(31곡)에 등장한다.
4) 아폴론.
5) 미네르바.
6) 제우스.
7) 바벨탑을 쌓으려 했던 인물. 「창세기」에 나온다.
8) 탄탈로스와 디오네의 딸이자 테베의 왕 암피온의 아내. 일곱 아들과 일곱 딸을 두어 오만해진 나머지 레토 여신이 아폴론과 아르테미스 둘밖에 두지 못했다고 업신여겼다. 이에 아폴론은 일곱 아들을 활을 쏘아 죽이고 아르테미스는 일곱 딸을 죽였다. 니오베는 돌이 되었지만, 눈물은 차가운 얼굴에서 계속 떨어져 내렸다고 한다.
9) 이스라엘의 첫 번째 왕. 아말렉과 싸우면서 약탈과 살생을 명령하여 하느님의 버림을 받았다.(「사무엘 상」 15: 3~11) 길보아 산에서 블레셋 군대에 패하자 사로잡히지 않으려고 자결했다.(「사무엘 상」 31: 4~5, 「사무엘 하」 1: 1~10) 다윗은 이스라엘의 영광이 산에서 죽은 것에 슬퍼하며, 길보아 산에는 비도 이슬도 내리지 않는다고 애도한다.(「사무엘 하」 1: 21)
10) 여신 아테나와 길쌈 경쟁을 벌였던, 베를 짜던 솜씨가 뛰어난 여인. 자신이 여신보다 훌륭한 솜씨라고 떠벌리다 벌을 받아 거미가 되었다.(「지옥편」 17곡)
11) 솔로몬의 아들. 세금을 감해 달라는 국민의 요구를 거절하고 아도람을 보내 세금을 걷도록 하자 국민들이 이에 저항하여 아도람을 돌로 쳐 죽이고 르호보암은 예루살렘으로 도망갔다.(「열왕기 상」 12: 18)

12) 예언자 암피아라오스의 아들. 암피아라오스는 테베 원정에서 자기가 죽으리라는 것을 알고 숨어 있었으나 아내 에리필레스가 금 목걸이에 매수되어 남편이 숨은 곳을 공개했다. 암피아라오스는 전쟁에 나가 운명대로 죽으면서 아들에게 복수를 부탁했고, 알크마이온은 어머니를 죽였다. 암피아라오스는 「지옥편」 3곡에도 등장한다. 또 「천국편」 4곡 참조.

13) 아시리아의 왕(기원전 705~681년). 자신이 섬기던 신에게 기도하던 중 두 아들에 의해 살해당했다.

14) 스키티아의 여왕으로, 페르시아의 왕 키루스(기원전 560~529년)의 손에 아들이 처참하게 죽은 것에 복수를 하기 위해 전쟁을 벌여 이기고 키루스를 죽여 목을 베어 사람 피로 가득 찬 항아리에 넣고 피를 들이켜도록 했다.

15) 아시리아의 장군으로 유대 땅 베툴리아를 공격하던 중 하느님을 조롱했다. 용모가 뛰어난 과부 유딧은 홀로페르네스를 유혹하여 동침하다가 그의 목을 벴다. 아시리아 군대는 아침에 장군의 목이 걸린 것을 보고 혼비백산하여 도망쳤다.

16) 트로이의 다른 이름.

17) 여섯 시간을 가리킨다. 해가 뜬 지 여섯 시간이 지났다는 뜻이니, 지금은 정오다. 고대 신화에서 시간은 해의 시녀로 간주되었다. 같은 이미지가 「연옥편」(22곡 118~119)에서도 나온다.

18) 피렌체.

19) 지금 '그라치에'라 불리는, 강의 다리. 당시의 집정관 루바콘테 디 만델라의 이름을 땄다. 그는 1237년 이 다리의 건설을 시작했다. 1944년 2차 대전 중에 완전히 파괴되었다가 현대적 모습으로 재건되었다.

20) 단테가 살던 당시 피렌체를 떠들썩하게 만든 두 사건. 하나는 니콜로 아치아이올리가 발도 디 아굴리오네(「천국편」 16곡 56)와 공조하여 꾸민 공문서 위조 사건이었고, 다른 하나는 키아라몬테시 가문의 두란테(「천국편」 16곡 105)라는 자가 소금을 거래하면서 됫박을 속였던 사건이다.

21) 지금 일행은 두 번째("다른") 둘레로 올라가고 있다. 양쪽에서 높다란 바위가 몸을 스치듯이 누르고 있었으나, 부서진 바위들이 계단을 이루고 있어서 발을 딛고 올라가기에는 더 쉬운 상태다.

• 13곡 •

1) 3월 29일 월요일, 정오가 좀 지난 무렵.
2) 연옥의 정죄산은 보통 산이 그러하듯이 위로 올라갈수록 좁아지는 원뿔 형이기 때문에 단지의 형태도 더 굽어 있다.
3) 베르길리우스는 길을 물을 존재를 찾지 못하자 태양에 의지하려 한다. 여기서 태양은 하느님의 상징이라기보다 인간 이성을 가리킨다. 하느님의 인도에 "방해하는 어떤 이유"도 있을 수 없기 때문이다.
4) 이는 질투에 반대되는, 타자에 대한 배려의 첫 번째 예다. 가나의 혼인 잔치에서 일어난 일인데(「요한의 복음서」 2: 1~10) 잔치 도중 포도주가 떨어지자 예수의 어머니는 예수에게 포도주가 떨어졌다고 말했고 이에 아들은 물을 포도주로 바꾸는 첫 번째 기적을 행한다.
5) 질투를 없애는 덕성의 두 번째 예인 우정과 관용. 오레스테스는 친구 필라데스와 함께 아버지 아가멤논을 살해한 아이기스토스에게 복수를 하러 갔다가 오히려 사로잡혔다. 필라데스는 오레스테스 행세를 하며 친구의 목숨을 지키려 했고, 오레스테스는 친구의 희생을 원하지 않아 서로가 "내가 오레스테스다."라고 주장했다. 단테는 이 일화를 아마 키케로의 『우정론』에서 따온 듯하다.
6) 산상수훈에서 행한 예수의 가르침 중 하나.(「마태오의 복음서」 5: 44) 앞의 두 예가 크게 외치는 목소리였던 데 비해 세 번째는 나직이 말하는 것으로 묘사된다. 이는 세 번째가 그리스도의 음성으로 더 조용하고 경건하게 들리기 때문이다.
7) 채찍과 재갈은 연옥에서 죄를 정화하는 두 가지 기본 방법들이다. 앞서 나온 사랑과 자선을 담은 세 개의 일화는 사랑을 권유하는 채찍을 상징하고, 뒤에 나올(「연옥편」 14곡) 질투로 인해 받는 벌들은 질투를 억제하는 재갈을 의미한다.
8) 천국을 뜻한다.
9) 지옥의 벌 받는 영혼들 중 화자로 등장하는 여자는 한 명(5곡의 프란체스카)이고, 연옥에서 속죄하는 영혼들 중 여성 화자는 두 명(5곡의 피아와 지금의 사피아)이다. 사피아는 프로벤차노 살바니(「연옥편」 11곡)의 아주머니뻘 되는 여자인데, 조카가 권력을 잡는 것을 시기했다. 1269년 살바니가 이끄는 시에나 군대는 콜레에서 피렌체에 패했는데, 사피아는 이 전투를 목격하고 조카의 불행을 기뻐했다. 그녀의 이름은 "현명한 자"

라는 뜻이다.

10) 이탈리아에서 지빠귀는 추위를 싫어하여 겨울에 숨어 지낸다고 알려져 있다. 그러다 봄이 돌아와 햇살이 비치고 날이 풀리는 기미가 보이면 모습을 드러내 "이제 겨울이 끝났다. 그러니 하느님 따위가 다 뭐냐"라고 외치듯 날아다닌다는 것이다.

11) 시에나에서 빗 장사를 하던 사람. 나중에 프란체스코파의 수도사가 되었다.

12) 토스카나 해안의 작은 포구. 시에나인들은 바다로 진출할 거점 항구로 이곳을 개발하고자 했으나 실패했다.

13) 시에나인들은 시에나를 관통하는 지하의 강이 있다고 믿고 디아나라는 이름을 붙였으나, 발견하지 못했다.

• 14곡 •

1) 3월 29일 월요일, 오후 2시부터 3시 사이.

2) 펠로로는 시칠리아의 동북쪽에 있는 파로 곶을 가리킨다. 전설에 의하면 이탈리아 반도와 시칠리아 섬이 붙어 있었다고 한다. 그래서 반도의 척추를 이루는 아펜니노 산맥이 시칠리아 섬을 잘려 보냈다고 말하는 것이다. 여기서 말하는 지리적 범위는 아펜니노 산맥에서 가장 높다는 팔테로나 산에서 시작해서 아르노 강이 흘러내린 곳까지 걸친다.

3) 태양의 신 헬리오스의 딸로서 사람을 짐승으로 바꾸는 힘을 가진 마녀였다. 「지옥편」 26곡에 등장한다.

4) 여기서 말하는 지역은 아르노 강의 상류에 위치한 카센티노(「지옥편」 30곡 64)로, 또 그중에서도 단테는 "돼지"(이탈리아어로는 "포르코")라는 용어를 쓰면서 카센티노에 있는 포르치아노 성을 떠올렸을 수 있다. 전반적으로 단테는 아르노 강 유역에 사는 사람들의 도덕적 부패에 대해 말하고 있다.

5) 아레초 사람들. 그들은 힘이 약하면서도 피렌체에 집요하게 대항했다.

6) 아르노 강을 둘러싼 지역에서 수많은 전쟁이 일어났기 때문이다.

7) 피렌체 사람들.

8) 피사 사람들.

9) 풀치에리 다 칼볼리. 1303년 피렌체의 행정관이 되어 뇌물을 받고 흑당

이 권력을 잡도록 지원했다. 이는 단테가 망명을 하게 된 계기 중 하나가 되었다.

10) 피렌체.

11) 정확한 기록은 없으나 라벤나의 오네스티 가문의 조반니 델 두카를 가리키는 것 같다. 그는 베르티노로에 정착했다. 1218년 피에르 트라베르사로와 함께 베르티노로에서 쫓겨나 라벤나로 도망가야 했다.

12) 한정된 속세의 재화를 가리킨다.

13) 리니에리 데 파올루치 다 칼볼리. 포를리 출신의 궬피 당원으로, 파엔차와 파르마, 라벤나의 영주였다. 1276년 귀도 다 몬테펠트로에 패했고 1296년 포를리에서 사망했다.

14) 이들은 모두 귀도 델 루카와 리니에리 다 칼볼리를 후원한 영주들이었다.

15) 파브르 데이 람베르타치. 볼로냐의 평범한 가문 출신이었지만 기벨리니 파를 이끈 고매한 인품의 지도자였다.

16) 1240년 페데리코 2세가 침공했을 때 파엔차를 지킨 인물.

17) 열거한 이들은 모두 고귀한 명문 가문들이다.

18) 로마냐 지방.

19) 포를리와 체세나 사이의 작은 마을.

20) 브레티노로를 다스리던 마나르디 가문.

21) 로마냐의 소읍. 이곳을 1249년부터 1300년까지 다스리던 말비치니라는 가문은 후손이 없었다.

22) 카스트로카로와 코니오는 로마냐 지방의 마을로 후손들이 몰락시켰다.

23) 이몰라와 파엔차를 다스리던 기벨리니 파의 가문. 여기서 "마귀"란 마기나르도 파가노 다 수시나나를 가리킨다. 그는 파엔차와 포를리, 이몰라를 지배했고 1302년 이몰라에서 죽었다. 「지옥편」(27곡 49~51)에서 귀도 다 몬테펠트로가 그를 "하얀 소굴의 새끼 사자"로 언급한다.

24) 파엔차의 영주로 궬피 당에 속했다. 1282년에 죽었는데, 곧 이어 두 아들이 후손도 남기지 못하고 죽었다.

25) 카인의 말이다. 야훼가 동생 아벨의 제물을 더 기쁘게 받자 동생을 살해했으며, 그 후 도망다니며 누군가에 의해 살해될까 봐 두려워했다. 하느님이 내린 벌을 받으며 그는 이렇게 외쳤다. "나는 쫓겨나 이 세상을 방랑할지니, 누구든 날 만나면 날 죽일 것이다."(「창세기」 4: 14)

26) 아테네의 왕 케크롭스의 딸. 질투가 심하여 언니와 헤르메스 사이를 갈라 놓으려 하다가 벌을 받아 돌이 되었다.

• 15곡 •

1) 3월 29일 월요일. 오후 3시에서 5시 사이.
2) "동틀 무렵부터" 세 시간("세 번째 시각")이 지난 만큼 저녁까지 시간이 남아 있다는 말은 대략 오후 3시를 가리킨다. 연옥과 대척점에 있는 예루살렘은 새벽 3시이며, 예루살렘의 사십오 도 선상에 있는 이탈리아("이곳")는 자정이다. 단테는 여행을 마치고 돌아와 이탈리아에서 이 글을 쓰고 있다.
3) 천사를 가리킨다.
4) 모두 「마태오의 복음서」 5: 7.
5) 지상의 재화.
6) 하느님의 사랑("우리 것")을 나눌수록 나누는 사람들 각자는 더 많은 사랑을 갖게 되며, 그에 따라 하느님의 사랑은 더 커진다는 의미다. 사랑을 나누면 줄어드는 것이 아니라 커진다는 얘기다. 이는 중세 기독교의 근본 개념이었다. 여기서 수도원은 천국 중에서 가장 높은 하늘, 즉 엠피레오에 자리하고 있는 영혼들의 공동체를 가리킨다.(「연옥편」 26곡 128~129, 「천국편」 25곡 127)
7) 단테 시절에는 햇빛이 빛을 내는 물체만 비춘다고 생각했다.
8) 예수가 열두 살 때 예루살렘의 한 성전에 부모와 함께 갔는데, 갑자기 사라져 마리아와 요셉이 사흘 만에 찾으니 성전에서 박사들과 교리를 논하고 있었다.(「루가의 복음서」 2: 48)
9) 아테네의 왕으로, 용서의 상징으로 쓰였다. 자신의 딸을 좋아하던 어느 청년이 많은 사람들 앞에서 딸을 껴안자 왕비가 분노하여 그를 벌하기를 간청했으나 왕은 용서했다.
10) 최초의 그리스도인 순교자 성 스테파노. 성난 군중들이 던진 돌에 맞아 죽어 가면서도 박해자들을 위해 기도했다.(「사도행전」 7: 54~60)

• 16곡 •

1) 3월 29일 월요일. 오후 5시경.
2) 살아 있는 사람.
3) 「지옥편」 2곡에서 순례자는 자신이 하느님의 나라를 둘러볼 사람으로 선

택된 것에 부담을 느꼈지만 이제는 스스로에 대한 강한 믿음을 내보인다.
4) 정확하게 알 수는 없으나 베네치아의 기사로 짐작된다. 롬바르디아의 귀
   족 가문 출신으로, 완고한 기질을 지녔으나 또한 관대한 성품의 소유자였
   다고 전해진다.
5) 처음 귀도 델 두카와 만났던, 바로 전 둘레에서 순례자가 품었던 의문의
   실체가 이제 명확해졌다는 뜻이다.
6) 정의를 뜻한다.
7) 교황.
8) 교황("목자")은 음식을 되새김질하는 양과 같지만 양의 갈라친 발굽은
   갖지 못했다는 것은, 겉으로는 정통성을 지닌 듯이 보이지만 사실은 스스
   로의 권력을 넘어서서 세속의 권력까지 탐한다는 의미다.
9) 정신적 권력, 즉 교황의 권력("목자의 지팡이")이 세속적 권력, 즉 황제
   의 권력("칼")을 차지했다는 의미다.
10) 페데리코 2세("페데리코")는 교회에 대립하여 롬바르디아 지방("포 강
    이 흐르는 지역과 아디제 지역")에서 분란을 일으켰다.
11) 레위의 자손들은 사제의 임무를 맡았다. 그들의 신성한 일의 수행에 부
    패가 스미지 않도록 유대 법률은 그들에게 사유 재산을 금했다.(「민수기」
    18: 20~24, 「여호수아」 13: 33)

• 17곡 •

1) 3월 29일 월요일, 오후 5시에서 6시 사이.
2) 순례자의 상상 속에 나타날 분노의 세 경우들 중 첫 번째인 프로크네. 프
   로크네의 일화는 「연옥편」 9곡에서 소개했다. 여기서 단테는 프로크네가
   분노의 죗값을 치르느라 꾀꼬리("새")가 되었다고 보고 있다.
3) 분노의 두 번째 경우로 페르시아의 왕 아하스에로스의 신하인 하만. 유
   대인 모르드개가 자기에게 경의를 표하지 않은 것에 분노하여 나라의 모
   든 유대인을 죽이라고 왕을 설득하고, 특별히 모르드개를 위해 십자가를
   준비했다. 그러나 모르드개의 조카이자 왕비인 에스더의 조언으로 하만의
   간교함을 알게 된 왕은 모르드개에게 내리려던 벌을 오히려 하만에게 내
   렸다.(「에스더」 3: 7)
4) 아이네이아스의 아내 라비니아. 분노의 세 번째 경우다.

5) 라비니아의 어머니이며 라티움의 왕 라티누스의 아내인 아마타는 딸의 약혼자인 투르누스("다른 이")가 아이네이아스를 죽이고 딸과 결혼하길 바랐으나, 투르누스가 전사했다는 잘못된 전갈을 듣고 분노를 이기지 못해 자살했다. 나중에 아이네이아스는 투르누스를 죽이고 라비니아와 결혼한다. 아마타를 프로크네와 하만과 같은 부류로 등장시키는 것은 단테가 아이네이아스를 너무나 숭상하고 또 트로이인과 로마인이 함께 하느님의 의지를 실행한다는 믿음을 가졌기 때문이다. 하느님은 아이네이아스가 라티움에 로마를 건설하고 교회의 본거지로 삼게 하려 했기에 아이네이아스에 분노하는 아마타는 불경스러운 분노의 표본이다.

6) 「마태오의 복음서」 5: 9. "평화를 위하여 일하는 자는 행복하다."

7) 하느님.

8) 지상의 행복.

9) 사람. 「창세기」에서는 하느님이 진흙을 빚어 사람을 만들었다고 나온다.

10) 교만, 질투, 분노.

11) 지상의 선.

12) 천국의 선.

• 18곡 •

1) 3월 29일 월요일, 자정 무렵.

2) 영혼을 의미한다.

3) 만토바 근처에 있는 베르길리우스의 고향.

4) 테베 근처를 흐르는 두 강.

5) 성모 마리아가 언덕에 집을 짓고 살던 스가랴의 아내 엘리사벳을 찾아간 일화. 곧이어 마리아는 수태를 고지받는다. 이 얘길 들은 엘리사벳의 뱃속의 아기가 발길질을 하며 기뻐했다고 한다. 이 아이가 세례 요한이다. 한편 카이사르가 브루투스에게 마르세유를 공략하게 한 다음, 자신은 폼페이우스의 군대를 전멸시켰다.

6) 베르길리우스는 가까운 길을 "우리"에게 알려 달라고 했으나, 대답은 베르길리우스에게만 향한다. 더욱이 놀랍게도 단테가 "살아 있는 사람"이라는 말에 관심도 두지 않을 만큼 바쁜 망령들이다.

7) 1187년에 죽은 게라르도 2세.

8) "붉은 수염"이란 뜻으로 페데리코 1세(1152~1190년 재위)를 가리킨다. 1162년에 밀라노를 철저히 파괴하고 폐허를 땅속에 묻고 소금을 뿌려서 아무것도 자라나지 못하게 했다고 한다.
9) 베로나의 군주 알베르토 델라 스칼라. 1301년에 죽었으니, 단테가 이곳을 여행하던 1300년에는 죽기 직전이었던 셈이다. 1292년 자신의 서자였던 불구의 주세페를 산 제노 수도원장으로 앉혔는데, 모세의 율법에 따르면 불구자는 사제가 될 수 없었다.

• 19곡 •

1) 3월 30일 화요일, 새벽.
2) 세이렌의 변화는 단테의 사랑이 깃든 응시에서 나온다. 청신체파의 전형적인 주제다.
3) 세이렌은 사람들을 유혹하여 연옥의 다섯 번째, 여섯 번째, 그리고 일곱 번째 둘레에서 영혼들이 씻고 있는 죄들(각각 탐욕, 대식, 음란)을 짓게 만드는 요녀다. 그런 죄들은 실제로 추한 것들이지만, 거기에 사로잡히면 마냥 아름답게 보이듯, 세이렌도 그런 유혹의 속성을 지녔다.
4) 단테는 다시 한 번 자신의 성공적인 여행과 오디세우스의 실패한 여행을 대비시킨다. 오디세우스의 여행은 아이네이아스의 여행과도 대비된다.
5) 「마태오의 복음서」 5: 4. "슬퍼하는 사람은 행복하다. 그들은 위로를 받을 것이다."
6) 탐욕과 대식, 음란과 같은 사악한 쾌락의 유혹에 빠져 세이렌에게 넘어간 영혼들이 연옥의 다섯 번째 단지("우리 위")에서 참회하고 있다.
7) 하드리아누스 5세. 제노바에서 태어나 1276년 7월 교황이 되었으나 삼십팔 일 만에 죽었다. 그가 탐욕의 죄를 지었다는 기록은 찾아볼 수 없다.
8) 제노바에 있는 작은 마을들.
9) 지상의 재화에 대한 사랑.
10) 이 영혼은 바닥에 엎드려 있기에 단테의 모습을 볼 수 없으나, 소리만 듣고도 짐작한다는 뜻이다.
11) 죽은 뒤에는 현세의 신분과 지위에 관계없이 모두 평등하다는 뜻이다. "부활 때에는 장가드는 일도, 시집가는 일도 없이 하늘에 있는 천사들처럼 된다."(「마태오의 복음서」 22: 30)

12) 모로엘로 말라스피나의 아내. 망명 시절 단테는 말라스피나의 집에 머문 적이 있다.

• 20곡 •

1) 3월 30일 화요일, 오전.
2) 방금 전 순례자는 하드리아누스 교황과 대화를 더 나누고자 했으나 교황이 그보다 죄를 씻는 데 전념하고자 했으므로 거기에 따른다는 뜻이다.
3) 탐욕의 죄에 대립되는 덕성의 첫 번째 예로 마리아의 청빈을 들고 있다.
4) 탐욕의 죄에 대립되는 덕성의 두 번째 예로 역시 청빈을 꼽고 있다. 청빈은 금욕과 자기 절제의 결과다. 로마 집정관이었던 파브리키우스 카이우스 루스키누스(기원전 282~278년)는 당시 관습이었던 뇌물을 받지 않았고, 더욱이 로마인들의 탐식과 사치를 거부하다 나중에 걸인으로 죽었다.
5) 처녀와 선원, 도둑, 상인, 여행자, 어린이의 수호자로 알려져 있다. 단테는 니콜라스가 세 딸을 팔려고 하던 가난한 지방 귀족의 집에 창문을 통해 세 자루의 금을 던져 주었다는 전설을 언급하고 있다.
6) 모두 플랑드르 지방의 도시들로서, 여기서는 플랑드르 전체를 가리킨다.
7) 프랑스 카페 왕가의 첫 번째 왕.
8) 아버지 위그는 프랑크족의 공작이며, 파리의 백작이었다.
9) 1246년 프랑스의 왕 루이 9세의 동생 샤를 앙주는 프로방스 백작 레이몽 4세의 상속녀인 베아트리스와 결혼하여, 부유한 프로방스를 합병하게 되었다.
10) 당시에 영국에 속했던 지역들이다.
11) 샤를 앙주는 1265년 나폴리를 정복하기 위해 이탈리아 군대를 이끌고 침공했다. 시칠리아의 왕 페데리코 2세의 손자였던 코라디노(1252~1268년)는 그에 대항하다가 포로가 되어 열여섯의 나이로 처형되었다. 한편 "토마스"는 철학자 토마스 아퀴나스(1224~1274년)를 가리키는데, 샤를 앙주는 자신의 비행을 세상에 알리지 않을까 의심하여 그를 독살했다고 한다.
12) '미남 왕' 필리프의 동생인 샤를 발루아(1270~1325년)를 가리킨다. 1301년 이탈리아를 발판으로 동방에 진출하려는 야심을 품고 보니파키우스 8세의 원조 요청을 수락하여 피렌체에 도착한 후 흑당 편에 서서 당시

단테도 속해 있던 백당을 피렌체에서 추방해 버리고 시칠리아로 쳐들어갔으나 실패하고, 오히려 혼란을 가중시켰다.

13) 배신을 의미한다.

14) 샤를 앙주의 아들인 샤를 2세(1248~1309년)를 가리킨다. 1284년 아라곤의 페테르 3세와의 해전에서 패배하여 그의 배에 사로잡혔다. 1305년 어린 딸 베아트리스를 페라라의 에스테 가문의 늙은 아초 8세에게 시집보내면서 엄청난 돈을 받았다고 한다.

15) 1303년 9월 프랑스 왕가("백합꽃")와 보니파키우스 8세("대리자")의 오랜 갈등이 절정에 달하여 당시 프랑스 왕 필리프 4세가 파문을 당한다. 그러자 필리프 4세는 로마의 귀족 콜론나와 프랑스의 법학자 노가레를 보내 로마 근처의 아냐니에서 교황을 사로잡아 가둔 뒤 사흘 동안 갖은 방식으로 수모를 주고 협박을 가했다.

16) "그들은 예수께 쓸개를 탄 포도주를 마시라고 주었으나 예수께서는 맛만 보시고 마시려 하지 않으셨다."(「마태오의 복음서」 27: 34)

17) 교황은 로마에 돌아온 뒤 충격을 받은 탓인지 한 달 만에 세상을 떠났다. 단테는 콜론나와 노가레를 예수가 못 박힐 때 양옆에 있던 도둑들에 비유하여 교황의 죽음에서 예수의 죽음을 떠올렸다.

18) 12세기에 교황 호나리우스 2세의 추인 아래 예루살렘 성지를 회복하도록 결성된 성전 기사단을 필리프 4세가 해체하고 재산을 가로챈 사건을 이른다. 이는 교황이나 교회의 법령 없이 이루어졌다.

19) 앞에서 나온, 성모 마리아의 청빈함.(19~24행)

20) 성령으로 그리스도를 잉태한 마리아.

21) 고대 전설에 나오는 어리석고 욕심 많은 왕.

22) 아간은 여리고의 전리품을 훔쳤다가 발각되어 여호수아의 명령에 따라 가족과 함께 돌에 맞아 죽었다.(「여호수아」 6: 17~19, 7:1~26)

23) 삽비라는 남편 아나니아와 함께 사도들이 공동으로 소유하던 재산을 팔아먹고 일부만 그들에게 돌려주었다.(「사도행전」 15: 1~11)

24) 헬리오도로스는 시리아의 왕 셀레우코스로부터 예루살렘의 성전에서 보물을 훔쳐 내라는 명령을 받았는데, 갑자기 황금 갑옷을 입은 기사가 몰고 신비롭게 나타난 말에 차여 죽었다.(「마카베오 하」 3: 1~25)

25) 트로이가 함락되기 전 트로이의 왕 프리아모스는 트라키아의 왕 폴리메스토르에게 아들 폴리도로스를 엄청난 황금과 함께 맡겼는데, 트로이가 무너지자 폴리메스토르는 아이를 죽이고 황금을 차지했다. 프리아모스의

아내 헤카베는 아들의 시체를 발견하고(「지옥편」 30곡), 나중에 폴리메스
토르의 두 눈을 빼서 죽이는 것으로 복수를 했다.

26) 연옥을 말한다.

27) 기원전 70년 폼페이의 군주였고 나중에는 폼페이우스와 카이사르와 함
께 로마의 삼두정치를 이끌었던 크라수스는 탐욕스러운 인물이었다. 그는
기원전 53년 파르티아와의 전투에서 죽어 목이 잘려 오른손과 함께 파르
티아의 왕에게 보내졌는데, 그는 크라수스의 탐욕을 조롱하며 잘린 머리
의 목에 황금을 녹여 부어 주었다고 한다.

28) 레토는 헤라의 분노를 피해 델로스 섬에 피신하여 제우스와 사이에서
잉태한 아폴론(태양)과 아르테미스(달)를 낳았다. 전설에 의하면 델로스
는 물결에 밀려 떠도는 섬이었으나, 제우스가 레토의 안전한 출산을 위해
고정시켰다고 한다. 단테는 이를 연옥의 요동치는 모습에 비유하고 있다.
연옥도 사실 하나의 섬이다.

29) 「루가의 복음서」 2 : 14.

• 리곡 •

1) 3월 30일 화요일, 오전.

2) 예수가 사마리아 여자에게 물을 달라고 청하자 사마리아 여자는 유대인
이 사마리아 사람에게 물을 달라는 이유를 묻는다. 유대인과 사마리아인
은 상종하지 않는 탓이었다. 예수는 이렇게 답한다. "이 우물물을 마시는
사람은 다시 목마르겠지만, 내가 주는 물을 마시는 사람은 영원히 목마르
지 않을 것이다. 내가 주는 물은 그 사람 속에서 샘물처럼 솟아올라 영원
히 살게 할 것이다."(「루가의 복음서」 4 : 13~14) 그러자 사마리아 여자
는 그 물을 달라고 간절히 청했다.

3) 연옥이 흔들리고 우레 같은 소리가 들려온 이유를 알고 싶은 욕망이 간
절함을 가리킨다. 아리스토텔레스는 『형이상학』에서 "모든 인간은 천성
적으로 지식을 욕망한다."고 말한다. 단테는 『향연』에서 이 구절을 참조
한다.

4) 연옥의 영혼들에게 내려진 벌.

5) "바로 그날 거기 모였던 사람들 중 두 사람이 예루살렘에서 한 삼십 리
쯤 떨어진 곳에 있는 엠마오라는 동네로 걸어가면서 이즈음에 일어난 모

든 사건에 대하여 말을 주고받고 있었다. 그들이 이야기를 나누며 토론하고 있을 때에 예수께서 그들에게 다가가서 나란히 걸어가셨다. 그러나 그들은 눈이 가려져서 그분이 누구신지 알아보지 못하였다."(「루가의 복음서」 24: 13~16)

6) 라틴 문학을 대표하는 로마의 시인 스타티우스. 베르길리우스(이성과 고전문화)로부터 베아트리체(은총과 계시)로 가는 교두보의 역할을 하는 인물이다. 단테는 스타티우스를 기독교로 개종한 사례로 내세운다. 이런 허구적 설정은 베르길리우스와 베아트리체 사이의 틈에서 그에게 길잡이 역할을 맡기기 위한 것이다. 여기서 스타티우스는 그리스도의 모습으로 나타나며, 순례자와 베르길리우스는 엠마오로 가는 길 위의 두 사도처럼 놀란다. 스타티우스는 베아트리체와 함께 그리스도의 모습을 하고서 순례자를 인도한다.

7) 베르길리우스가 천국에 오를 희망 없이 림보에 갇혀 있는 것을 가리킨다.

8) 운명의 여신 중 하나. 양모를 물레에 얹으며 생명을 결정한다.

9) 그리스 신화에는 운명의 세 여신이 등장한다. 클로토는 양모를 물레에 얹으면서 생명을 결정하고, 라케시스는 클로토가 얹은 실을 자으며 운명을 결정하며, 아트로포스는 실을 끊으면서 죽음을 결정한다.

10) 모든 영혼은 하느님의 자식들이므로, 자식들 사이는 누이나 남매, 자매, 형제 등으로 불린다.

11) 림보.

12) 바다에 젖는 연옥의 산기슭.

13) 연옥으로 올라가는 입구의 계단.(「연옥편」 9곡 76)

14) 무지개의 여신 이리스.

15) 하느님.

16) 79년부터 81년까지 로마의 황제. 황제에 오르기 전 유대인들의 반란을 진압하고 이어 예루살렘을 파괴했다. 단테는 이를 유다의 배반에 대한 징벌로 간주하고 있다.

17) 그리스도가 십자가 위에서 입은 상처.

18) 시인의 이름.

19) 푸블리우스 파피니우스 스타티우스는 45년경 나폴리에서 태어나 96년에 죽었다. 단테는 툴루즈의 수사학자였던 루키우스 스타티우스 우르술루스와 혼동하고 있다. 스타티우스는 라틴 문학의 대표자로서, 『테바이스』와 미완의 유고작 『아킬레우스』 등의 작품을 남겼다.

20)『테바이스』(전12권)를 완성하고『아킬레우스』를 쓰다가 사망했다.

• 22곡 •

1) 3월 30일 화요일, 오전 10시경.
2) 성서의 구절은 다음과 같다. "옳은 일에 주리고 목마른 사람은 행복하다."(「마태오의 복음서」 5: 6.)
3) 로마의 풍자시인으로 스타티우스와 동시대를 살았다.
4) 지나온 다섯 번째 단지.
5)『아이네이스』 III, 56~57.
6) 절제를 모르고 낭비의 죄를 지은 자들은 머리카락이 깎인 채 지옥에서 벌을 받고 있다.(「지옥편」 7곡 55~57)
7) 이오카스테는 테베의 왕 라이오스의 아내였다. 라이오스는 아들이 자기를 죽이고 아내와 결혼하리라는 신탁을 깨기 위해 아들 오이디푸스를 죽이라고 명령했으나, 운명대로 오이디푸스의 손에 의해 죽고 아내 이오카스테는 아들과 결혼하게 된다. 이들이 낳은 두 아들 에테오클레스와 폴리네이케스는 테베의 왕권을 차지하기 위해 싸우다가 함께 죽었다.(「지옥편」 26곡 52~53) 스타티우스의 책『테바이스』에 나오는 이야기다.
8) 스타티우스는『테바이스』 서문에서 시를 관장하는 아홉 뮤즈들 중 하나인 클레이오를 기리며 찬양하고 있으므로, 단테는 이를 이교도로 보았다.
9) 성 베드로. 어부였던 그는 그리스도의 제자가 되면서 '사람 낚는 어부'가 되었다.(「마태오의 복음서」 4: 19)
10) 그리스 파르나소스 산에 있는, 창작의 영감을 준다는 샘.(「연옥편」 31곡, 「천국편」 1곡의 역주 참조)
11) 로마 황제(81~96년 재위).
12)『테바이스』.
13) 모두 로마의 시인으로 마지막 인물 바로는 베르길리우스의 친구였다.
14) 로마의 풍자시인.
15) 호메로스를 가리킨다.
16) 아홉 뮤즈들.
17) 모두 그리스의 시인들이다.
18) 모두 그리스 신화 및 그 시대 작품들에 등장하는 인물이다.

19) 렘노스 섬의 여왕 힙시필레를 가리킨다.(「지옥편」 18곡 본문 및 주 6) 참조)

20) 만토. 그녀는 예언자들이 갇힌 지옥의 여덟 번째 고리의 네 번째 구렁에 있는데, 지금 림보에 있다고 말하는 것은 단테의 오류다.

21) 바다의 요정으로 아킬레우스의 어머니.

22) 스키로스의 공주로 아킬레우스의 연인.(「지옥편」 26곡 주 9) 참조)

23) 해가 뜬 지 네 시간이 지났다는 뜻이다.

24) 스타티우스.

25) 절제의 첫 번째 예. 가나의 혼인잔치에서 마리아는 예수 그리스도로 하여금 물을 포도주로 만드는 기적을 행하게끔 하였다.

26) 이스라엘의 예언자 다니엘은 바빌론의 느브갓네살 왕이 주는 음식과 술을 사양하고 대신 야채와 물을 먹으면서도 다른 이들보다 살이 올라 보기에 더 좋았다.(「다니엘」 1: 3~21)

27) 세례 요한.

28) "일찍이 여자의 몸에서 태어난 사람 중에 세례 요한보다 더 큰 인물은 없었다."(「마태오의 복음서」 11: 11)

• 23곡 •

1) 3월 30일 화요일, 정오경.

2) 테살리아의 왕 트리오파스의 아들로서, 곡물의 여신 데메테르의 신성한 숲에서 나무를 잘랐다가 분노를 사 가혹한 굶주림에 시달리게 되었으며, 나중에는 자기 몸을 뜯어 먹었다고 한다.

3) 70년 로마의 황제 티투스가 예루살렘을 포위했을 때 마리아라는 여자가 굶주림을 못 이겨 자기 아기를 죽여 먹었다고 한다.(「연옥편」 21곡)

4) OMO는 이탈리아어로 '사람'을 뜻하며, 글자의 생김새가 사람의 얼굴에 나타난다. 두 눈은 두 개의 O, 코와 이마, 그리고 얼굴의 윤곽을 M으로 보면 OMO라는 글자의 형태가 그려진다. 중세에는 하느님이 사람 얼굴에 그 글자를 새겨 넣었다고 믿었다. 덧붙여 귀를 d, 콧구멍은 e, 입을 I로 본다면 dei라는 글자가 나타나는데, omo dei는 "하느님의 사람"이란 뜻이다.

5) 단테의 아내 젬마 도나티의 사촌으로, 단테는 그와 소네트로 이루어진 편지를 주고받았는데, 거기서 포레세의 탐식을 비난했다.

6) 연옥에서는 고통을 통해 죄를 씻고 구원을 받는다.

7) "엘리 엘리 레마 사박타니?" 십자가에 못 박힌 예수의 말. '나의 하느님, 나의 하느님, 어찌하여 나를 버리셨나이까?'라는 뜻이다.(「마태오의 복음서」 27 : 46)

8) 포레세는 1296년에 죽었고, 죽기 바로 전에 회개를 했으므로 회개하기 이전의 시간만큼 연옥 입구에서 기다려야 한다. 그런데 단테가 그곳을 여행하는 1300년에 이미 여섯 번째 둘레까지 올라와 있는 것을 단테는 의아하게 여기고 있다.

9) 포레세의 아내. 역사적으로 알려진 바는 없다.

10) 바르바지아는 사르데냐 중부 지역으로, 야만적인 관습으로 유명했다. 단테는 특히 몸을 드러내며 옷을 입는 피렌체 여자들을 비난하고 있다. 바르바지아는 "벌거벗은"이란 어원을 갖고 있으며, 그 점에서 피렌체 여자들이 야만인과 다를 것이 없다고 말하는 것이다.

11) 그림자가 지는 단테를 가리킨다.

12) 달. 순례자가 어두운 숲에서 길을 잃었던 1300년 3월 25일은 보름달이 떴다.(「지옥편」 20곡)

• 24곡 •

1) 너무 야위었기 때문에 두 번 죽은 것처럼 보인다.

2) 스타티우스. 베르길리우스와 함께 가기 때문에 천천히 가고 있다.

3) 산타키아라 수녀회의 수녀로, 단테와도 친했다.「천국편」 3곡에도 등장한다.

4) 천국.

5) 당대의 이름난 시인이었다. 1220년에 태어난 그는 1297년에 죽을 때까지 부지런히 시를 썼고 필명을 날렸다. 그의 시는 대체로 쉬웠고, 그 때문에 당시의 어떤 시인은 남의 시를 베껴 쓴다고 비난했다. 단테 역시 『속어론』에서 그의 시를 "사무적인 언어"라고 비판했다. 그는 단테의 시를 잘 알고 있었고 자기 시를 몇 편 단테에게 보내기도 했다. 그는 또한 열렬한 포도주 애호가였다.

6) 투르 출신의 교황 마르티누스 4세(1281~1285년 재위). 그는 라치오 지방의 볼세나 호수에서 잡은 뱀장어를 산 지미냐노산 고급 포도주에 넣어

취하게 한 다음 구워 먹다가 죽었다고 한다.

7) 음식 준비에 정성을 들였던 대단히 왕성한 식욕의 소유자였다. 그의 형제 오타비아노 추기경은 파리나타와 다른 에피쿠로스주의자들과 함께 지옥에서 불타고 있다.(「지옥편」10곡) 다른 형제 우골리노 다초는 존경스럽게 표현된다.(「연옥편」14곡) 우골리노 백작에 의해 머리를 씹히는 루지에리 대주교는 그의 아들이다.(「지옥편」33곡) 우발디노는 1291년에 죽었다.

8) 보니파키우스 데이 피스키는 제노바 출신으로 1274년부터 94년까지 라벤나의 대주교였다. 1295년 2월 1일에 죽었다. 성서의 말씀으로 신자들을 이끈 대신 주위를 둘러싼 배고픈 아첨꾼들의 굶주림을 채워 주는 데 골몰했다고 한다.

9) 포를리 가문 출신으로 1296년 파엔차의 영주가 되었다. 대단한 포도주 애호가로서, 사람들이 마시는 것밖에 모른다고 하면 자기를 언제나 목이 마른 사람으로 생각해 달라고 대답했다고 한다.

10) 보나준타 다 루카.

11) 분명히 알려진 바는 없지만, 단테가 망명 중에 만났던 여자인 것 같다. 초기의 몇몇 평자들은 '젠투카(gentucca)"가 '평범한 사람'이라는 뜻의 젠테(gente)의 경멸적 표현이라고 주장했다.

12) 보나준타는 심한 갈증에 입이 말라 말을 제대로 하지 못한다. 단테는 그의 말이 그의 갈증뿐 아니라 자신의 정신적 갈증도 풀어 줄 거라고 말한다.

13) 당시에는 결혼한 여자만 머리를 두건으로 싸고 띠로 동여맸다. "그녀"는 젠투카를 가리킨다.

14) 단테의 『새로운 인생』 19장에 나오는 시를 말한다. 당시 단테는 새로운 문체와 주제로 시를 쓰는 청신체(혹은 돌체스틸누오보. '감미롭고 새로운 문체(아래 57행)'라는 뜻이다.)파에 속했다.

15) 청신체 시를 정의하는 구절로 흔히 인용된다.

16) 자코모 다 렌티니("공증인")와 아레초 귀토네는 시칠리아파의 대표적 시인들이다. 이탈리아 문학사에서 청신체파는 그 이전의 시칠리아파를 극복하고 이탈리아 문학의 새로운 장을 열었다는 평가를 받는데, 단테는 스스로 그런 비평적 판단을 청신체 시("새롭고 감미로운 문체의 시")를 쓰는 집단의 일원으로서 내리고 있다.

17) 포레세의 형제인 코르소 도나티를 가리킨다. 그는 피렌체 흑당의 수장

이었는데, 보니파키우스 8세를 설득하여 샤를 발루아 왕을 피렌체로 불러들였다. 단테를 피렌체에서 추방하는 데 일조한 그는 피렌체에 대해 더 강한 지배권을 확보하려다가 정적에 의해 사형을 언도받기에 이르고 도망치다가 살해되었다.

18) 반인반마이기에 "두 개의 가슴"으로 묘사되는 켄타우로스는 라피타에의 왕 익시온과 구름으로 변한 헤라 사이에서 태어났다. 그들은 페이리토스와 히포다메이아의 결혼식에서 볼썽사납게 취하여 신부를 비롯한 여자들을 납치하려 했다가 많은 수가 테세우스에게 살해되었다고 한다.(「지옥편」 12곡)

19) 유대가 미디안을 칠 때 기드온은 병사들이 강에 이르러 어떻게 갈증을 해소할 것인지 하느님으로부터 지침을 받았다. 그를 따르지 않고 물을 마구 들이켠 자들을 돌려보낸 기드온은 삼백 명의 병사들만 이끌고 승리를 이루었다.(「판관기」 7: 5~7)

20) 그리스 신화에 나오는 신들의 음식. 꿀보다 달고 좋은 향기를 내는 불로불사의 식물.

21) 천사는 지금 순례자의 이마에 새겨진 P자 하나를 지우고 있다.

22) "옳은 일에 주리고 목마른 사람은 행복하다."(「마태오의 복음서」 5: 6)

• 25곡 •

1) 3월 30일 화요일, 오후 2시경.

2) 태양은 정오에 숫양자리에 위치한다. 지금 태양은 황소자리에 가 있으므로 정오에서 두 시간 지난 때다. 한편 황소자리는 북반구에서 전갈자리에 상응한다. 따라서 예루살렘은 지금 새벽 두 시다.

3) 오비디우스에 의하면, 그는 어머니의 난로에서 나무토막 하나가 불에 타고 있는 동안만 목숨을 유지하는 운명을 지니고 태어났다. 어머니 알테아는 이 사실을 알고 나무토막을 불에서 꺼내 다 타지 않도록 잘 간수했다. 몇 년 후 멜레아그로스가 외삼촌들을 죽이게 되는데, 그에 복수하기 위해 알테아는 나무토막을 다시 불 속에 던졌고, 다 타버리자 그도 죽었다.(『변신 이야기』 viii, 262~443) 육체와 영혼이 함께한다는 뜻이다.

4) 정액을 말한다.

5) 자궁.

6) 심장을 가리킨다.

7) 태아의 영혼.

8) 아베로에스를 가리킨다. 그는 인간의 이성을 독립적인 것으로 보아, 육체와 영혼과는 또 다른 무엇으로 이해했다.

9) 하느님.

10) 지옥의 아케론 강(「지옥편」 3곡에 등장한다.)과 연옥의 테베레 강(「연옥편」 2곡에 등장한다.)을 가리킨다.

11) 가브리엘 천사로부터 수태를 고지받자 마리아는 이렇게 말했다. "이 몸은 처녀입니다. 어떻게 그런 일이 있을 수 있겠습니까?"(「루가의 복음서」 1: 34)

12) 헬리케는 아르카디아의 왕 리카온의 딸이다. 그녀는 동물과 숲을 돌보는 순결의 상징 디아나(달의 여신)의 추종자였는데, 그녀의 아름다움을 탐한 제우스와 관계를 맺었다. 그래서 디아나에게서 쫓겨나고, 또 제우스의 아내 헤라의 질투를 받아 곰이 되었다. 나중에 죽어서 제우스와의 사이에서 낳은 아들과 함께 각각 큰곰자리와 작은곰자리가 되었다.(오비디우스, 『변신 이야기』 ii, 453~465)

• 26곡 •

1) 성서에 나오는 팔레스티나의 도시들. 동성애와 수간 등의 죄로 이름을 날리다 결국 유황불로 멸망한 곳들이다.(「창세기」 19: 1~28)

2) 파시파이는 크레타의 미노스 왕의 아내였다. 포세이돈은 미노스에게 제물로 바칠 황소를 보냈다. 그러나 미노스가 이를 하찮게 여겨 가축우리에 넣어 두자 포세이돈은 복수를 하려고 파시파이가 황소에 색정을 품도록 만들었다. 그녀는 다이달로스에게 나무로 암소의 형상을 만들어 달라고 해서 그 안에 들어가 황소와 정을 통했다. 그 결과 반은 황소에 반은 인간인 미노타우로스가 태어났다.(「지옥편」 12곡) 재미있는 것은 단테가 파시파이의 이야기를 "소돔과 고모라"를 외치는 자들의 변태적 성욕과 반대되는 본성적 성욕의 예로 제시했다는 점이다. 그러나 파시파이가 황소와 관계한 것은 수간에 해당하며 소돔과 고모라와 직결된다. 단테와 동시대의 시인 귀니첼리도 역시 동성애만 변태적 성욕이고 파시파이의 경우는 이성애이므로 소돔과 고모라에 대치된다고 생각했다. 그러나 분명한 것은 파

시파이의 행위는 인간이 짐승이 되는 가장 극단적인 경우라는 사실이다. 뒤에서 두루미 무리가 두 방향으로 단테는 제각기 날아가는 예를 들면서 제각기 다른 방향으로 가는 두 무리를 묘사한다.

3) 새 무리가 흩어져서 다른 방향으로 가는 경우는 없다. 이런 부조리한 여정 자체가 애욕의 죄를 저지른 영혼들의 죄의 부조리성을 가리킨다.

4) 카이사르가 비티니아의 왕 니코메데스와 관계를 가졌다는 소문에 개선 행진 중 누군가 "여왕이여!"라고 외치며 놀렸다. 카이사르는 『자서전』에서 이런 성적 관계가 낳은 악명과 사람들의 반응에 대해 길게 쓰고 있다.

5) 볼로냐의 시인. 청신체파의 전형이 되는 시를 처음 썼다고 알려져 있으며, 단테와 귀도 카발칸티가 이를 계승했다.

6) 두 아들을 둔 힙시필레가 해적에게 잡혀 네메아의 왕 리쿠르고스에게 팔려 오자 왕은 그녀에게 자기 아들의 양육을 맡기나, 그녀가 아이를 풀밭에 두었다가 뱀에 물려 죽게 만들어 사형당할 위기에 처한다. 그때 잃었던 두 아들이 나타나 어머니를 알아보고 구했다.

7) 죄의 기억을 씻는 망각의 강으로, 순례자는 곧 연옥 정상에서 만나게 된다.(「연옥편」 28곡)

8) 당시 라틴어에 밀려 방언으로 간주되던 이탈리아어(즉 토스카나 방언)로 시를 쓴 청신체파는 주로 사랑과 여성 찬미라는 주제로 서정시 운동을 전개했다.

9) 프로방스의 음유시인 아르노 다니엘을 가리킨다. 여기서 귀니첼리가 말하는 "모국어"는 프로방스어(오크어)를 가리킨다. 오크어뿐만 아니라 오일어로 창작한 시인들도 단테는 잘 알고 있었다. 그로 미루어 단테는 프랑스 문학에 관심이 많았고, 프랑스어로 창작을 병행한 국제적인 작가였다고 볼 수 있다. 다른 한편 "모국어"가 프로방스어가 아니라 일반적인 자기 나라 말을 가리킨다는 의견도 있다. 그렇게 보면 다니엘은 다른 언어로 창작하는 어떤 시인들보다도 더 우월하다는 말이 된다. 귀니첼리는 자신이 다니엘보다 한 수 아래라고 고백한 바 있다. 결국 단테는 귀니첼리를 '아버지'라 부르고 존경함으로써 자기를 포함하여 시인들의 순위를 매기고 있다.

10) 리모주 출신의 프로방스 음유시인 기로 드 보르넬. 아르노 다니엘보다 더 소박한 문체를 구사했다. 단테는 『속어론』에서 그와 아르노, 그리고 베르트랑 드 보른을 프로방스 3대 시인으로 인용한다.

11) 귀니첼리는 지금 연옥에 있다. 연옥의 회개한 영혼들에게는 주기도문

의 마지막 구절("우리를 모든 악에서 구하소서.")이 불필요하다는 말이
다.(「연옥편」11곡)
12) 다니엘의 말은 오크어로 되어 있다. 다니엘은 『신곡』에서 자기 모국어
로 말을 하는 유일한 비(非)이탈리아인이다.

• 27곡 •

1) 3월 30일 화요일, 석양 무렵.
2) 스페인 북쪽에 있는 강의 이름으로, 여기서는 스페인을 가리킨다.
3) 「마태오의 복음서」5: 8. 이어지는 구절은 다음과 같다. "저들이 하느님
   을 볼 것이다."
4) 연인 피라무스와 티스베는 양가의 반대로 남몰래 만나 사랑을 키우고 있
   었다. 어느 날 먼저 도착한 티스베가 사자 울음소리에 놀라 도망치다 베
   일을 떨어뜨렸고 사자가 이를 갈기갈기 찢어 놓았다. 나중에 도착한 피라
   무스는 이를 보고 티스베가 죽었다고 생각하여 자살했다. 다시 돌아와 죽
   은 피라무스를 본 티스베도 피라무스의 칼로 자결했고, 그 피가 곁에 있
   던 오디에 튀어 그 전에는 희던 열매가 빨갛게 되었다고 한다.(오비디우
   스, 『변신 이야기』)
5) 「마태오의 복음서」25: 34.
6) 비너스의 다른 이름으로 금성, 즉 샛별을 가리킨다.
7) 라반의 두 딸 레아와 라헬(「천국편」32곡 8)의 이야기는 구약성서(「창세
   기」29: 9~31)에 나오는 야곱의 처 레아와 라헬의 이야기. 창조력이 풍
   부한 레아는 활동적인 삶의 상징으로, 아름다운 라헬은 명상적인 삶의 상
   징으로 간주된다. 순례자가 연옥에서 꾼 두 번째의 꿈에 나타난 세이렌의
   노래가 감각적 욕망이 어떻게 사람을 홀리는지 보여 준다면, 이번에 꾸는
   꿈에서 레아의 노래는 그리스도인이 세상에서 만족을 얻을 수 있는 두 가
   지 상태를 보여 준다. 그것은 꽃목걸이를 만드는 '활동'과 거울을 들여다
   보는 '명상'이다. 레아는 순례자를 에덴으로 안내하는 마텔다를 예고한
   다. 그녀는 우리가 세상에서 이웃을 사랑하고 선하게 행동함으로써 얻을
   수 있는 행복을 상징한다. 한편 라헬은 베아트리체와 연결된다. 베아트리
   체는 에덴에 들어선 순례자 앞에 나타난다. 그녀는 우리를 하느님의 사랑
   과 거기서 나오는 끝없는 기쁨으로 인도하는 신의 계시를 상징한다. 지금

순례자의 꿈에 펼쳐진 풍경은 우리가 보게 될 지상 낙원이다.

• 28곡 •

1) 3월 31일 수요일. 오전 6시에서 7시 사이.
2) 바람의 왕 아이올로스는 시로코(지중해와 남부 유럽 지역에서 부는 따뜻하고 습한 바람)를 다른 바람과 함께 동굴 속에 가둬 두었다가 내보낸다.
3) 단테 당시에 키아시는 라벤나의 항구였다. 지금은 바다가 물러나서 내륙이 되었다.
4) 레테 강을 가리킨다.
5) 마텔다. 역사적으로 누구를 가리키느냐에 대해 많은 논쟁이 있었으나 정확한 기록은 없다. 앞에 나온 레아와 유사한 모습으로 등장한다.(「연옥편」 27곡 주 7), 「연옥편」 33곡 주 15) 참조)
6) 용모가 뛰어난 그녀는 「지옥편」에서 "영원한 통곡의 여왕"으로 나온다.(「지옥편」 9곡 주 4) 참조)
7) 사랑의 여신 비너스가 아들 큐피드에게 입을 맞추려고 몸을 굽히다가 큐피드의 화살에 맞아 아름다운 아도니스를 사랑하게 되었을 때의 눈빛. (오비디우스, 『변신 이야기』 x, 525~532)
8) 페르시아의 왕 크세르크세스(기원전 485~465년 재위)다. 그는 기원전 465년 배를 연결하여 만든 다리로 헬레스폰트 해협(소아시아와 유럽을 갈라놓는 현재의 다르다넬스 해협)을 건너 그리스를 습격했다. 그러나 살라미스 해전에서 대패하여 퇴각해야만 했다.
9) 헬레스폰트 해협을 낀 두 육지의 마을.
10) 아비도스에 살던 청년. 세스토스의 헤로를 사랑하여 헤로의 탑 불빛에 의지해 헤엄을 쳐서 해협을 건너 그녀를 몰래 만났다. 그런데 어느 날 밤 불빛이 꺼졌고 방향을 잃은 레안드로스는 조류에 휩쓸려 죽고 말았다. 헤로는 해변에서 그의 시신을 발견하고 물에 뛰어들었다.
11) 에덴동산.
12) 「시편」 91:5.
13) 정죄산에 바람이나 비 등의 자연현상은 없다고 들었던(「연옥편」 21곡 43 이하.) 순례자는 지금 냇물이 흐르고 바람이 부는 것을 보고 이상하게 생각하고 있다.

14) 지상에서는 태양열에 의해 물이나 육지에서 물이 증발하여 비가 되고 바람과 폭풍이 된다.

15) 연옥이 지상과 단절된 것을 이렇게 표현했다.

16) 우주의 모든 운동을 일으키는 원동천(原動天)의 회전을 가리킨다. 『신곡』에서 원동천은 천국의 맨 위에 위치하여 하느님의 직접적인 의지에 따라 우주의 운동을 관장한다.

17) 지상의 인간 세상.

• 29곡 •

1) 3월 31일 수요일, 오전 7시에서 8시 사이.

2) 「시편」 32: 1.

3) 뮤즈들이 기거하는 산. 히포크레네와 아가니페라는 두 개의 샘이 그곳에서 솟아나는데, 시적 영감을 준다고 한다. 단테는 이곳을 파르나소스 산의 카스탈리아 샘과 혼동하고 있다.

4) 아홉 뮤즈들 중 하나로, 천문학을 관장한다.

5) '구하옵나니, 이제 구원하소서.'의 뜻을 가진, 하느님을 찬양하는 말.

6) 달. 달은 달무리를, 태양은 무지개를 만들어 낸다.

7) 성모 마리아를 찬양하고 있다.

8) 머리에 백 개의 눈이 달려 있다는 상상의 동물.

9) 「에제키엘」 1: 4에 보면 이 네 마리 짐승은 사자, 황소, 사람, 독수리를 말하며, 사대 복음서를 상징한다.

10) 「요한의 묵시록」 4: 6에도 이 네 마리 동물이 나온다.

11) 상체는 독수리이며 하체는 사자의 형체를 한 상상의 동물. 신성과 인성을 동시에 지닌 그리스도를 상징한다.

12) 대지의 여신.

13) 세 여인들의 색깔은 각각 믿음(하양), 소망(초록), 사랑(빨강)을 상징한다.

14) 네 여인은 각각 신중, 정의, 강인, 절제의 덕성들을 상징한다. 그중 세 개의 눈을 가진 여인은 신중을 상징하며, 나머지 덕성의 기반이 된다.

15) 루가와 바울을 가리킨다.

16) 루가는 실제로 의사였다.

17) 바울은 그리스도교인들을 성령의 칼과 하느님의 말씀으로 무장하도록 만드는 사람으로 나타난다.
18) 야고보, 베드로, 요한, 유다를 가리킨다.
19) 요한.「요한의 묵시록」은 예언서로, 나머지 복음서와 다른 면모를 가진다.
20) 일곱 개의 촛대들을 가리킨다.

• 30곡 •

1) 바로 앞에 등장한 일곱 명의 노인들 혹은 일곱 개의 촛대들을 가리킨다. 북두칠성이 여행의 좌표 구실을 하듯, 이들은 인간의 영혼을 선하게 이끈다.
2) 북극성.
3) 스물네 명의 노인들.
4)「아가」4: 8.
5) 최후의 심판.
6)「마태오의 복음서」21: 9. "예수가 예루살렘에 입성할 때 사람들은 앞뒤에서 따르며 환성을 올렸다. 호산나! 다윗의 자손! 주의 이름으로 오시는 이여, 찬미받으소서! 지극히 높은 하늘에서도 호산나!"
7) 베아트리체.
8) 단테는 베아트리체를 아홉 살 때 처음 만났다.
9) 이 구절은 베르길리우스의『아이네이스』에서 따온 것으로, 이제『신곡』에서 퇴장하는 베르길리우스에 대한 이별 인사로 인용하고 있다. 아이네이아스가 옆에 없다고 생각한 디도가 그를 그리워하며 한 말이다.
10) 이브.
11) 지상 낙원.
12)『신곡』에서 "단테"라는 이름이 직접 등장하는 유일한 곳이다.
13)「시편」31: 1~9의 내용을 가리킨다. 천사들이 9절 이후를 노래하지 않았다는 뜻인데, 단테의 여행이 바로 그곳에 있었기 때문이다.
14) 아프리카. 적도에서는 한낮에 그늘이 거의 생기지 않는다.
15) 단테는『향연』(IV, xxiv, 2)에서 인생의 두 번째 시기는 스물다섯 살 때부터 시작한다고 쓰고 있다. 베아트리체는 25세 되던 1290년 6월 9일에 죽었고, 그래서 그녀의 지상의 삶은 천국의 삶으로 바뀌었다.

• 31곡 •

1) 베아트리체는 성숙하지 못한 순례자의 과거를 꾸짖고 있다. 그래서 미성
숙한 시절("갓 난 새 새끼")에는 자꾸 반복되는 유혹들("두 번째, 세 번째
화살들")에도 넘어갈 수 있지만, 성숙한("깃털이 다 자란", "수염") 존재
로서는 더 큰 부끄러움을 느껴야 한다는 것이다.
2) 유럽.
3) 리비아의 왕.
4) 그리핀.
5) 「시편」 51: 7. "정화수를 나에게 뿌리소서, 이 몸이 깨끗해지리이다. 나
를 씻어 주소서, 눈보다 더 희게 되리이다."
6) "나를 먹는 사람은 더 먹고 싶어지고, 나를 마시는 사람은 더 마시고 싶
어진다."(「집회서」 24: 21)
7) 베아트리체의 미소로 나타나는 구원을 가리킨다. 첫 번째 아름다움은 에
메랄드 눈의 아름다움으로서 지혜와 진실을 드러낸다면, 미소는 그 지혜
가 펼쳐지는 빛을 상징한다. 그것은 온 인류의 구원이다.

• 32곡 •

1) 순례자는 베아트리체가 죽은 지 십 년이 지나서 그녀를 만났다.
2) 지금 행렬은 오른쪽으로 돌아가고 있고, 그들은 오른편 바퀴를 따라서
돌고 있다. 그런 상황에서는 오른쪽 바퀴가 왼쪽 바퀴보다 더 작은 원을
그리게 된다.
3) 황도 12궁에서 물고기자리 뒤에 오는 별자리는 양자리다. 태양이 양자리
에 걸치는 때는 대략 3월 21일부터 4월 20일까지다. 이 시기는 순례자가
천국의 여행을 시작하는 때이기도 하다.(「천국편」 1곡의 주 9) 참조)
4) 역시 황도 12궁에서 양자리 뒤에 오는 황소자리를 가리킨다. 태양이 황
소자리에 걸치는 때는 4월 21일부터 5월 20일까지다.
5) 아르고스는 잠을 잘 때에도 그 수많은 눈들 중 절반만 감고 잔다. 아르고
스는 헤라 여신에게서 제우스의 새로운 애인 이노를 감시하라는 명령을
받았지만, 제우스가 헤르메스를 보내 시링크스의 슬픈 얘기를 들려주자
잠들어 죽고 말았다.(「변신 이야기」 i, 568~747)

6) 그리스도를 가리킨다.(「요한의 묵시록」 18: 14) 사과나무 꽃이 활짝 피는 것은 그리스도가 영원한 축복의 열매를 인류에게 약속한 것을 의미한다. 그 열매는 천국에서 그리스도와 영원히 함께하는 천사들의 양식이 된다.

7) "일어나라!"는 그리스도가 나사로(「마태오의 복음서」 17: 1~8) 혹은 과부의 아들(「루가의 복음서」 7: 12)을 죽음, 즉 "더 깊은 잠"에서 깨우며 외친 말이었다. "인도되고 압도당했다"는 것은 그리스도의 사과나무 꽃으로 나아가서 그 꽃이 피어나는 것에 감동을 받았다는 뜻이다. 바로 이어지는 "영광스러운 변모"에도 해당하는 말이다.

8) 그리스도의 옷은 "영광스러운 변모"(「마태오의 복음서」 17: 3) 동안 하얗게 되었다가 사도들이 눈을 들어 봤을 때는 다시 이전 색깔로 돌아갔다. 이 옷은 그리스도의 본성을 가리키며, 완전한 신성에서 신-인간의 이중적 성격으로 변화했음을 가리킨다.

9) 일곱 덕성의 여인들.

10) 천국을 의미한다.

11) 당부받은 대로 순례자는 눈앞에 펼쳐지는 광경을 보고한다. 단테는 그리스도의 승천부터 1300년까지 이룬 그리스도교의 사명을 일곱 가지의 장면으로 나눠 시간순으로 표시한다.

12) 첫 번째 장면은 날씨에 빗대 표현된 재앙이다. 네로 황제(54~68년)부터 디오클레티아누스 황제(284~305년)에 이르기까지 초대 교회를 박해한 로마를 나타낸다. "제우스의 새"는 독수리로서 로마제국을, "나무"는 하느님의 정의를, 그리고 "전차"와 "배"는 교회를 상징한다.

13) 두 번째 장면은 초대 교회를 위협한 내부의 이단을 여우를 빌려 표현한다. 단테는 이단의 상징으로 여우를 선택하는데, 구약의 「에제키엘」을 참고한 듯하다.(「에제키엘」 13: 4) 뼈와 가죽만 남은 여우는 진실한 교리의 양식을 먹지 못했음을 의미한다. 여우를 쫓아낸 베아트리체는 그리스도가 그러한 이단으로부터 교회를 지키도록 남긴 지혜를 가리킨다.

14) 세 번째 장면. "황금 깃털"이란 로마의 콘스탄티누스 황제가 교회에 엄청난 양의 재물을 헌납하여 교회가 세속적인 부와 권력을 쌓아 올리는 계기가 된 것을 뜻한다. "불행한 짐"은 그 헌납된 재물을 가리키며, "목소리"는 "작은 배"(교회)의 최초의 선장이었던 성 베드로의 말씀을 가리킨다.

15) 네 번째 장면은, 전통적으로 악마를 가리키는 용과 함께 나타난다. 용은 전차의 밑에서부터 나타나 교회의 근본을 뒤흔드는 듯 보인다. 역사적

으로 이 구절은 7세기에 교회를 위협한 무함마드를 가리킨다. 단테는 무함마드를 지옥의 여덟 번째 고리에 배치시킨 바 있다.(「지옥편」 28곡)

16) 다섯 번째 장면은 교회가 계속해서 세속적 부와 권력을 얻는 것을 보여 준다. 세 번째 장면과 비슷하게 깃털의 이미지가 등장한다. 피핀 왕(755년)과 샤를 마뉴(755년)의 헌납을 의미할 수 있는데, 이러한 과정을 통해 교회는 강력한 현실 권력 기구로 급부상했다. 그들의 헌납은 그런 급격한 변신을 의도하지 않았겠지만, 결과적으로는 그리스도가 남긴 교회의 모습을 단테의 시대에 와서는 알아볼 수 없게 만든 원인이었다.

17) 교회의 변신은 여섯 번째 장면으로 계속된다. 그 광경은 일곱 개의 머리와 열 개의 뿔을 가진, 「요한의 묵시록」(17: 1~8)의 짐승에서 따온 듯하다. 일곱 개의 머리는 베아트리체를 지키는 일곱 여인에 상응하는 일곱 개의 대죄를 가리키며, 세 머리에 난 뿔들은 교만, 질투, 분노와 같은, 하느님을 모독하는 정신적 죄를, 네 머리에 난 뿔들은 탐욕, 나태, 탐식, 색욕 같은 육체적 죄를 가리킨다. 역시 역사적으로 교회가 부당한 세속적 권력과 부를 추구했다는 단테의 비판이 들어 있다.

18) 일곱 번째 장면은 단테의 당대를 묘사한 말이다. "논다니"는 프랑스 왕들("거인")과 타산적인 동맹을 맺어 스스로를 팔아 버린 부패한 교황을 나타낸다. "거인"은 필리프 3세(1285~1314년)를 가리킨다고 보는 설이 유력하다. 그가 논다니에게 입을 맞추는 것은 왕과 교황이 세속적인 야합을 하는 것을 가리킨다. 그런데 그들의 야합은 깨진다. 논다니는 순례자에게 눈을 주어 거인에게 얻어맞는 것이다. 단테는 분명 1303년 9월 7일 필리프 3세가 당시 교황인 보니파키우스 8세를 잡아 가두고 모욕을 준 사건을 염두에 두었을 것이다. 교황은 몇 주 후에 죽었다.(「연옥편」 20곡) 그를 이은 프랑스 출신 교황 클레멘스 5세는 필리프와 결탁하여 교황청을 프랑스의 아비뇽으로 옮기고 그 이후에 교황권은 필리프에게 예속된다. 논다니가 순례자에게 눈길을 주는 장면의 의미는 확실하지 않다. "순례자"는 여기서 그리스도인 혹은 모든 인간을 가리킬 수 있다. 이 경우 교황은 목자로서의 역할을 되찾으려 했지만, 세속적 야합이 막았다는 의미를 생각할 수 있다. 또는 "순례자"가 특별히 이탈리아인을 가리킨다고 볼 경우, 교황들이 이탈리아에 눈을 돌린 것이 프랑스의 질투와 분노를 샀다고 생각할 수도 있다.

• 33곡 •

1) 3월 31일 수요일, 정오.

2) 「시편」 79: 1.

3) 「요한의 복음서」 16: 16

4) 스타티우스와 마텔다.

5) 용의 공격으로 부서진 전차를 말한다. 베아트리체는 앞서 본 광경들의 의미를 비유적으로 순례자에게 설명한다.

6) 단테 시절에 사람들은 살인자가 희생자의 무덤에서 죄를 보상하는 의식 (儀式)으로 음식("죽")을 먹으면 보복을 피할 수 있다고 믿었다. 여기서 는 하느님의 복수는 반드시 이루어진다는 뜻이다.

7) "독수리"는 로마제국이다. 단테는 페데리코 2세를 카이사르의 마지막 후 계자로 생각했다. 그가 1250년에 죽은 뒤로 로마제국은 안녕과 질서를 되 찾을 강력한 지도자를 기다리고 있다는 것이 단테의 생각이었다.

8) 「지옥편」 1곡의 "사냥개"처럼 여기서도 단테는 의도적으로 모호한 표현 을 쓴 것 같다. 사람 이름을 숫자로 표시하는 예는 고대 히브리 카발라에 서 발견되며, 13세기에서 14세기 유럽에서 유행하여 단테의 다른 저작에 도 나타난다.(『새로운 인생』 30) 여기서 "515"는 로마 숫자로 DXV에 해당 하며, 나중 두 글자 순서를 바꾸면 DVX, 즉 지도자라는 뜻이 된다. 단테는 1310년 이탈리아에 내려온 하인리히 7세를 가리켰던 것 같다.

9) "나이아데스"는 라이아데스(Laiades), 즉 라이우스의 아들 오이디푸스를 가리킨다. 오비디우스의 『변신 이야기』(vii, 757)에는 "나이아데스"라고 잘못 표기되었는데, 이를 단테가 그대로 인용한 것 같다.

10) 단테가 참조한 연대기에 의하면, 그리스도는 우주 창조 후 오천 년이 지나 태어났고 5032년에 죽었다. 본문의 "고통"은 아담이 지상 낙원에서 쫓겨난 뒤 지상에서 보낸 구백삼십 년의 세월을 가리키고, "갈망"은 그리 스도가 내려와 자신을 구해 주길 기다리며 림보에서 보낸(「지옥편」 4곡) 4302년의 기다림을 가리킨다.

11) 피라무스와 티스베, 그리고 오디 나무에 얽힌 이야기는 「연옥편」 27곡 의 주 4) 참조.

12) 베아트리체는 지금 하느님의 지혜의 입으로 말한다. 그래서 베아트리 체는 순례자가 아리스토텔레스를 참고하고 『향연』에서 펼친 철학적 탐구 가 그녀의 말에 비해 얼마나 미흡한지 깨닫기를 바라고 있다.

13) 지금 시간은 정오다. 정오에 태양은 더 느리게 움직이는 것처럼 보이고, 자오선은 보는 사람이 있는 곳의 경도에 따라 위치가 달라진다. 정오는 하루의 가장 거룩한 시간이며, 그리스도가 승천한 시각이다. 이 구절은『신곡』에서 태양을 빌어 시간을 표시한 마지막 지점이다.

14) 이 두 강은 터키에서 발원하여 이라크를 거쳐 페르시아 만으로 흘러든다. 「창세기」(2: 11~14)에서 지상 낙원에 물을 댄다고 언급된 네 개의 강들에 속한다. 나머지 두 강은 비손과 기혼이다.

15) 마텔다가 맡은 일은 영혼들을 에우노에 강물에 적셔 선행의 기억을 회복시키는 일이다. 순례자와 스타티우스가 천국으로 가기 위해서는 에우노에 강물에 몸을 적셔야 한다. 베아트리체가 이곳에 온 것은 연인 순례자를 구원하기 위해서지만, 마텔다의 역할은 천국에 가는 모든 영혼들을 위한 것이다.

16) 「연옥편」 역시 "별들"이라는 단어로 끝을 맺음으로써, 작품 전체의 목표이자 원동력인 하느님을 향해 올라가는 방향성을 강조하고 있다.

세계문학전집 151

신곡 연옥편—단테 알리기에리의 코메디아

1판 1쇄 펴냄 2007년 8월 5일
1판 55쇄 펴냄 2024년 11월 21일

지은이 단테 알리기에리
옮긴이 박상진
그린이 윌리엄 블레이크
발행인 박근섭, 박상준
펴낸곳 (주)민음사

출판등록 1966. 5. 19. (제 16-490호)
서울특별시 강남구 도산대로1길 62(신사동) 강남출판문화센터 5층 (우편번호 06027)
대표전화 02-515-2000 팩시밀리 02-515-2007
www.minumsa.com

© 박상진, 2007. Printed in Seoul, Korea

ISBN 978-89-374-6151-4 04800
ISBN 978-89-374-6000-5 (세트)

* 잘못 만들어진 책은 구입처에서 교환해 드립니다.

세계문학전집 목록

세계문학전집은 계속 간행됩니다.